Hermann Hesse
Unterm Rad

Erzählung

Suhrkamp

Umschlagmotiv von Elisabeth Hau

suhrkamp taschenbuch 52
Erste Auflage 1972
Der Text folgt dem zweiten Band
»Hermann Hesse. Gesammelte Werke«
© Suhrkamp Verlag, Frankfurt am Main 1970
Suhrkamp Taschenbuch Verlag
Alle Rechte vorbehalten, insbesondere das
des öffentlichen Vortrags, der Übertragung
durch Rundfunk und Fernsehen
sowie der Übersetzung, auch einzelner Teile.
Kein Teil des Werkes darf in irgendeiner Form
(durch Fotografie, Mikrofilm oder andere Verfahren)
ohne schriftliche Genehmigung des Verlages reproduziert
oder unter Verwendung elektronischer Systeme
verarbeitet, vervielfältigt oder verbreitet werden.
Druck: Ebner Ulm · Printed in Germany
Umschlag nach Entwürfen von
Willy Fleckhaus und Rolf Staudt

39 40 41 42 – 03 02 01 00 99

suhrkamp taschenbuch 52

Hermann Hesse, am 2. Juli 1877 in Calw/Württemberg als Sohn eines baltendeutschen Missionars und der Tochter eines württembergischen Indologen geboren, 1946 ausgezeichnet mit dem Nobelpreis für Literatur, starb am 9. August 1962 in Montagnola bei Lugano.

Seine Bücher, Romane, Erzählungen, Betrachtungen, Gedichte, politischen, literatur- und kulturkritischen Schriften sind mittlerweile in einer Auflage von mehr als 80 Millionen Exemplaren in aller Welt verbreitet und haben ihn zum meistgelesenen europäischen Autor des 20. Jahrhunderts in den USA und Japan gemacht.

Max Brod: »Kafka las Hesse mit Begeisterung.«

Alfred Döblin: »Mit einer Sicherheit, die ohnegleichen ist, rührt er an das Wesentliche.«

Diese 1903 in Calw entstandene Erzählung Hermann Hesses zeigt das Schicksal eines begabten Knaben, dem der Ehrgeiz seines Vaters und der Lokalpatriotismus seiner Heimatstadt eine Rolle aufnötigen, die ihm nicht entspricht, die ihn »unters Rad« drängt. »Schreibend der Jugend die Würde zu geben, die ihr im Leben verweigert wurde«, notiert Peter Handke nach der Lektüre dieses Buches in sein Tagebuch, während Arthur Eloesser 1906 die Erstausgabe mit den Worten begrüßte: »Der Roman enthält ungefähr eine Anleitung für Eltern, Vormünder und Lehrer, wie man einen begabten jungen Menschen am zweckmäßigsten zugrunde richtet.« Deshalb beantwortete bereits damals Theodor Heuss die Frage: »Ein Tendenzwerk? Ja, dort wo es mit warmen Worten das Recht der Jugend auf eine Jugend verlangt!«

1905 schrieb Stefan Zweig: »Ich liebe diese tiefe und mit so wunderbarer Kunst erzählte Geschichte um ihrer Menschlichkeit willen. Es stehen Dinge darin, die ich selbst in meiner Knabenzeit empfunden hatte und dann wieder verloren . . . Und dann die zwei Liebesszenen: die stehen nun wie eigene Geschehnisse in meinem Leben . . . Kann ein Dichter mehr tun?« Neben Robert Musils »Die Verwirrungen des Zöglings Törless« war »Unterm Rad« die nachhaltigste Anklage gegen das Erziehungsritual jener Jahre.

»Ein paar Wochen ist es her, da entdeckte ich in einem Abteil der Berliner S-Bahn zwei junge Leute. Ihre Gesichter waren über dasselbe Buch gehängt, das einer der beiden in den Händen hielt. Sie lasen, sie waren verzaubert, von ihrer Haltung ging eine fast greifbare Aura der Verwandlung aus, sie blickten nicht auf, sie waren vollkommen unempfindlich für die Umwelt. Ich habe weder vorher noch danach wieder Menschen so lesen sehen. Sie lasen Hermann Hesses *Unterm Rad*. Nur die Wirklichkeit hat recht.«   *Rolf Schneider*

Unterm Rad

Erstes Kapitel

Herr Joseph Giebenrath, Zwischenhändler und Agent, zeichnete sich durch keinerlei Vorzüge oder Eigenheiten vor seinen Mitbürgern aus. Er besaß gleich ihnen eine breite, gesunde Figur, eine leidliche kommerzielle Begabung, verbunden mit einer aufrichtigen, herzlichen Verehrung des Geldes, ferner ein kleines Wohnhaus mit Gärtchen, ein Familiengrab auf dem Friedhof, eine etwas aufgeklärte und fadenscheinig gewordene Kirchlichkeit, angemessenen Respekt vor Gott und der Obrigkeit und blinde Unterwürfigkeit gegen die ehernen Gebote der bürgerlichen Wohlanständigkeit. Er trank manchen Schoppen, war aber niemals betrunken. Er unternahm nebenher manche nicht einwandfreie Geschäfte, aber er führte sie nie über die Grenzen des formell Erlaubten hinaus. Er schimpfte ärmere Leute Hungerleider, reichere Leute Protzen. Er war Mitglied des Bürgervereins und beteiligte sich jeden Freitag am Kegelschieben im »Adler«, ferner an jedem Backtag sowie an den Voressen und Metzelsuppen. Er rauchte zur Arbeit billige Zigarren, nach Tisch und sonntags eine feinere Sorte.

Sein inneres Leben war das des Philisters. Was er etwa an Gemüt besaß, war längst staubig geworden und bestand aus wenig mehr als einem traditionellen, barschen Familiensinn, einem Stolz auf seinen eigenen Sohn und einer gelegentlichen Schenklaune gegen Arme. Seine geistigen Fähigkeiten gingen nicht über eine angeborene, streng abgegrenzte Schlauheit und Rechenkunst hinaus. Seine Lektüre beschränkte sich auf die Zeitung, und um seinen Bedarf an Kunstgenüssen zu decken, war die jährliche Liebhaberaufführung des Bürgervereins und zwischenhinein der Besuch eines Zirkus hinreichend.

Er hätte mit jedem beliebigen Nachbarn Namen und Wohnung vertauschen können, ohne daß irgend etwas anders geworden wäre. Auch das Tiefste seiner Seele, das schlummerlose Mißtrauen gegen jede überlegene Kraft und Persönlichkeit und die instinktive aus Neid erwachsene Feindseligkeit gegen alles

Unalltägliche, Freiere, Feinere, Geistige teilte er mit sämtlichen übrigen Hausvätern der Stadt.

Genug von ihm. Nur ein tiefer Ironiker wäre der Darstellung dieses flachen Lebens und seiner unbewußten Tragik gewachsen. Aber dieser Mann hatte einen einzigen Knaben, und von dem ist zu reden.

Hans Giebenrath war ohne Zweifel ein begabtes Kind; es genügte, ihn anzusehen, wie fein und abgesondert er zwischen den andern herumlief. Das kleine Schwarzwaldnest zeitigte sonst keine solchen Figuren, es war von dort nie ein Mensch ausgegangen, der einen Blick und eine Wirkung über das Engste hinaus gehabt hätte. Gott weiß, wo der Knabe die ernsthaften Augen und die gescheite Stirn und das Feine im Gang her hatte. Vielleicht von der Mutter? Sie war seit Jahren tot, und man hatte zu ihren Lebzeiten nichts Auffallendes an ihr bemerkt, als daß sie ewig kränklich und bekümmert gewesen war. Der Vater kam nicht in Betracht. Also war wirklich einmal der geheimnisvolle Funke von oben in das alte Nest gesprungen, das in seinen acht bis neun Jahrhunderten so viele tüchtige Bürger, aber noch nie ein Talent oder Genie hervorgebracht hatte.

Ein modern geschulter Beobachter hätte, sich an die schwächliche Mutter und an das stattliche Alter der Familie erinnernd, von Hypertrophie der Intelligenz als Symptom einer einsetzenden Degeneration sprechen können. Aber die Stadt war so glücklich, keine Leute von dieser Sorte zu beherbergen, und nur die Jüngeren und Schlaueren unter den Beamten und Schulmeistern hatten von der Existenz des »modernen Menschen« durch Zeitschriftenartikel eine unsichere Kunde. Man konnte dort noch leben und gebildet sein, ohne die Reden Zarathustras zu kennen; die Ehen waren solid und oft glücklich, und das ganze Leben hatte einen unheilbar altmodischen Habitus. Die warmgesessenen, wohlhabenden Bürger, von denen in den letzten zwanzig Jahren manche aus Handwerkern zu Fabrikanten geworden waren, nahmen zwar vor den Beamten die Hüte ab und suchten ihren Umgang, unter sich nannten sie sie aber Hungerleider und Schreibersknechte. Seltsamerweise kannten sie trotzdem keinen höheren Ehrgeiz als den, ihre Söhne womöglich studieren und Beamte werden zu lassen. Leider blieb dies so gut wie immer ein schöner, unerfüllter Traum; denn der Nachwuchs kam zumeist schon durch die Lateinschule nur mit großem Ächzen und wiederholtem Sitzenbleiben hindurch.

Über Hans Giebenraths Begabung gab es keinen Zweifel. Die Lehrer, der Rektor, die Nachbarn, der Stadtpfarrer, die Mitschüler und jedermann gab zu, der Bub sei ein feiner Kopf und überhaupt etwas Besonderes. Damit war seine Zukunft bestimmt und festgelegt. Denn in schwäbischen Landen gibt es für begabte Knaben, ihre Eltern müßten denn reich sein, nur einen einzigen schmalen Pfad: durchs Landexamen ins Seminar, von da ins Tübinger Stift und von dort entweder auf die Kanzel oder aufs Katheder. Jahr für Jahr betreten drei bis vier Dutzend Landessöhne diesen stillen, sicheren Weg, magere, überarbeitete Neukonfirmierte durchlaufen auf Staatskosten die verschiedenen Gebiete des humanistischen Wissens und treten acht oder neun Jahre später den zweiten, meist längeren Teil ihres Lebensweges an, auf welchem sie dem Staate die empfangenen Wohltaten heimbezahlen sollen.

In wenigen Wochen sollte das »Landexamen« wieder stattfinden. So heißt die jährliche Hekatombe, bei welcher »der Staat« die geistige Blüte des Landes auswählt und während deren Dauer aus Städtchen und Dörfern Seufzer, Gebete und Wünsche zahlreicher Familien sich nach der Hauptstadt richten, in deren Schoß die Prüfung vor sich geht.

Hans Giebenrath war der einzige Kandidat, den das Städtlein zum peinlichen Wettbewerb zu entsenden dachte. Die Ehre war groß, doch hatte er sie keineswegs umsonst. An die Schulstunden, die täglich bis vier Uhr dauerten, schloß sich die griechische Extralektion beim Rektor an, um sechs war dann der Herr Stadtpfarrer so freundlich, eine Repetitionsstunde in Latein und Religion zu geben, und zweimal in der Woche fand nach dem Abendessen noch eine einstündige Unterweisung beim Mathematiklehrer statt. Im Griechischen wurde nächst den unregelmäßigen Zeitwörtern hauptsächlich auf die in den Partikeln auszudrückende Mannigfaltigkeit der Satzverknüpfungen Wert gelegt, im Latein galt es klar und knapp im Stil zu sein und namentlich die vielen prosodischen Feinheiten zu kennen, in der Mathematik wurde der Hauptnachdruck auf komplizierte Schlußrechnungen gelegt. Dieselben seien, wie der Lehrer häufig betonte, zwar scheinbar ohne Wert fürs spätere Studium und Leben, jedoch eben nur scheinbar. In Wirklichkeit waren sie sehr wichtig, ja wichtiger als manche Hauptfächer, denn sie bilden die logischen Fähigkeiten aus und sind die Grundlage alles klaren, nüchternen und erfolgreichen Denkens.

Damit jedoch keine geistige Überlastung eintrete und damit nicht etwa über den Verstandesübungen das Gemüt vergessen werde und verdorre, durfte Hans jeden Morgen, eine Stunde vor Schulbeginn, den Konfirmandenunterricht besuchen, wo aus dem Brenzischen Katechismus und aus dem anregenden Auswendiglernen und Aufsagen der Fragen und Antworten ein erfrischender Hauch religiösen Lebens in die jugendlichen Seelen drang. Leider verkümmerte er sich diese erquickenden Stunden selbst und beraubte sich ihres Segens. Er legte nämlich heimlicherweise beschriebene Zettel in seinen Katechismus, griechische und lateinische Vokabeln oder Übungsstücke, und beschäftigte sich fast die ganze Stunde mit diesen weltlichen Wissenschaften. Doch war immerhin sein Gewissen nicht so abgestumpft, daß er dabei nicht fortwährend eine peinliche Unsicherheit und ein leises Angstgefühl empfunden hätte. Wenn der Dekan in seine Nähe trat oder gar seinen Namen rief, zuckte er jedesmal scheu zusammen, und wenn er eine Antwort geben mußte, hatte er Schweiß auf der Stirn und Herzklopfen. Die Antworten aber waren tadellos richtig, auch in der Aussprache, und darauf gab der Dekan viel.

Die Aufgaben, zum Schreiben oder zum Auswendiglernen, zum Repetieren und Präparieren, die sich tagsüber von Lektion zu Lektion ansammelten, konnten dann am späten Abend bei traulichem Lampenlicht zu Hause erledigt werden. Dieses stille, vom häuslichen Frieden segensreich umhegte Arbeiten, dem der Klassenlehrer eine besonders tiefe und fördernde Wirkung zusprach, dauerte dienstags und samstags gewöhnlich nur etwa bis zehn Uhr, sonst aber bis elf, bis zwölf und gelegentlich noch darüber. Der Vater grollte ein wenig über den maßlosen Ölverbrauch, sah dies Studieren aber doch mit wohlgefälligem Stolze an. Für etwaige Mußestunden und für die Sonntage, die ja den siebenten Teil unseres Lebens ausmachen, wäre die Lektüre einiger in der Schule nicht gelesener Autoren und Repetieren der Grammatik dringend empfohlen.

»Natürlich mit Maß, mit Maß! Ein-, zweimal in der Woche spazierengehen ist notwendig und tut Wunder. Bei schönem Wetter kann man ja auch ein Buch mit ins Freie nehmen – du wirst sehen, wie leicht und fröhlich es sich in der frischen Luft draußen lernen läßt. Überhaupt Kopf hoch!«

Hans hielt also nach Möglichkeit den Kopf hoch, benützte von nun an auch die Spaziergänge zum Lernen und lief still und verscheucht mit übernächtigem Gesicht und blaurandigen, müden Augen herum.

»Was halten Sie von Giebenrath; er wird doch durchkommen?« sagte der Klassenlehrer einmal zum Rektor.

»Er wird, er wird«, jauchzte der Rektor. »Das ist einer von den ganz Gescheiten; sehen Sie ihn nur an, er sieht ja direkt vergeistigt aus.«

In den letzten acht Tagen war die Vergeistigung eklatant geworden. In dem hübschen, zarten Knabengesicht brannten tiefliegende, unruhige Augen mit trüber Glut, auf der schönen Stirn zuckten feine, Geist verratende Falten, und die ohnehin dünnen und hageren Arme und Hände hingen mit einer müden Grazie herab, die an Botticelli erinnerte.

Es war nun soweit. Morgen früh sollte er mit seinem Vater nach Stuttgart fahren und dort im Landexamen zeigen, ob er würdig sei, durch die schmale Klosterpforte des Seminars einzugehen. Eben hatte er seinen Abschiedsbesuch beim Rektor gemacht.

»Heute abend«, sagte zum Schluß der gefürchtete Herrscher mit ungewöhnlicher Milde, »darfst du nichts mehr arbeiten. Versprich es mir. Du mußt morgen absolut frisch in Stuttgart antreten. Geh noch eine Stunde spazieren und nachher beizeiten zu Bett. Junge Leute müssen ihren Schlaf haben.« Hans war erstaunt, statt der gefürchteten Menge von Ratschlägen so viel Wohlwollen zu erleben, und trat aufatmend aus dem Schulhaus. Die großen Kirchberglinden glänzten matt im heißen Sonnenlicht des Spätnachmittags, auf dem Marktplatz plätscherten und blinkten beide große Brunnen, über die unregelmäßige Linie der Dächerflucht schauten die nahen, blauschwarzen Tannenberge herein. Dem Buben war so, als hätte er das alles schon eine lange Zeit nicht mehr gesehen, und es kam ihm alles ungewöhnlich schön und verlockend vor. Zwar hatte er Kopfweh, aber heute brauchte er ja nichts mehr zu lernen.

Langsam schlenderte er über den Marktplatz, am alten Rathaus vorüber, durch die Marktgasse und an der Messerschmiede vorbei zur alten Brücke. Dort bummelte er eine Weile auf und ab und setzte sich schließlich auf die breite Brüstung. Wochen- und monatelang war er Tag für Tag seine viermal hier vorbeigegangen und hatte keinen Blick für die kleine gotische Brückenkapelle gehabt, noch für den Fluß, noch für die Stellfalle, Wehr und Mühle, nicht einmal für die Badwiese und für die weidenbestandenen Ufer, an denen ein Gerberplatz neben dem anderen lag, wo der Fluß tief, grün und still wie ein See stand und wo die gebogenen, spitzen Weidenäste bis ins Wasser hinabhingen.

Nun fiel ihm wieder ein, wieviel halbe und ganze Tage er hier verbracht, wie oft er hier geschwommen und getaucht und gerudert und geangelt hatte. Ach, das Angeln! Das hatte er nun auch fast verlernt und vergessen, und im vergangenen Jahr hatte er so bitterlich geheult, als es ihm verboten worden war, der Examensarbeit wegen. Das Angeln! Das war doch das Schönste in all den langen Schuljahren gewesen. Das Stehen im dünnen Weidenschatten, das nahe Rauschen der Mühlenwehre, das tiefe, ruhige Wasser! Und das Lichterspiel auf dem Fluß, das sanfte Schwanken der langen Angelrute, die Aufregung beim Anbeißen und Ziehen und die eigentümliche Freude, wenn man einen kühlen, feisten, schwänzelnden Fisch in der Hand hielt!

Er hatte doch manchen saftigen Karpfen herausgezogen, und Weißfische und Barben, auch von den delikaten Schleien und von den kleinen, schönfarbigen Elritzen. Lange blickte er über das Wasser, und beim Anblick des ganzen grünen Flußwinkels wurde er nachdenklich und traurig und fühlte die schönen, freien, verwilderten Knabenfreuden so weit dahinten liegen. Mechanisch zog er ein Stück Brot aus der Tasche, formte große und kleine Kugeln daraus, warf sie ins Wasser und beobachtete, wie sie sanken und von den Fischen erschnappt wurden. Zuerst kamen die winzigen Goldfallen und Blecken, fraßen die kleineren Stücke begierig auf und stießen die großen mit hungrigen Schnauzen im Zickzack vor sich her. Dann näherte sich langsam und vorsichtig ein größerer Weißfisch, dessen dunkler, breiter Rücken sich schwach vom Grunde abhob, umsegelte die Brotkugel bedächtig und ließ sie dann im plötzlich geöffneten runden Maul verschwinden. Vom trägfließenden Wasser kam ein feuchtwarmer Duft herauf, ein paar helle Wolken spiegelten sich undeutlich in der grünen Fläche, in der Mühle ächzte die Kreissäge, und beide Wehre rauschten kühl und tieftönig ineinander. Der Knabe dachte an den Konfirmationssonntag, der kürzlich gewesen war und an dem er sich dabei ertappt hatte, daß er mitten in der Feierlichkeit und Rührung innerlich ein griechisches Verbum memorierte. Auch sonst war es ihm in letzter Zeit oft so gegangen, daß er seine Gedanken durcheinander brachte und auch in der Schule statt an die vor ihm liegende Arbeit stets an die vorhergegangene oder an eine spätere dachte.

Das Examen konnte ja gut werden!

Zerstreut erhob er sich von seinem Sitz und war unschlüssig, wohin er gehen sollte. Er erschrak heftig, als eine kräftige Hand ihn an der Schulter faßte und eine freundliche Männerstimme ihn anredete.

»Grüß Gott, Hans, gehst ein Stück mit mir?«

Das war der Schuhmachermeister Flaig, bei dem er früher zuweilen eine Abendstunde verbracht hatte, jetzt aber schon lang keine mehr. Hans ging mit und hörte dem frommen Pietisten ohne rechte Aufmerksamkeit zu. Flaig sprach vom Examen, wünschte dem Jungen Glück und sprach ihm Mut zu, der Endzweck seiner Rede war aber, darauf hinzuweisen, daß so ein Examen doch nur etwas Äußerliches und Zufälliges sei. Durchzufallen sei keine Schande, das könne dem Besten passieren, und falls es ihm so gehen sollte, möge er bedenken, daß Gott mit jeder Seele seine besondern Absichten habe und sie eigene Wege führe.

Hans hatte dem Manne gegenüber kein ganz sauberes Gewissen. Er fühlte eine Hochachtung für ihn und sein sicheres, imponierendes Wesen, dennoch hatte er über die Stundenbrüder so viele Witze gehört und darüber mitgelacht, oft gegen sein besseres Wissen; außerdem hatte er sich seiner Feigheit zu schämen, denn seit einer gewissen Zeit mied er den Schuster fast ängstlich, seiner scharfen Fragen wegen. Seit er der Stolz seiner Lehrer und selber ein wenig hochmütig geworden war, hatte der Meister Flaig ihn oft so komisch angesehen und zu demütigen versucht. Darüber war dem wohlmeinenden Führer die Seele des Knaben allmählich entglitten, denn Hans stand in der Blüte des Knabentrotzes und hatte feine Fühler für jede unliebsame Berührung seines Selbstbewußtseins. Nun schritt er neben dem Redenden hin und wußte nicht, wie besorgt und gütig ihn dieser von oben beschaute.

In der Kronengasse begegneten sie dem Stadtpfarrer. Der Schuster grüßte gemessen und kühl und hatte es plötzlich eilig, denn der Stadtpfarrer war ein Neumodischer und stand im Ruf, er glaube nicht einmal an die Auferstehung. Dieser nahm den Knaben mit sich.

»Wie geht's?« fragte er. »Du wirst froh sein, daß es jetzt soweit ist.«

»Ja, 's ist mir schon recht.«

»Nun, halte dich gut! Du weißt, daß wir alle Hoffnungen auf dich setzen. Im Latein erwarte ich eine besondere Leistung von dir.«

»Wenn ich aber durchfalle«, meinte Hans schüchtern.

»Durchfallen?!« Der Geistliche blieb ganz erschrocken stehen.

14

»Durchfallen ist einfach unmöglich. Einfach unmöglich! Sind das Gedanken!«

»Ich meine nur, es könnte ja doch sein . . .«

»Es kann nicht, Hans, es kann nicht; darüber sei ganz beruhigt. Und nun grüß mir deinen Papa, und sei mutig!«

Hans sah ihm nach; dann schaute er sich nach dem Schuhmacher um. Was hatte er doch gesagt? Aufs Latein käme es nicht so sehr an, wenn man nur das Herz aufm rechten Fleck habe und Gott fürchte. Der hatte gut reden. Und nun noch der Stadtpfarrer! Vor dem konnte er sich überhaupt nimmer sehen lassen, wenn er durchfiel.

Bedrückt schlich er nach Hause und in den kleinen, abschüssigen Garten. Hier stand ein morsches, längst nicht mehr benutztes Gartenhäuschen; darin hatte er seinerzeit einen Bretterstall gezimmert und drei Jahre lang Kaninchen drin gehabt. Im vorigen Herbst waren sie ihm weggenommen worden, des Examens wegen. Er hatte keine Zeit mehr für Zerstreuungen gehabt.

Auch im Garten war er schon lang nicht mehr gewesen. Der leere Verschlag sah baufällig aus, die Tropfsteingruppe in der Mauerecke war zusammengefallen, das kleine, hölzerne Wasserrädchen lag verbogen und zerbrochen neben der Wasserleitung. Er dachte an die Zeit, da er das alles gebaut und geschnitzt und seine Freude daran gehabt hatte. Es war auch schon zwei Jahre her – eine ganze Ewigkeit. Er hob das Rädchen auf, bog daran herum, zerbrach es vollends und warf es über den Zaun. Fort mit dem Zeug, das war ja alles schon lang aus und vorbei. Dabei fiel ihm sein Schulfreund August ein. Der hatte ihm geholfen, das Wasserrad zu bauen und den Hasenstall zu flicken. Nachmittage lang hatten sie hier gespielt, mit der Schleuder geschossen, den Katzen nachgestellt, Zelte gebaut und zum Vesper rohe gelbe Rüben gegessen. Dann war aber die Streberei losgegangen, und August war vor einem Jahr aus der Schule getreten und Mechanikerlehrling geworden. Er hatte sich seither nur noch zweimal gezeigt. Freilich, auch der hatte jetzt keine Zeit mehr.

Wolkenschatten liefen eilig übers Tal, die Sonne stand schon nahe am Bergrand. Einen Augenblick hatte der Knabe das Gefühl, er müsse sich hinwerfen und heulen. Statt dessen holte er aus der Remise das Handbeil, schwang es mit den schmächtigen Ärmlein durch die Luft und hieb den Kaninchenstall in hundert Stücke. Die Latten flogen auseinander, die Nägel bogen sich knirschend, ein wenig verfaultes Hasenfutter, noch vom vorjährigen Sommer, kam zum Vorschein. Er hieb auf das alles los, als könnte er damit sein Heimweh nach den Hasen und nach August und nach all den alten Kindereien totschlagen.

»Na na na na na, was sind denn das für Sachen?« rief der Vater vom Fenster her. »Was machst du da?«

»Brennholz.«

Weiter gab er keine Antwort, sondern warf das Beil weg, lief durch den Hof auf die Gasse und dann am Ufer flußaufwärts. Draußen in der Nähe der Brauerei standen zwei Flöße angebunden. Mit solchen war er früher oft stundenweit flußab gefahren, an warmen Sommernachmittagen, vom Fahren auf dem zwischen den Stämmen klatschenden Wasser zugleich erregt und eingeschläfert. Er sprang auf die losen, schwimmenden Stämme hinüber, legte sich auf einen Weidenhaufen und versuchte, sich vorzustellen, das Floß sei unterwegs, fahre bald rasch, bald zögernd an Wiesen, Äckern, Dörfern und kühlen Waldrändern vorüber, unter Brücken und aufgezogenen Stellfallen durch, und er liege darauf, und alles wäre wieder wie sonst, da er noch am Kapfberg Hasenfutter holte, in den Gerbergärten am Ufer angelte und noch kein Kopfweh und keine Sorge hatte.

Müd und verdrossen kam er zum Nachtessen heim. Der Vater war wegen der bevorstehenden Examensreise nach Stuttgart heillos aufgeregt und fragte ein dutzendmal, ob die Bücher eingepackt seien, ob er den schwarzen Anzug bereitgelegt habe, ob er nicht unterwegs noch in der Grammatik lesen wolle, ob er sich wohl fühle. Hans gab kurze, bissige Antworten, aß wenig und sagte bald gute Nacht.

»Gut' Nacht, Hans. Schlaf nur gut! Also um sechs Uhr weck' ich dich morgen. Hast du auch ›den‹ Lexikon nicht vergessen?«

»Nein, ich hab ›den‹ Lexikon nicht vergessen. Gut' Nacht!« Auf seinem Stüblein saß er noch lang ohne Licht wach. Das war bis jetzt der einzige Segen, den ihm die Examengeschichte gebracht hatte – das eigene kleine Zimmer, in dem er Herr war und nicht gestört wurde. Hier hatte er im Kampf mit Ermüdung, Schlaf und Kopfweh lange Abendstunden über Cäsar, Xenophon, Grammatiken, Wörterbüchern und mathematischen Aufgaben verbrütet, zäh, trotzig und ehrgeizig, oft auch der Verzweiflung nah. Hier hatte er aber auch die paar Stunden gehabt, die ihm mehr wert waren als alle verlorenen Knabenlustbarkeiten, jene paar traumhaft seltsamen Stunden voll Stolz und Rausch und Siegesmut, in denen er sich über Schule, Examen und alles hinweg in einen Kreis höherer Wesen hinübergeträumt und gesehnt hatte. Da hatte ihn eine freche, selige Ahnung ergriffen, daß er wirklich etwas anderes und Besseres sei als die dickbackigen, gutmütigen Kameraden und auf sie vielleicht einmal aus entrückter Höhe überlegen herabsehen dürfe. Auch jetzt atmete er auf, als sei in diesem Stüblein eine freiere und kühlere Luft, setzte sich aufs Bett und verdämmerte ein paar Stunden in Träumen, Wünschen und Ahnungen. Langsam fielen die hellen Lider ihm über die großen, überarbeiteten Augen, öffneten sich nochmals, blinzelten und fielen wieder herab, der blasse Knabenkopf sank auf die hagere Schulter, die dünnen Arme streckten sich müde aus. Er war in den Kleidern eingeschlafen, und die leise, mütterliche Hand des Schlummers ebnete die Wogen in seinem unruhigen Kinderherzen und löschte die kleinen Falten auf seiner hübschen Stirn.

Es war unerhört. Der Herr Rektor hatte sich, trotz der frühen Stunde, selber auf den Bahnhof bemüht. Herr Giebenrath stak im schwarzen Gehrock und konnte vor Aufregung, Freude und Stolz gar nicht stillstehen; er trippelte nervös um den Rektor und um Hans herum, ließ sich vom Stationsvorstand und von allen Bahnangestellten gute Reise und viel Glück zu seines Sohnes Examen wünschen und hatte seinen kleinen, steifen Koffer bald in der linken, bald in der rechten Hand. Den Regenschirm hielt er einmal unter den Arm, dann wieder zwischen die Knie geklemmt, ließ ihn einigemal fallen und stellte dann jedesmal den Koffer ab, um ihn wieder aufheben zu können. Man hätte meinen sollen, er reise nach Amerika und nicht mit Retourbillet nach Stuttgart. Der Sohn schien ganz ruhig, doch würgte ihn die heimliche Angst in der Kehle.

Der Zug kam an und hielt, man stieg ein, der Rektor winkte mit der Hand, der Vater zündete sich eine Zigarre an, unten verschwand im Tal die Stadt und der Fluß. Die Reise war für beide eine Qual.

In Stuttgart lebte der Vater plötzlich auf und begann fröhlich, leutselig und weltmännisch zu werden; ihn beseelte die Wonne des Kleinstädters, der für ein paar Tage in die Residenz gekommen ist. Hans aber wurde stiller und ängstlicher, eine tiefe Beklemmung ergriff ihn beim Anblick der Stadt; die fremden Gesichter, die protzig hohen, aufgedonnerten Häuser, die langen, ermüdenden Wege, die Pferdebahnen und der Straßenlärm verschüchterten ihn und taten ihm weh. Man logierte bei einer Tante, und dort drückten die fremden Räume, die Freundlichkeit und Gesprächigkeit der Tante, das lange zwecklose Herumsitzen und das ewige aufmunternde Zureden des Vaters den Knaben vollends ganz zu Boden. Fremd und verloren hockte er im Zimmer herum, und wenn er die ungewohnte Umgebung, die Tante und ihre städtische Toilette, die großmustrige Tapete, die Stutzuhr, die Bilder an der Wand oder durchs Fenster die geräuschvolle Straße ansah, kam er sich ganz verraten vor, und es schien ihm dann, er sei schon eine Ewigkeit von Hause fort und habe alles mühselig Gelernte einstweilen völlig vergessen. Nachmittags hatte er nochmals die griechischen Partikeln durchnehmen wollen, aber die Tante schlug einen Spaziergang vor. Einen Augenblick tauchte vor Hansens innerem Blick etwas wie Wiesengrün und Waldgebrause auf, und er sagte freudig zu. Bald genug sah er aber, daß auch das Spazierengehen hier in der großen Stadt eine andere Art von Vergnügen sei als daheim.

Er ging allein mit der Tante, da der Papa in der Stadt Besuche

machte. Schon auf der Treppe ging das Elend los. Man begegnete im ersten Stockwerk einer dicken, hoffärtig aussehenden
Dame, vor welcher die Tante einen Knicks machte und die so-
fort mit großer Eloquenz zu plaudern begann. Der Halt dauerte
mehr als eine Viertelstunde. Hans stand daneben, an das Trep-
pengeländer gepreßt, wurde vom Hündlein der Dame berochen
und angegrollt und begriff undeutlich, daß man auch über ihn
spreche, denn die fremde Dicke blickte ihn wiederholt durch
den Zwicker von oben bis unten an. Kaum war man dann auf
der Straße, so trat die Tante in einen Laden, und es dauerte eine
gute Weile, bis sie wiederkam. Inzwischen stand Hans schüchtern auf der Straße, wurde von Vorübergehenden beiseite ge-
schoben und von Gassenbuben verhöhnt. Als die Tante aus
dem Laden zurückkam, überreichte sie ihm eine Tafel Schokolade, und er bedankte sich höflich, obwohl er Schokolade nicht
mochte. An der nächsten Ecke bestieg man die Pferdebahn,
und nun ging es unter beständigem Geklingel im überfüllten
Wagen durch Straßen und wieder Straßen, bis man endlich eine
große Allee und Gartenanlage erreichte. Dort lief ein Spring-
brunnen, blühten umzäunte Zierbeete und schwammen Gold-
fische in einem kleinen künstlichen Weiher. Man wandelte auf
und ab, hin und her und im Kreise, zwischen einem Schwarm
von andern Spaziergängern, und sah eine Menge von Gesichtern, eleganten und anderen Kleidern, Fahrrädern, Kranken-
fahrstühlen und Kinderwagen, hörte ein Gewirre von Stimmen
und atmete eine warme, staubige Luft. Zum Schluß nahm man
auf einer Bank neben anderen Leuten Platz. Die Tante hatte
fast die ganze Zeit drauflos gesprochen, nun seufzte sie, lächelte
den Knaben liebevoll an und forderte ihn auf, jetzt seine Schokolade zu essen. Er wollte nicht.

»Lieber Gott, du wirst dich doch nicht genieren? Nein iß nur,
iß!«

Da zog er sein Täfelchen heraus, zerrte eine Weile am Silber-
papier und biß schließlich ein ganz kleines Stückchen ab. Schokolade mochte er nun einmal nicht, aber er wagte nicht, es der
Tante zu sagen. Während er noch an dem Bissen sog und

würgte, hatte die Tante einen Bekannten unter der Menge entdeckt und stürmte davon.

»Bleib nur hier sitzen, ich bin gleich wieder da.«

Hans benützte aufatmend die Gelegenheit und schleuderte seine Schokolade weit weg in den Rasen. Dann schlenkerte er die Beine im Takt, starrte die vielen Leute an und kam sich unglücklich vor. Am Ende begann er wieder einmal, die Unregelmäßigen herzusagen, aber zu seinem tödlichen Schrecken wußte er fast nichts mehr. Alles rein vergessen! Und morgen war Landexamen!

Die Tante kam zurück und hatte inzwischen in Erfahrung gebracht, es gebe dies Jahr einhundertundachtzehn Kandidaten zum Landexamen. Bestehen konnten aber nur sechsunddreißig. Da fiel dem Knaben das Herz vollends in die Hosen, und er sprach auf dem ganzen Heimweg kein Wort mehr. Zu Haus bekam er Kopfweh, wollte wieder nichts essen und war so desperat, daß der Vater ihn tüchtig ausschalt und daß ihn sogar die Tante unausstehlich fand. In der Nacht schlief er schwer und tief, von scheußlichen Traumszenen verfolgt. Er sah sich mit den einhundertundsiebzehn Kameraden im Examen sitzen, der Prüfende sah bald dem Stadtpfarrer zu Haus, bald der Tante ähnlich und häufte vor ihm Berge von Schokolade auf, die er essen sollte. Und während er unter Tränen aß, sah er die übrigen einen um den anderen aufstehen und durch eine kleine Türe verschwinden. Alle hatten ihren Berg gegessen, seiner aber wurde unter seinen Augen größer und größer, quoll über Tisch und Bank und schien ihn ersticken zu wollen.

Am folgenden Morgen, während Hans Kaffee trank und die Uhr nicht aus den Augen ließ, um ja nicht zu spät in die Prüfung zu kommen, wurde seiner im Heimatstädtchen von vielen gedacht. Zuerst vom Schuhmacher Flaig; der sprach vor der Morgensuppe sein Gebet, die Familie samt den Gesellen und beiden Lehrlingen stand im Kreis um den Tisch, und seinem gewöhnlichen Frühgebet fügte der Meister heute die Worte bei: »O Herr, halte deine Hand auch über den Schüler Hans Giebenrath, der heute ins Examen tritt, segne und stärke ihn, und laß ihn einmal einen rechten und wackeren Verkündiger deines göttlichen Namens werden!«

Der Stadtpfarrer betete zwar nicht für ihn, sagte aber beim Frühstück zu seiner Frau: »Jetzt geht der Giebenrathle ins Examen. Aus dem wird noch was Besonderes; man wird schon auf ihn aufmerksam werden, und dann schadet es nichts, daß ich ihm mit den Lateinstunden beigesprungen bin.«

Der Klassenlehrer, ehe er die Stunde begann, sagte zu seinen Schülern: »So, jetzt fängt in Stuttgart das Landexamen an, und wir wollen dem Giebenrath alles Gute wünschen. Nötig hat er's zwar nicht, denn von solchen Faulpelzen, wie ihr seid, steckt er seine zehn in den Sack.« Und auch die Schüler dachten nun fast alle an den Abwesenden, namentlich aber die vielen, die auf sein Durchkommen oder Durchfallen untereinander Wetten abgeschlossen hatten.

Und da denn herzliche Fürbitte und innige Teilnahme mit Leichtigkeit über große Strecken hinweg in die Ferne wirken, bekam auch Hans es zu spüren, daß man zu Hause an ihn dachte. Zwar ging er mit Herzklopfen, von seinem Vater begleitet, in den Prüfungssaal, folgte scheu und erschrocken den Anweisungen des Famulus und schaute sich in dem großen, von blassen Knaben erfüllten Raume um wie ein Verbrecher in der Folterkammer. Als aber der Professor gekommen war, Ruhe gebot und den Text zur lateinischen Stilübung diktierte, fand Hans aufatmend dieselbe lächerlich leicht. Rasch und fast fröhlich machte er sein Konzept, schrieb es dann bedächtig und sauber ins reine und war einer von den ersten, die ihre Arbeit ablieferten. Zwar verfehlte er darauf den Weg zum Haus der Tante und irrte zwei Stunden in den heißen Stadtstraßen umher, doch störte ihm das sein wiedergefundenes Gleichgewicht nicht erheblich; er war sogar froh, der Tante und dem Vater noch für eine Weile zu entrinnen, und kam sich, durch die fremden, lärmigen Residenzstraßen wandernd, wie ein waghalsiger Abenteurer vor. Als er sich endlich mit Mühe durchgefragt und heimgefunden hatte, wurde er mit Fragen bestürmt. »Wie ist's gegangen? Wie ist's gewesen? Hast du dein Sach gekonnt?«

»Leicht ist's gewesen«, sagte er stolz, »das hätt' ich in der fünften Klasse schon übersetzen können.«

Und er aß mit redlichem Hunger.

Den Nachmittag hatte er frei. Der Papa schleppte ihn bei einigen Verwandten und Freunden herum. Bei einem derselben fanden sie einen schwarzgekleideten schüchternen Buben, der von Göppingen hergekommen war, ebenfalls um das Landexamen zu machen. Die Knaben blieben sich selbst überlassen und sahen einander scheu und neugierig an.

»Wie ist dir die lateinische Arbeit vorgekommen? Leicht, nicht wahr?« fragte Hans.

»Riesig leicht. Aber das ist gerade der Kasus, in leichten Arbeiten macht man die meisten Schnitzer. Man paßt nicht auf. Und verborgene Fallen werden schon auch drin gewesen sein.«

»Meinst du?«

»Natürlich. So dummm sind die Herren nicht.«

Hans erschrak ein wenig und wurde nachdenklich. Dann fragte er zaghaft: »Hast du den Text noch da?«

Der andere brachte sein Heft, und nun nahmen sie zusammen die ganze Arbeit durch, Wort für Wort. Der Göppinger schien ein raffinierter Lateiner zu sein, wenigstens gebrauchte er zweimal grammatikalische Bezeichnungen, die Hans überhaupt noch nie gehört hatte.

»Und was kommt wohl morgen dran?«

»Griechisch und Aufsatz.«

Dann erkundigte sich der Göppinger, wieviel Examinanden aus Hansens Schule gekommen seien.

»Keiner«, sagte Hans, »bloß ich.«

»Au, wir Göppinger sind zu zwölft! Drei ganz Gescheite sind dabei, von denen erwartet man, daß sie unter die ersten kommen. Voriges Jahr war der Primus auch ein Göppinger. – Gehst du aufs Gymnasium, falls du durchfällst?«

Davon war noch gar nie die Rede gewesen.

»Ich weiß nicht... Nein, ich glaube nicht.«

»So? Ich studiere auf alle Fälle, auch wenn ich jetzt durchfalle. Dann läßt mich meine Mutter nach Ulm.«

22

Das imponierte Hans gewaltig. Auch die zwölf Göppinger mit den drei ganz Gescheiten machten ihm Angst. Da konnte er sich ja nicht mehr sehen lassen.

Zu Hause setzte er sich hin und nahm die Verba auf *mi* noch einmal durch. Aufs Lateinische hatte er gar keine Angst gehabt, da fühlte er sich sicher. Aber mit dem Griechischen ging es ihm eigentümlich. Er hatte es gern, er schwärmte fast dafür, aber nur fürs Lesen. Namentlich Xenophon war so schön und beweglich und frisch geschrieben, alles klang heiter, hübsch und kräftig und hatte einen flotten, freien Geist, auch war alles leicht zu verstehen. Aber sobald es an die Grammatik ging oder vom Deutschen ins Griechische übersetzt werden mußte, fühlte er sich in ein Labyrinth von widerstreitenden Regeln und Formen verirrt und empfand vor der fremden Sprache fast dieselbe angstvolle Scheu wie seinerzeit in der ersten Lektion, als er noch nicht einmal das griechische Alphabet lesen konnte.

Am andern Tag kam richtig Griechisch an die Reihe und nachher deutscher Aufsatz. Die griechische Arbeit war ziemlich lang und gar nicht leicht, das Aufsatzthema war heikel und konnte mißverstanden werden. Von zehn Uhr an wurde es schwül und heiß im Saal. Hans hatte keine gute Schreibfeder und verdarb zwei Bogen Papier, bis die griechische Arbeit ins reine geschrieben war. Beim Aufsatz kam er in die größte Not durch einen dreisten Nebensitzer, der ihm ein Blatt Papier mit einer Frage zuschob und ihn durch Rippenstöße zum Antworten drängte. Der Verkehr mit den Banknachbarn war aufs allerstrengste verboten und zog unerbittlich den Ausschluß vom Examen nach sich. Zitternd vor Furcht, schrieb er auf den Zettel: »Laß mich in Ruhe« und wandte dem Frager den Rücken. Es war auch so heiß. Sogar der Aufsichtsprofessor, der beharrlich und gleichmäßig den Saal abschritt und keinen Augenblick ruhte, fuhr sich mehrmals mit dem Sacktuch übers Gesicht. Hans schwitzte in seinem dicken Konfirmationsanzug, bekam Kopfweh und gab schließlich seine Bogen ganz unglücklich ab, mit dem Gefühl, sie stecken voller Fehler, und mit dem Examen sei es nun wohl fertig.

Bei Tisch sagte er kein Wort, sondern zuckte auf alle Fragen nur die Achseln und machte ein Gesicht wie ein Delinquent. Die Tante tröstete, aber der Vater regte sich auf und wurde ungemütlich. Nach dem Essen nahm er den Buben mit ins Nebenzimmer und suchte ihn nochmals auszufragen.

»Schlecht ist's gegangen«, sagte Hans.

»Warum hast du nicht aufgepaßt? Man kann sich doch auch zusammennehmen, zum Teufel!«

Hans schwieg, und als der Vater anfing zu schimpfen, wurde er rot und sagte: »Du verstehst doch nichts vom Griechischen!«

Das schlimmste war, daß er um zwei Uhr ins Mündliche mußte. Davor graute ihm am meisten. Unterwegs auf der glühend heißen Stadtstraße wurde ihm ganz elend, und er konnte vor Leid und Angst und Schwindel kaum mehr aus den Augen sehen.

Zehn Minuten lang saß er vor drei Herren an einem großen, grünen Tisch, übersetzte ein paar lateinische Sätze und gab auf die gestellten Fragen Antwort.

Zehn Minuten saß er dann vor drei anderen Herren, übersetzte Griechisch und wurde wieder allerlei gefragt. Zum Schluß wollte man einen unregelmäßig gebildeten Aorist von ihm wissen, aber er gab keine Antwort.

»Sie können gehen, dort, die Türe rechts.«

Er ging, aber in der Türe fiel ihm nun doch der Aorist noch ein. Er blieb stehen.

»Gehen Sie«, rief man ihm zu, »gehen Sie! Oder sind Sie etwa unwohl?«

»Nein, aber der Aorist ist mir jetzt eingefallen.«

Er rief ihn ins Zimmer hinein, sah einen der Herren lachen und stürzte mit brennendem Kopf davon. Dann versuchte er, sich auf die Fragen und auf seine Antworten zu besinnen, aber alles ging ihm durcheinander. Er sah nur immer wieder die große, grüne Tischfläche, die drei alten, ernsten Herren in Gehröcken, das aufgeschlagene Buch und seine zitternd daraufgelegte Hand. Herrgott, was mochte er für Antworten gegeben haben! Als er durch die Straßen schritt, kam es ihm vor, als sei er schon wochenlang hier und könne nie mehr wegkommen. Wie etwas

sehr weit Entferntes, vor langer Zeit einmal Gesehenes erschien ihm das Bild des väterlichen Gartens, die tannenblauen
Berge, die Angelplätze am Fluß. Oh, wenn er heut noch heimreisen dürfte! Es hatte doch keinen Wert mehr dazubleiben, das
Examen war jedenfalls verpfuscht.

Er kaufte sich einen Milchwecken und trieb sich den ganzen ge-
schlagenen Nachmittag sträßlings herum, um nur dem Vater
nicht Rede stehen zu müssen. Als er endlich heimkam, war man
in Sorge um ihn gewesen, und da er erschöpft und elend aussah,
gab man ihm eine Eiersuppe und schickte ihn ins Bett. Morgen
kam noch Rechnen und Religion daran, dann konnte er wieder
abreisen.

Es ging am folgenden Vormittag ganz gut. Hans empfand es als
bittere Ironie, daß ihm heute alles gelang, nachdem er gestern
in den Hauptfächern so Pech gehabt hatte. Einerlei, jetzt nur
fort, nach Hause!

»Das Examen ist aus, jetzt können wir heimreisen«, meldete er
bei der Tante.

Sein Vater wollte heute noch dableiben. Man wollte nach
Cannstatt fahren und dort im Kurgarten Kaffee trinken. Hans
bat aber so flehentlich, daß der Vater ihm erlaubte, schon heute
allein abzureisen. Er wurde auf den Zug gebracht, erhielt sein
Billet, bekam von der Tante einen Kuß und etwas zu essen mit
und fuhr nun erschöpft und gedankenlos durch das grüne Hü-
gelland heimwärts. Erst als die blauschwarzen Tannenberge
auftauchten, kam ein Gefühl von Freude und Erlösung über
den Knaben. Er freute sich auf die alte Magd, auf sein Stübchen,
auf den Rektor, auf das gewohnte niedere Schulzimmer und auf
alles.

Zum Glück waren keine neugierigen Bekannten auf dem
Bahnhof, und er konnte mit seinem Paketchen unbemerkt nach
Hause eilen.

»Ist's schön gewest in Stuttgart?« fragte die alte Anna.

»Schön? Ja meinst du denn, ein Examen sei was Schönes? Ich
bin bloß froh, daß ich wieder da bin. Der Vater kommt erst
morgen.«

Er trank einen Napf frische Milch, holte die vorm Fenster hängende Badhose herein und lief davon, aber nicht zu der Wiese, wo alle anderen ihren Badplatz hatten.

Er ging weit vor die Stadt hinaus zur »Waage«, wo das Wasser tief und langsam zwischen hohem Gebüsch dahinfließt. Dort entkleidete er sich, steckte die Hand und darauf den Fuß tastend ins kühle Wasser, schauderte ein wenig und warf sich dann mit schnellem Sturz in den Fluß. Langsam gegen die schwache Strömung schwimmend, fühlte er Schweiß und Angst dieser letzten Tage von sich gleiten, und während seinen schmächtigen Leib der Fluß kühlend umarmte, nahm seine Seele mit neuer Lust von der schönen Heimat Besitz. Er schwamm rascher, ruhte, schwamm wieder und fühlte sich von einer wohligen Kühle und Müdigkeit umfangen. Auf dem Rücken liegend, ließ er sich wieder flußab treiben, horchte auf das feine Summen der in goldigen Kreisen schwärmenden Abendfliegen, sah den Späthimmel von kleinen, raschen Schwalben durchschnitten und von der schon verschwundenen Sonne hinter den Bergen hervor rosig beglänzt. Als er wieder in den Kleidern war und träumerisch nach Hause schlenderte, war das Tal schon voll Schatten.

Er kam am Garten des Händlers Sackmann vorbei, in dem er noch als ganz kleiner Bub einmal mit ein paar andern unreife Pflaumen gestohlen hatte. Und am Kirchnerschen Zimmerplatz, wo die weißen Tannenbalken herumlagen, unter denen er früher immer Regenwürmer zum Angeln gefunden hatte. Er kam auch am Häuschen des Inspektors Geßler vorüber, dessen Tochter Emma er vor zwei Jahren auf dem Eis so gern den Hof gemacht hätte. Sie war das zierlichste und eleganteste Schulmädel der Stadt gewesen, gleich alt wie er, und er hatte damals eine Zeitlang nichts so sehnlich gewünscht, als einmal mit ihr zu reden oder ihr die Hand zu geben. Es war nie dazu gekommen, er hatte sich zu sehr geniert. Seither war sie in eine Pension geschickt worden, und er wußte kaum mehr, wie sie aussah. Doch fielen diese Bubengeschichten ihm jetzt wieder ein, wie aus weitester Ferne her, und sie hatten so starke Farben und einen so seltsam ahnungsvollen Duft wie nichts von allem seither Erlebten. Das waren noch Zeiten gewesen, als man abends bei Nascholds Liese im Torweg saß, Kartoffeln schälte und Geschichten anhörte, als man sonntags in aller Frühe mit hochgekrempelten Hosen und schlechtem Gewissen beim untern Wehr ins Krebsen oder auf den Goldfallenfang gegangen war, um nachher in durchnäßten Sonntagskleidern vom Vater Prügel zu bekommen! Es hatte damals so viel rätselhafte und seltsame Dinge und Leute gegeben, an die er nun schon lange gar nicht mehr gedacht hatte! Der Schuhmächerle mit dem krummen Hals, der Strohmeyer, von dem man sicher wußte, daß er sein Weib vergiftet hatte, und der abenteuerliche »Herr Beck«, der mit Stecken und Schnappsack das ganze Oberamt durchstrich und zu dem man Herr sagte, weil er früher ein reicher Mann gewesen war und vier Pferde samt Equipage besessen hatte. Hans wußte von ihnen nichts mehr als die Namen und empfand dunkel, daß diese obskure, kleine Gassenwelt ihm verlorengegangen war, ohne daß etwas Lebendiges und Erlebenswertes statt dessen gekommen wäre.

Da er für den folgenden Tag noch Urlaub hatte, schlief er morgens in den Tag hinein und genoß seine Freiheit. Mittags holte er den Vater ab, der noch von allen den Stuttgarter Genüssen selig erfüllt war.

»Wenn du bestanden hast, darfst du dir etwas wünschen«, sagte er gut gelaunt. »Überleg dir's!«

»Nein, nein«, seufzte der Knabe, »ich bin sicher durchgefallen.«

»Dummes Zeug, was wirst du auch! Wünsch dir lieber was, eh's mich reut.«

»Angeln möcht' ich in den Ferien wieder. Darf ich?«

»Gut, du darfst, wenn's Examen bestanden ist.«

Am nächsten Tage, einem Sonntag, ging ein Gewitter und Platzregen nieder, und Hans saß stundenlang lesend und nachdenkend in seiner Stube. Er überdachte seine Stuttgarter Leistungen nochmals genau und kam immer wieder zu dem Ergebnis, er habe heillos Pech gehabt und hätte viel bessere Arbeiten

machen können. Zum Bestehen würde es nun auf keinen Fall
mehr reichen. Das dumme Kopfweh! Allmählich bedrückte ihn
eine wachsende Bangigkeit, und schließlich trieb eine schwere
Sorge ihn zu seinem Vater hinüber.

»Du, Vater!«

»Was willst?«

»Etwas fragen. Wegen dem Wünschen. Ich will lieber das Angeln bleiben lassen.«

»So, warum denn jetzt das wieder?«

»Weil ich... Ach, ich wollte fragen, ob ich nicht...«

»Heraus damit, ist das eine Komödie! Also was?«

»Ob ich aufs Gymnasium darf, wenn ich durchfalle.«

Herr Giebenrath war sprachlos.

»Was? Gymnasium?« brach er dann los. »Du aufs Gymnasium?
Wer hat dir das in den Kopf gesetzt?«

»Niemand. Ich meine nur so.«

Die Todesangst stand ihm im Gesicht zu lesen. Der Vater sah
es nicht.

»Geh, geh«, sagte er unwillig lachend. »Das sind Überspannt-
heiten. Aufs Gymnasium! Du meinst wohl, ich sei Kommer-
zienrat.«

Er winkte so heftig ab, daß Hans es aufgab und verzweifelnd
hinausging.

»Ist das ein Bub!« grollte er hinter ihm her. »Nein, so was! Jetzt
will er gar noch aufs Gymnasium! Ja, prosit, da brennst du
dich.«

Hans saß eine halbe Stunde lang auf dem Fenstersims, stierte
auf den frisch geputzten Dielenboden und versuchte sich vorzustellen, wie das sein würde, wenn es nun wirklich mit Seminar
und Gymnasium und Studieren nichts wäre. Man würde ihn als
Lehrling in einen Käsladen oder auf ein Bureau tun, und er
würde zeitlebens einer von den gewöhnlichen armseligen Leuten sein, die er verachtete und über die er absolut hinaus wollte.
Sein hübsches, kluges Schülergesicht verzog sich zu einer Grimasse voll Zorn und Leid; wütend sprang er auf, spuckte aus,
ergriff die daliegende lateinische Chrestomathie und warf das

28

Buch mit aller Wucht an die nächste Wand. Dann lief er in den Regen hinaus.

Am Montag früh ging er wieder in die Schule.

»Wie geht's?« fragte der Rektor und gab ihm die Hand. »Ich dachte, du würdest schon gestern zu mir kommen. Wie war's denn im Examen?«

Hans senkte den Kopf.

»Na, was denn? Ist's dir schlecht gegangen?«

»Ich glaube, ja.«

»Nun, Geduld!« tröstete der alte Herr. »Vermutlich kommt noch heute vormittag der Bericht von Stuttgart.«

Der Vormittag war entsetzlich lang. Es kam kein Bericht, und beim Mittagessen konnte Hans vor innerlichem Schluchzen kaum schlucken.

Nachmittags, als er um zwei ins Schulzimmer kam, war der Klassenlehrer schon dort.

»Hans Giebenrath«, rief er laut.

Hans trat vor. Der Lehrer gab ihm die Hand.

»Ich gratuliere dir, Giebenrath. Du hast das Landexamen als Zweiter bestanden.«

Es entstand eine feierliche Stille. Die Tür ging auf, und der Rektor trat herein.

»Ich gratuliere. Nun, was sagst du jetzt?«

Der Bub war ganz gelähmt vor Überraschung und Freude.

»Na, sagst du gar nichts?«

»Wenn ich das gewußt hätte«, fuhr es ihm heraus, »dann hätt' ich auch vollends Primus werden können.«

»Nun geh heim«, sagte der Rektor, »und sag es deinem Papa. In die Schule brauchst du jetzt nicht mehr zu kommen, in acht Tagen fangen ja ohnehin die Ferien an.«

Schwindelig kam der Junge auf die Straße hinaus, sah die Linden stehen und den Marktplatz in der Sonne daliegen, alles wie sonst, aber alles schöner und bedeutungsvoller und freudiger. Er hatte bestanden! Und er war Zweiter! Als der erste Freudensturm vorüber war, erfüllte ihn ein heißes Dankgefühl. Nun brauchte er dem Stadtpfarrer nicht aus dem Wege zu gehen.

Nun konnte er studieren! Nun brauchte er weder den Käsladen noch das Kontor mehr zu fürchten!

Und jetzt konnte er auch wieder angeln. Der Vater stand gerade in der Haustür, als er heimkam.

»Was gibt's?« fragte er leichthin.

»Nicht viel. Man hat mich aus der Schule entlassen.«

»Was? Warum denn?«

»Weil ich jetzt Seminarist bin.«

»Ja, sackerlot, hast du denn bestanden?«

Hans nickte.

»Gut?«

»Ich bin der Zweite geworden.«

Das hatte der Alte doch nicht erwartet. Er wußte gar nichts zu sagen, klopfte dem Sohn fortwährend auf die Schulter, lachte und schüttelte den Kopf. Dann öffnete er den Mund, um etwas zu sagen. Doch sagte er nichts, sondern schüttelte nur wieder den Kopf.

»Donnerwetter!« rief er schließlich. Und noch einmal: »Donnerwetter!«

Hans stürzte ins Haus hinein, die Treppen hinan und auf den Dachboden, riß einen Wandschrank in der leerstehenden Mansarde auf, kramte darin herum und zog allerlei Schachteln und Schnurbündel und Korkstücke heraus. Es war sein Angelzeug. Nun mußte er vor allem eine schöne Rute dazu schneiden. Er ging zum Vater hinunter.

»Papa, leih mir dein Sackmesser!«

»Zu was?«

»Ich muß eine Gerte schneiden, zum Fischen.«

Der Papa griff in die Tasche.

»Da«, sagte er strahlend und großartig, »da sind zwei Mark, du kannst dir ein eigenes Messer kaufen. Geh aber nicht zum Hanfried, sondern drüben in die Messerschmiede.«

Nun ging's im Galopp. Der Messerschmied fragte nach dem Examen, bekam die frohe Botschaft zu hören und gab ein extra schönes Messer her. Flußabwärts, unterhalb der Brühelbrücke, standen schöne, schlanke Erlen- und Haselstauden, dort schnitt er sich nach langem Auswählen eine fehlerlose, zäh federnde Rute und eilte damit nach Hause zurück.

Mit gerötetem Gesicht und glänzenden Augen ging er an die fröhliche Arbeit des Angelrüstens, die ihm fast so lieb wie das Fischen selber war. Den ganzen Nachmittag und Abend saß er darüber. Die weißen, braunen und grünen Schnüre wurden sortiert, peinlich untersucht, geflickt und von manchem alten Knoten und Wirrwarr befreit. Korkstücke und Federkiele in allen Formen und Größen wurden probiert oder neu geschnitzt, kleine Bleistücke von verschiedenem Gewicht in Kugeln gehämmert und mit Einschnitten versehen, zum Beschweren der Schnüre. Dann kamen die Angelhaken, von denen noch ein kleiner Vorrat da war. Sie wurden teils an vierfachem, schwarzem Nähfaden, teils an einem Rest Darmsaite, teils an zusammengedrehten Roßhaarschnüren befestigt. Gegen Abend war alles fertig, und Hans war nun sicher, in den langen sieben Ferienwochen keine Langeweile haben zu müssen, denn mit der Angelrute konne er ganze Tage allein am Wasser zubringen.

Zweites Kapitel

So müssen Sommerferien sein! Über den Bergen ein enzian-
blauer Himmel, wochenlang ein strahlend heißer Tag am andern, nur zuweilen ein heftiges, kurzes Gewitter. Der Fluß, obwohl er seinen Weg durch so viel Sandsteinfelsen und
Tannenschatten und enge Täler hat, war so erwärmt, daß man
noch spät am Abend baden konnte. Rings um das Städtchen her
war Heu- und Öhmdgeruch, die schmalen Bänder der paar
Kornäcker wurden gelb und goldbraun, an den Bächen geilten
mannshoch die weißblühenden, schierlingartigen Pflanzen, deren Blüten schirmförmig und stets von winzigen Käfern bedeckt
sind und aus deren hohlen Stengeln man Flöten und Pfeifen
schneiden kann. An den Waldrändern prunkten lange Reihen
von wolligen, gelbblühenden, majestätischen Königskerzen,
Weiderich und Weidenröschen wiegten sich auf ihren schlanken, zähen Stielen und bedeckten ganze Abhänge mit ihrem
violetten Rot. Innen unter den Tannen stand ernst und schön
und fremdartig der hohe, steile rote Fingerhut mit den silber-
wolligen breiten Wurzelblättern, dem starken Stengel und den
hochaufgereihten, schönroten Kelchblüten. Daneben die vielerlei Pilze: der rote, leuchtende Fliegenschwamm, der fette,
breite Steinpilz, der abenteuerliche Bocksbart, der rote, viel-
ästige Korallenpilz; und der sonderbar farblose, kränklich feiste
Fichtenspargel. Auf den vielen heidigen Rainen zwischen Wald
und Wiese flammte brandgelb der zähe Ginster, dann kamen
lange, lilarote Bänder von Erika, dann die Wiesen selber, zumeist schon vor dem zweiten Schnitte stehend, von Schaum-
kraut, Lichtnelken, Salbei, Skabiosen farbig überwuchert. Im
Laubwald sangen die Buchfinken ohne Aufhören, im Tannen-
wald rannten fuchsrote Eichhörnchen durch die Wipfel, an
Rainen, Mauern und trockenen Gräben atmeten und schim-
merten grüne Eidechsen wohlig in der Wärme, und über die
Wiesen hin läuteten endlos die hohen, schmetternden, nie ermüdenden Zikadenlieder.

Die Stadt machte um diese Zeit einen sehr bäuerlichen Eindruck; Heuwagen, Heugeruch und Sensendengeln erfüllte die Straßen und Lüfte; wenn nicht die zwei Fabriken gewesen wären, hätte man geglaubt, in einem Dorf zu sein.

Früh am Morgen des ersten Ferientages stand Hans schon ungeduldig in der Küche und wartete auf den Kaffee, als die alte Anna noch kaum aufgestanden war. Er half Feuer machen, holte Brot vom Becken, stürzte schnell den mit frischer Milch gekühlten Kaffee hinunter, steckte Brot in die Tasche und lief davon. Am oberen Bahndamm machte er halt, zog eine runde Blechschachtel aus der Hosentasche und begann, fleißig Heuschrecken zu fangen. Die Eisenbahn lief vorüber – nicht im Sturm, denn die Linie steigt dort gewaltig, sondern schön behaglich, mit lauter offenen Fenstern und wenig Passagieren, eine lange, fröhliche Fahne von Rauch und Dampf hinter sich flattern lassend. Er sah ihr nach und sah zu, wie der weißliche Rauch verwirbelte und sich bald in die sonnigen, frühklaren Lüfte verlor. Wie lang hatte er das alles nicht gesehen! Er tat große Atemzüge, als wollte er die verlorene schöne Zeit nun doppelt einholen und noch einmal recht ungeniert und sorgenlos ein kleiner Knabe sein.

Das Herz klopfte ihm vor heimlicher Wonne und Jägerlust, als er mit der Heuschreckenschachtel und dem neuen Angelstock über die Brücke und hinten durch die Gärten zum Gaulsgumpen, der tiefsten Stelle des Flusses, schritt. Dort war ein Platz, wo man, an einen Weidenstamm gelehnt, bequemer und ungestörter fischen konnte als sonst irgendwo. Er wickelte die Schnur ab, tat ein kleines Schrotkorn daran, spießte erbarmungslos eine feiste Heuschrecke auf den Haken und schleuderte die Angel mit weitem Schwung gegen die Flußmitte. Das alte, wohlbekannte Spiel begann: Die kleinen Blecken schwärmten in ganzen Scharen um den Köder und versuchten, ihn vom Haken zu zerren. Bald war er weggefressen, eine zweite Heuschrecke kam an die Reihe, und noch eine, und eine vierte und fünfte. Immer vorsichtiger befestigte er sie am Haken, schließlich beschwerte er die Schnur mit einem weiteren

Schrotkorn, und nun probierte der erste ordentliche Fisch den Köder. Er zerrte ein wenig daran, ließ ihn wieder los, probierte nochmals. Nun biß er an – das spürt ein guter Angler durch Schnur und Stock hindurch in den Fingern zucken! Hans tat einen künstlichen Ruck und begann ganz vorsichtig zu ziehen. Der Fisch saß, und als er sichtbar wurde, erkannte Hans ein Rotauge. Man kennt sie gleich am breiten, weißgelblich schimmernden Leib, am dreieckigen Kopf und namentlich an dem schönen, fleischroten Ansatz der Bauchflossen. Wie schwer mochte er wohl sein? Aber ehe er es schätzen konnte, tat der Fisch einen verzweifelten Schlag, wirbelte angstvoll über die Wasserfläche und entkam. Man sah ihn noch, wie er sich drei-, viermal im Wasser umdrehte und dann wie ein silberner Blitz in die Tiefe verschwand. Er hatte schlecht gebissen.

In dem Angler war nun die Aufregung und leidenschaftliche Aufmerksamkeit der Jagd erwacht. Sein Blick hing scharf und unverwandt an der dünnen braunen Schnur, da, wo sie das Wasser berührte, seine Backen waren gerötet, seine Bewegungen knapp, rasch und sicher. Ein zweites Rotauge biß an und kam heraus, dann ein kleiner Karpfen, für den es fast schade war, dann hintereinander drei Kresser. Die Kresser freuten ihn besonders, da der Vater sie gerne aß. Sie haben einen fetten, kleinschuppigen Leib, dicken Kopf mit drolligem weißem Bart, kleine Augen und einen schlanken Hinterleib. Die Farbe ist zwischen Grün und Braun und spielt, wenn der Fisch ans Land kommt, ins Stahlblaue.

Inzwischen war die Sonne hochgestiegen, der Schaum am obern Wehr leuchtete schneeweiß, über dem Wasser zitterte die warme Luft, und wenn man aufblickte, sah man über dem Muckberg ein paar handgroße, blendende Wölkchen stehen. Es wurde heiß. Nichts bringt die Wärme eines reinen Hochsommertages so zum Ausdruck wie die paar ruhigen kleinen Wölkchen, die still und weiß in halber Höhe der Bläue stehen und so mit Licht gefüllt und durchtränkt sind, daß man sie nicht lange ansehen kann. Ohne sie würde man oft gar nicht merken, wie heiß es ist, nicht am blauen Himmel noch am Glitzern des

Flußspiegels, aber sobald man die paar schaumweißen, festge-
ballten Mittagssegler sieht, spürt man plötzlich die Sonne brennen, sucht den Schatten und fährt sich mit der Hand über die
feuchte Stirne.

Hans achtete allmählich weniger streng auf die Angel. Er war
ein wenig müde, und sowieso pflegt man gegen Mittag fast
nichts zu fangen. Die Weißfische, auch die ältesten und größten,
kommen um diese Zeit nach oben, um sich zu sonnen. Sie
schwimmen träumerisch in großen dunklen Zügen flußaufwärts, dicht an der Oberfläche, erschrecken zuweilen plötzlich
ohne sichtbare Ursache und gehen in diesen Stunden an keine
Angel.

Er ließ die Schnur über einen Zweig der Weide hinweg ins Wasser hängen, setzte sich auf den Boden und schaute auf den grünen Fluß. Langsam kamen die Fische nach oben, ein dunkler
Rücken um den andern erschien auf der Fläche – stille, langsam
schwimmende, von der Wärme emporgelockte und bezauberte
Züge. Denen konnte im warmen Wasser wohl sein! Hans zog
die Stiefel aus und ließ die Füße ins Wasser hängen, das an der
Oberfläche ganz lau war. Er betrachtete die gefangenen Fische,
die in einer großen Gießkanne schwammen und nur hin und
wieder leise plätscherten. Wie schön sie waren! Weiß, Braun,
Grün, Silber, Mattgold, Blau und andere Farben glänzten bei
jeder Bewegung an den Schuppen und Flossen.

Es war sehr still. Kaum hörte man das Geräusch der über die
Brücke fahrenden Wagen, auch das Klappern der Mühle war
hier nur noch ganz schwach vernehmbar. Nur das stetige milde
Rauschen des weißen Wehrs klang ruhig, kühl und schläfernd
herab und an den Floßpfählen der leise, quirlende Laut des zie-
henden Wassers.

Griechisch und Latein, Grammatik und Stilistik, Rechnen und
Memorieren und der ganze folternde Trubel eines langen, ru-
helosen, gehetzten Jahres sanken still in der schläfernd warmen
Stunde unter. Hans hatte ein wenig Kopfweh, aber nicht so
stark wie sonst, und nun konnte er ja wieder am Wasser sitzen,
sah den Schaum am Wehr zerstäuben, blinzelte nach der An-

gelschnur, und neben ihm schwammen in der Kanne die gefangenen Fische. Das war so köstlich. Zwischendurch fiel ihm plötzlich ein, daß er das Landexamen bestanden habe und Zweiter geworden sei, da klatschte er mit den nackten Füßen ins Wasser, steckte beide Hände in die Hosentaschen und fing an, eine Melodie zu pfeifen. Richtig und eigentlich pfeifen konnte er zwar nicht, das war ein alter Kummer und hatte ihm von den Schulkameraden schon Spott genug eingetragen. Er konnte es nur durch die Zähne und nur leise, aber für den Hausgebrauch genügte das, und jetzt konnte ihn ja keiner hören. Die andern saßen jetzt in der Schule und hatten Geographie, nur er allein war frei und entlassen. Er hatte sie überholt, sie standen jetzt unter ihm. Sie hatten ihn genug geplagt, weil er außer August keine Freundschaften und an ihren Raufereien und Spielen keine rechte Freude gehabt hatte. So, nun konnten sie ihm nachsehen, die Dackel, die Dickköpfe. Er verachtete sie so sehr, daß er einen Augenblick zu pfeifen aufhörte, um den Mund zu verziehen. Dann rollte er seine Schnur auf und mußte lachen, denn es war auch keine Faser vom Köder mehr am Haken. Die in der Schachtel übriggebliebenen Heuschrecken wurden freigelassen und krochen betäubt und unlustig ins kurze Gras. Nebenan in der Rotgerberei wurde schon Mittag gemacht; es war Zeit, zum Essen zu gehen.

Am Mittagstisch wurde kaum ein Wort gesprochen.

»Hast was gefangen?« fragte der Papa.

»Fünf Stück.«

»Ei so? Na, paß nur auf, daß du den Alten nicht fangst, sonst gibt's nachher keine Jungen mehr.«

Weiter gedieh keine Unterhaltung. Es war so warm. Und es war so schade, daß man nicht gleich nach dem Essen ins Bad durfte. Warum eigentlich? Es sei schädlich! Hat sich was mit schädlich; Hans wußte das besser, er war trotz des Verbots oft genug gegangen. Aber jetzt nimmer, er war für Unarten doch schon zu erwachsen. Herr Gott, im Examen hatte man »Sie« zu ihm gesagt!

Schließlich war es auch gar nicht schlecht, eine Stunde im Garten unter der Rottanne zu liegen. Schatten gab es genug, und man konnte lesen oder den Schmetterlingen zusehen. So lag er denn dort bis zwei Uhr, und wenig fehlte, so wäre er eingeschlafen. Aber jetzt ins Bad! Nur ein paar kleine Buben waren auf der Badwiese, die größern saßen alle in der Schule, und Hans gönnte es ihnen von Herzen. Schön langsam zog er die Kleider ab und stieg ins Wasser. Er verstand es, Wärme und Kühlung wechselnd zu genießen; bald schwamm er ein Stück und tauchte und plätscherte, bald lag er bäuchlings am Ufer und fühlte auf der schnell trocknenden Haut die Sonne glühen. Die kleinen Buben schlichen respektvoll um ihn her. Jawohl, er war eine Berühmtheit geworden. Und er sah auch so anders aus als die übrigen. Auf dem dünnen, gebräunten Halse saß frei und elegant der feine Kopf mit dem geistigen Gesicht und den überlegenen Augen. Im übrigen war er sehr mager, schmalgliedrig und zart, auf Brust und Rücken konnte man ihm die Rippen zählen, und Waden hatte er fast gar keine.

Fast den ganzen Nachmittag trieb er sich zwischen Sonne und Wasser hin und her. Nach vier Uhr kamen die meisten von seiner Klasse eilig und lärmend dahergelaufen.

»Oha, Giebenrath! Du hast's jetzt gut.«

Er streckte sich behaglich. »'s geht an, ja.«

»Wann mußt du ins Seminar?«

»Erst im September. Jetzt ist Vakanz.«

Er ließ sich beneiden. Es berührte ihn nicht einmal, als im Hintergrund Gespött laut wurde und einer den Vers sang:

> Wenn i's no au so hätt,
> Wie's Schulze Lisabeth!
> Die leit bei Dag im Bett,
> So han i's net.

Er lachte nur. Inzwischen entkleideten sich die Buben. Der eine sprang frischweg ins Wasser, andere kühlten sich erst vorsichtig ab, manche legten sich vorher noch ein wenig ins Gras. Ein guter Taucher wurde bewundert. Ein Angstpeter wurde hinterrücks ins Wasser gestoßen und schrie Mordio. Man jagte einander, lief und schwamm, spritzte die Trockenbader am Lande. Das Geplätscher und Geschrei war groß, und die ganze Flußbreite glänzte von hellen, nassen, blanken Leibern.

Nach einer Stunde ging Hans fort. Es kamen die warmen Abendstunden, wo die Fische wieder beißen. Bis zum Abendessen angelte er auf der Brücke und fing so gut wie gar nichts. Die Fische waren gierig hinter der Angel her, jeden Augenblick war der Köder weggefressen, aber nichts blieb hängen. Er hatte Kirschen am Haken, offenbar waren sie zu groß und zu weich. Er beschloß, später noch einen Versuch zu machen.

Beim Abendessen erfuhr er, es sei eine Menge von Bekannten zum Gratulieren dagewesen. Und man zeigte ihm das heutige Wochenblatt, da stand unter dem »Amtlichen« eine Notiz:
»An die Aufnahmeprüfung zum niederen theologischen Seminar hat unsre Stadt diesmal nur einen Kandidaten, Hans Giebenrath, geschickt. Zu unsrer Freude erfahren wir soeben, daß derselbe die Prüfung als Zweiter bestanden hat.«

Er faltete das Blatt zusammen, steckte es in die Tasche und sagte nichts, war aber zum Zerspringen voll von Stolz und Jubel. Nachher ging er wieder zum Fischen. Als Köder nahm er diesmal ein paar Stückchen Käse mit; der schmeckt den Fischen und kann in der Dämmerung gut von ihnen gesehen werden.

Die Rute ließ er stehen und nahm nur eine ganz einfache Handangel mit. Das war ihm das liebste Fischen: die Schnur ohne Stock und ohne Schwimmer in der Hand zu halten, so daß die ganze Angel nur aus Leine und Haken bestand. Es war etwas mühsamer, aber viel lustiger. Man beherrschte dabei jede geringste Bewegung des Köders, spürte jedes Probieren und Anbeißen und konnte im Zucken der Leine die Fische beobachten, wie wenn man sie vor sich sähe. Freilich diese Art zu fischen will verstanden sein, man muß geschickte Finger haben und aufpassen wie ein Spion.

In dem engen, tief eingeschnittenen und gewundenen Flußtal kam die Dämmerung früh. Das Wasser lag schwarz und still unter der Brücke, in der untern Mühle war schon Licht. Geplauder und Gesang lief über Brücken und Gassen, die Luft war ein wenig schwül, und im Flusse sprang alle Augenblicke ein dunkler Fisch mit kurzem Schlag in die Höhe. An solchen Abenden sind die Fische merkwürdig erregt, schießen im Zickzack hin und her, schnellen sich in die Luft, stoßen sich an der Angelschnur und stürzen sich blindlings auf den Köder. Als das letzte Stückchen Käse verbraucht war, hatte Hans vier kleinere Karpfen herausgezogen; die wollte er morgen dem Stadtpfarrer bringen. Ein warmer Wind lief talabwärts. Es dunkelte stark, aber der Himmel war noch licht. Aus dem ganzen dunkelnden Städtchen stieg nur der Kirchturm und das Schloßdach schwarz und scharf in die helle Höhe. Ganz in der Ferne mußte es irgendwo gewittern, man hörte zuweilen ein sanftes, weit entferntes Donnern. Als Hans um zehn Uhr in sein Bett stieg, war er in Kopf und Gliedern so angenehm müde und schläfrig wie schon lange nicht mehr. Eine lange Reihe schöner, freier Sommertage lag beruhigend und verlockend vor ihm, Tage zum Verbummeln, Verbaden, Verangeln, Verträumen. Bloß das eine wurmte ihn, daß er nicht vollends Erster geworden war.

Schon am frühen Vormittag stand Hans im Öhrn des Stadtpfarrhauses und lieferte seine Fische ab. Der Stadtpfarrer kam aus seiner Studierstube.
»Ach, Hans Giebenrath! Guten Morgen! Ich gratuliere, ich gratuliere von Herzen. – Und was hast du denn da?«
»Bloß ein paar Fische. Ich hab' gestern geangelt.«
»Ei, da schau her! Danke schön. Nun komm aber herein.«
Hans trat in die ihm wohlbekannte Studierstube. Wie in einer Pfarrersstube sah es eigentlich hier nicht aus. Es roch weder nach Blumenstöcken noch nach Tabak. Die ansehnliche Büchersammlung zeigte fast lauter neue, sauber lackierte und vergoldete Rücken, nicht die abgeschossenen, schiefen, wurmstichigen und stockfleckigen Bände, die man sonst in Pfarrbibliotheken findet. Wer genauer zusah, merkte auch den Titeln der wohlgeordneten Bücher einen neuen Geist an, einen andern, als der in den altmodisch ehrwürdigen Herren der absterbenden

Generation lebte. Die ehrenwerten Prunkstücke einer Pfarrbücherei, die Bengel, Oetinger, Steinhofer samt frommen Liedersängern, welche Mörike im »Turmhahn« so schön besingt, fehlten hier oder verschwanden doch in der Menge moderner Werke. Alles in allem, samt Zeitschriftenmappen, Stehpult und großem blätterbestreutem Schreibtisch sah gelehrt und ernst aus. Man bekam den Eindruck, daß hier viel gearbeitet werde. Und es wurde hier auch viel gearbeitet, freilich weniger an Predigten, Katechesen und Bibelstunden als an Untersuchungen und Artikeln für gelehrte Journale und an Vorstudien zu eigenen Büchern. Die träumerische Mystik und ahnungsvolle Grübelei war von diesem Ort verbannt, verbannt war auch die naive Herzenstheologie, welche über die Schlünde der Wissenschaft hinweg sich der dürstenden Volksseele in Liebe und Mitleid entgegenneigt. Statt dessen wurde hier mit Eifer Bibelkritik getrieben und nach dem »historischen Christus« gefahndet.

Es ist eben in der Theologie nicht anders als anderwärts. Es gibt eine Theologie, die ist Kunst, und eine andere, die ist Wissenschaft oder bestrebt sich wenigstens, es zu sein. Das war vor alters so wie heute, und immer haben die Wissenschaftlichen über den neuen Schläuchen den alten Wein versäumt, indes die Künstler, sorglos bei manchem äußerlichen Irrtum verharrend, Tröster und Freudebringer für viele gewesen sind. Es ist der alte, ungleiche Kampf zwischen Kritik und Schöpfung, Wissenschaft und Kunst, wobei jene immer recht hat, ohne daß jemand damit gedient wäre, diese aber immer wieder den Samen des Glaubens, der Liebe, des Trostes und der Schönheit und Ewigkeitsahnung hinauswirft und immer wieder guten Boden findet. Denn das Leben ist stärker als der Tod, und der Glaube ist mächtiger als der Zweifel.

Zum erstenmal saß Hans auf dem kleinen Ledersofa zwischen Stehpult und Fenster. Der Stadtpfarrer war überaus freundlich. Ganz kameradschaftlich erzählte er vom Seminar und wie man dort lebe und studiere.

»Das wichtigste Neue«, sagte er zum Schluß, »was du dort erleben wirst, ist die Einführung in das neutestamentliche Griechisch. Es wird dir eine neue Welt damit aufgehen, reich an Arbeit und Freude. Im Anfang wird die Sprache dir Mühe machen; das ist kein attisches Griechisch mehr, sondern ein neues, von einem neuen Geist geschaffenes Idiom.«

Hans hörte aufmerksam zu und fühlte sich mit Stolz der wahren Wissenschaft genähert.

»Die schulmäßige Einführung in diese neue Welt«, fuhr der Stadtpfarrer fort, »nimmt ihr natürlich manches von ihrem Zauber. Auch wird dich im Seminar zunächst das Hebräische vielleicht zu einseitig in Anspruch nehmen. Wenn du nun Lust hast, so könnten wir in diesen Ferien einen kleinen Anfang machen. Im Seminar wirst du dann froh sein, Zeit und Kraft für anderes übrigzubehalten. Wir könnten ein paar Kapitel Lukas zusammen lesen, und du würdest die Sprache fast spielend nebenher lernen. Ein Wörterbuch kann ich dir leihen. Du würdest etwa täglich eine Stunde, höchstens zwei, daran rücken. Mehr natürlich nicht, denn vor allem mußt du jetzt deine verdiente Erholung haben. Natürlich ist das nur ein Vorschlag – ich möchte dir ja nicht das schöne Feriengefühl damit verderben.«

Hans sagte natürlich zu. Zwar erschien ihm diese Lukasstunde wie eine leichte Wolke am fröhlich blauen Himmel seiner Freiheit, doch schämte er sich abzulehnen. Und eine neue Sprache so in den Ferien nebenher zu lernen, war gewiß mehr Vergnügen als Arbeit. Vor dem vielen Neuen, das im Seminar zu lernen wäre, hatte er ohnehin eine leise Furcht, besonders vor dem Hebräischen.

Nicht unbefriedigt verließ er den Stadtpfarrer und schlug sich durch den Lärchenweg aufwärts in den Wald. Der kleine Unmut war schon verflogen, und je mehr er sich die Sache überlegte, desto annehmbarer kam sie ihm vor. Denn das wußte er wohl, daß er im Seminar noch ehrgeiziger und zäher arbeiten müsse, wenn er auch dort die Kameraden hinter sich lassen wollte. Und das wollte er entschieden. Warum eigentlich? Das wußte er selber nicht. Seit drei Jahren war man auf ihn aufmerksam, hatten die Lehrer, der Stadtpfarrer, der Vater und namentlich der Rektor ihn angespornt und gestachelt und in

41

Atem gehalten. Die ganze lange Zeit, von Klasse zu Klasse, war er unbestrittener Primus gewesen. Und nun hatte er allmählich selber seinen Stolz darein gesetzt, obenan zu sein und keinen neben sich zu dulden. Und die dumme Examensangst war jetzt vorbei.

Freilich, Ferien haben war doch eigentlich das Schönste. Wie ungewohnt schön der Wald nun wieder war in diesen Morgenstunden, wo es keinen Spaziergänger darin gab als ihn! Säule an Säule standen die Rottannen, eine unendliche Halle blaugrün überwölbend. Unterholz gab es wenig, nur da und dort ein dickes Himbeergestrüppe, dafür einen stundenbreiten, weichen, pelzigen Moosboden, von niederen Heidelbeerstöcken und Erika bestanden. Der Tau war schon getrocknet, und zwischen den bolzgeraden Stämmen wiegte sich die eigentümliche Waldmorgenschwüle, die, aus Sonnenwärme, Taudunst, Moosduft und dem Geruch von Harz, Tannennadeln und Pilzen gemischt, sich einschmeichelnd mit leichter Betäubung an alle Sinne schmiegt. Hans warf sich ins Moos, weidete die dunklen, dichtbestandenen Schwarzbeersträucher ab, hörte da und dort den Specht am Stamme hämmern und den eifersüchtigen Kuckuck rufen. Zwischen den schwärzlich dunklen Tannenkronen schaute fleckenlos tiefblau der Himmel herein, in die Ferne hin drängten sich die tausend und tausend senkrechten Stämme zu einer ernsten braunen Wand zusammen, hie und da lag ein gelber Sonnenfleck warm und sattglänzend ins Moos gestreut. Eigentlich hatte Hans einen großen Spaziergang machen wollen, mindestens bis zum Lützeler Hof oder zur Krokuswiese. Nun lag er im Moos, aß Heidelbeeren und staunte träge in die Luft. Es fing ihn selber an zu wundern, daß er so müde war. Früher war ihm ein Gang von drei, vier Stunden doch gar nichts gewesen. Er beschloß, sich aufzuraffen und ein tüchtiges Stück zu marschieren. Und er ging ein paar hundert Schritte. Da lag er schon wieder, er wußte nicht, wie es kam, im Moos und ruhte. Er blieb liegen, sein Blick irrte blinzelnd durch Stämme und Wipfel und am grünen Boden hin. Daß diese Luft so müd machte!

Als er gegen Mittag heimkam, hatte er wieder Kopfweh. Auch die Augen taten ihm weh, auf dem Waldsteig hatte die Sonne so heillos geblendet. Den halben Nachmittag saß er verdrossen im Haus herum, erst beim Baden wurde er wieder frisch. Es war jetzt Zeit, zum Stadtpfarrer zu gehen.

Unterwegs sah ihn der Schuster Flaig, der am Fenster seiner Werkstatt auf dem Dreibein saß, und rief ihn herein.

»Wohin, mein Sohn? Man sieht dich ja gar nimmer?«

»Jetzt muß ich zum Stadtpfarrer.«

»Immer noch? Das Examen ist doch vorbei.«

»Ja, jetzt kommt was andres dran. Neues Testament. Nämlich das Neue Testament ist ja griechisch geschrieben, aber wieder in einem ganz andern Griechisch, als was ich gelernt hab'. Das soll ich jetzt lernen.«

Der Schuster schob die Mütze weit ins Genick und zog seine große Grüblerstirn zu dicken Falten zusammen. Er seufzte schwer.

»Hans«, sagte er leise, »ich will dir was sagen. Bis jetzt hab' ich mich still gehalten, von wegen dem Examen, aber jetzt muß ich dich mahnen. Du mußt nämlich wissen, daß der Stadtpfarrer ein Ungläubiger ist. Er wird dir sagen und vormachen, die Heiligen Schriften seien falsch und verlogen, und wenn du mit ihm das Neue Testament gelesen hast, dann hast du selber deinen Glauben verloren und weißt nicht wie.«

»Aber, Herr Flaig, es handelt sich ja bloß ums Griechische. Im Seminar muß ich's ja sowieso lernen.«

»So sagst du. Es ist aber zweierlei, ob du die Bibel bei frommen und gewissenhaften Lehrern studieren lernst oder bei einem, der nicht mehr an den lieben Gott glaubt.«

»Ja, das weiß man doch nicht, ob er wirklich nicht an ihn glaubt.«

»Doch, Hans, man weiß es leider.«

»Aber was soll ich machen? Ich hab' nun schon mit ihm ausgemacht, daß ich komme.«

»Dann mußt du auch kommen, das versteht sich. Aber wenn er solche Sachen über die Bibel sagt, sie sei Menschenwerk und sei verlogen und nicht vom Heiligen Geist eingegeben, dann kommst du zu mir, und wir reden darüber. Willst du?«

»Ja, Herr Flaig. Es wird aber sicher nicht so schlimm sein.«

»Du wirst sehen; denk an mich!«

Der Stadtpfarrer war noch nicht zu Hause, und Hans mußte in der Studierstube auf ihn warten. Während er die goldenen Büchertitel betrachtete, gaben ihm die Reden des Schuhmachermeisters zu denken. Derartige Äußerungen über den Stadtpfarrer und die neumodischen Geistlichen überhaupt hatte er schon öfters gehört. Doch fühlte er jetzt zum erstenmal mit Spannung und Neugierde sich selber in diese Dinge hineingezogen. So wichtig und schrecklich wie dem Schuster waren sie ihm nicht, vielmehr witterte er hier die Möglichkeit, hinter alte, große Geheimnisse zu dringen. In den früheren Schülerjahren hatten ihn die Fragen nach Gottes Allgegenwart, nach dem Verbleib der Seelen, nach Teufel und Hölle hie und da zu phantastischen Grübeleien erregt, doch war alles das in den letzten strengen und fleißigen Jahren eingeschlafen, und sein schulmäßiger Christenglaube war nur in Gesprächen mit dem Schuhmacher gelegentlich zu einigem persönlichen Leben aufgewacht. Er mußte lächeln, wenn er jenen mit dem Stadtpfarrer verglich. Des Schusters herbe, in bitteren Jahren erworbene Festigkeit konnte der Knabe nicht verstehen, und im übrigen war Flaig ein zwar gescheiter, aber schlichter und einseitiger Mensch, von vielen wegen seiner Pietisterei verhöhnt. In den Versammlungen der Stundenbrüder trat er als strenger brüderlicher Richter und als ein gewaltiger Ausleger der Heiligen Schrift auf, hielt auch in den Dörfern herum seine Erbauungsstunden, sonst aber war er eben ein kleiner Handwerksmann und beschränkt wie alle andern. Der Stadtpfarrer hingegen war nicht nur ein gewandter, wohlredender Mann und Prediger, sondern außerdem ein fleißiger und strenger Gelehrter. Hans schaute mit Ehrfurcht an den Bücherschäften hinauf.

Der Stadtpfarrer kam bald, vertauschte den Gehrock mit einer leichten schwarzen Hausjacke, gab dem Schüler eine griechische Textausgabe des Lukasevangeliums in die Hand und for-

44

derte ihn auf zu lesen. Das war ganz anders, als die Lateinstunden gewesen waren. Sie lasen nur wenige Sätze, die wurden mit peinlicher Wörtlichkeit übersetzt, und dann entwickelte der Lehrer aus unscheinbaren Beispielen geschickt und beredt den eigentümlichen Geist dieser Sprache, redete über die Zeit und Weise der Entstehung des Buches und gab in der einzigen Stunde dem Knaben einen ganz neuen Begriff von Lernen und Lesen. Hans bekam eine Ahnung davon, welche Rätsel und Aufgaben in jedem Vers und Wort verborgen lagen, wie seit alten Zeiten her Tausende von Gelehrten, Grüblern und Forschern sich um diese Fragen bemüht hatten, und es kam ihm vor, er selber werde in dieser Stunde in den Kreis der Wahrheitssucher aufgenommen.

Er bekam ein Lexikon und eine Grammatik geliehen und arbeitete daheim noch den ganzen Abend weiter. Nun spürte er, über wieviel Berge von Arbeit und Wissen der Weg zur wahren Forschung führe, und er war bereit, sich hindurchzuschlagen und nichts am Wege liegenzulassen. Der Schuhmacher war einstweilen vergessen.

Einige Tage nahm dies neue Wesen ihn ganz in Anspruch. Jeden Abend ging er zum Stadtpfarrer, und jeden Tag kam ihm die wahre Gelehrsamkeit schöner, schwieriger und erstrebenswerter vor. Morgens in den Frühstunden ging er zum Angeln, nachmittags auf die Badwiese, sonst kam er wenig aus dem Hause. Der in Angst und im Triumph des Examens untergetauchte Ehrgeiz war wieder wach und ließ ihm keine Ruhe. Zugleich begann wieder das eigentümliche Gefühl im Kopf sich zu regen, das er in den letzten Monaten so oft gefühlt hatte – kein Schmerz, sondern ein hastig triumphierendes Treiben beschleunigter Pulse und heftig aufgeregter Kräfte, ein eilig ungestümes Vorwärtsbegehren. Nachher kam freilich das Kopfweh, aber solange jenes feine Fieber dauerte, rückte Lektüre und Arbeit stürmisch voran, dann las er spielend die schwersten Sätze im Xenophon, die ihn sonst Viertelstunden kosteten, dann brauchte er das Wörterbuch fast gar nie, sondern flog mit geschärftem Verständnis über ganze schwere Seiten rasch und freudig hinweg. Mit diesem gesteigerten Arbeitsfieber und Erkenntnisdurst traf dann ein stolzes Selbstgefühl zusammen, als lägen Schule und Lehrer und Lehrjahre schon längst hinter ihm und als schreite er schon eine eigene Bahn, der Höhe des Wissens und Könnens entgegen.

Das kam nun wieder über ihn und zugleich der leichte oft unterbrochene Schlaf mit sonderbar klaren Träumen. Wenn er nachts mit leichtem Kopfweh erwachte und nicht wieder einschlafen konnte, befiel ihn eine Ungeduld, vorwärtszukommen, und ein überlegener Stolz, wenn er daran dachte, um wieviel er allen Kameraden voraus war und wie Lehrer und Rektor ihn mit einer Art von Achtung und sogar Bewunderung betrachtet hatten.

Dem Rektor war es ein inniges Vergnügen gewesen, diesen von ihm geweckten, schönen Ehrgeiz zu leiten und wachsen zu sehen. Man sage nicht, Schulmeister haben kein Herz und seien verknöcherte und entseelte Pedanten! O nein, wenn ein Lehrer sieht, wie eines Kindes lange erfolglos gereiztes Talent hervorbricht, wie ein Knabe Holzsäbel und Schleuder und Bogen und die anderen kindischen Spielereien ablegt, wie er vorwärtszustreben beginnt, wie der Ernst der Arbeit aus einem rauhen Pausback einen feinen, ernsten und fast asketischen Knaben macht, wie sein Gesicht älter und geistiger, sein Blick tiefer und zielbewußter, seine Hand weißer und stiller wird, dann lacht ihm die Seele vor Freude und Stolz. Seine Pflicht und sein ihm vom Staat überantworteter Beruf ist es, in dem jungen Knaben die rohen Kräfte und Begierden der Natur zu bändigen und auszurotten und an ihre Stelle stille, mäßige und staatlich anerkannte Ideale zu pflanzen. Wie mancher, der jetzt ein zufriedener Bürger und strebsamer Beamter ist, wäre ohne diese Bemühungen der Schule zu einem haltlos stürmenden Neuerer oder unfruchtbar sinnenden Träumer geworden!

Es war etwas in ihm, etwas Wildes, Regelloses, Kulturloses, das mußte erst zerbrochen werden, eine gefährliche Flamme, die mußte erst gelöscht und ausgetreten werden. Der Mensch, wie ihn die Natur erschafft, ist etwas Unberechenbares, Undurchsichtiges, Gefährliches. Er ist ein von unbekanntem Berge herbrechender Strom und ist ein Urwald ohne Weg und Ordnung. Und wie ein Urwald gelichtet und gereinigt und gewaltsam eingeschränkt werden muß, so muß die Schule den natürlichen Menschen zerbrechen, besiegen und gewaltsam einschränken; ihre Aufgabe ist es, ihn nach obrigkeitlicherseits gebilligten Grundsätzen zu einem nützlichen Gliede der Gesellschaft zu machen und die Eigenschaften in ihm zu wecken, deren völlige Ausbildung alsdann die sorgfältige Zucht der Kaserne krönend beendigt.

Wie schön hatte sich der kleine Giebenrath entwickelt! Das Strolchen und Spielen hatte er fast von selber abgelegt, das dumme Lachen in den Lektionen kam bei ihm längst nimmer vor, auch die Gärtnerei, das Kaninchenhalten und das leidige Angeln hatte er sich abgewöhnen lassen.

Eines Abends erschien der Herr Rektor persönlich im Hause Giebenrath. Nachdem er den geschmeichelten Vater mit Höflichkeit losgeworden war, trat er in Hansens Stube und fand den Knaben am Evangelium Lukä sitzen. Er begrüßte ihn freundlichst.

»Das ist schön, Giebenrath, schon wieder fleißig! Aber warum zeigst du dich denn gar nicht mehr? Ich erwartete dich jeden Tag.«

»Ich wäre schon gekommen«, entschuldigte sich Hans, »aber ich hätte Ihnen gern wenigstens einen schönen Fisch mitgebracht.«

»Fisch? Was denn für einen Fisch?«

»Nun, einen Karpfen oder so was.«

»Ah so. Ja, angelst du denn wieder?«

»Ja, nur ein bißchen. Der Vater hat's erlaubt.«

»Hm. So. Macht's dir viel Vergnügen?«

»Ja, schon.«

»Schön, ganz schön, du hast dir ja deine Ferien wacker verdient. Da hast du wahrscheinlich jetzt wenig Lust, nebenher noch zu lernen?«

»O doch, Herr Rektor, natürlich.«

»Ich möchte dir aber nichts aufzwingen, wozu du nicht selber Lust hast.«

»Freilich hab' ich Lust.«

Der Rektor tat ein paar tiefe Atemzüge, strich sich den dünnen Bart und setzte sich auf einen Stuhl.

»Sieh, Hans«, sagte er, »die Sache liegt so. Es ist eine alte Erfahrung, daß gerade auf ein sehr gutes Examen oft ein plötzlicher Rückschlag folgt. Im Seminar gilt es, sich in mehrere neue Fächer einzuarbeiten. Da kommt nun immer eine Anzahl von Schülern, die in den Ferien vorgearbeitet haben – oft gerade solche, denen es im Examen weniger gut gegangen war. Die rücken dann plötzlich in die Höhe auf Kosten von solchen, die während der Vakanz auf ihren Lorbeeren ausgeruht haben.« Er seufzte wieder.

»Hier in der Schule hast du es ja leicht gehabt, immer der Erste zu sein. Im Seminar findest du aber andere Kameraden, lauter begabte oder sehr fleißige Leute, die sich nicht so spielend überholen lassen. Du begreifst das?«

»Oh, ja.«

»Nun wollte ich dir vorschlagen, in diesen Ferien ein wenig vorauszuarbeiten. Selbstverständlich mit Maß! Du hast jetzt das Recht und die Pflicht, dich tüchtig auszuruhen. Ich dachte, so eine Stunde oder zwei im Tag wären etwa das richtige. Ohne das kommt man leicht aus dem Geleise und braucht nachher Wochen, bis man wieder flott im Zug ist. Was meinst du?«

»Ich bin ganz bereit, Herr Rektor, wenn Sie so gütig sein wollen...«

»Gut. Nächst dem Hebräischen wird dir im Seminar namentlich Homer eine neue Welt erschließen. Du würdest ihn mit doppeltem Genuß und Verständnis lesen, wenn wir schon jetzt einen soliden Grund legten. Die Sprache Homers, der alte ionische Dialekt samt der homerischen Prosodie ist etwas ganz Eigentümliches, ganz etwas für sich, und erfordert Fleiß und Gründlichkeit, wenn man überhaupt zum rechten Genuß dieser Dichtungen kommen will.«

Natürlich war Hans gerne bereit, auch in diese neue Welt einzudringen, und versprach, sein Bestes zu tun. Das dicke Ende kam aber nach. Der Rektor räusperte sich und fuhr freundlich fort:

»Offen gestanden wäre es mir auch lieb, wenn du der Mathematik einige Stunden widmen wolltest. Du bist ja kein schlechter Rechner, doch war die Mathematik bisher immerhin nicht gerade deine Stärke. Im Seminar wirst du Algebra und Geometrie anfangen müssen, und da wäre es doch wohl angezeigt, ein paar vorbereitende Lektionen zu nehmen.«

»Jawohl, Herr Rektor.«

»Bei mir bist du immer willkommen, das weißt du schon. Mir ist es Ehrensache, etwas Tüchtiges aus dir werden zu sehen. Wegen der Mathematik aber müßtest du eben deinen Vater bitten, daß er dich beim Herrn Professor Privatstunden nehmen läßt. Vielleicht drei bis vier in der Woche.«

»Jawohl, Herr Rektor.«

Die Arbeit stand nun wieder in erfreulichster Blüte, und wenn Hans je und je doch wieder eine Stunde angelte oder spazierenlief, hatte er ein schlechtes Gewissen. Die gewohnte Badestunde hatte der aufopfernde Mathematiklehrer zu seinen Lektionen gewählt.

Diese Algebrastunden konnte Hans bei allem Fleiße nicht vergnüglich finden. Es war doch bitter, mitten am heißen Nachmittag statt auf die Badwiese in die warme Stube des Professors zu gehen und in der staubigen, mückendurchsummten Luft mit müdem Kopf und trockener Stimme das a plus b und a minus b herzusagen. Es lag dann etwas Lähmendes und überaus Drückendes in der Luft, das an schlechten Tagen sich in Trostlosigkeit und Verzweiflung verwandeln konnte. Mit der Mathematik ging es ihm überhaupt merkwürdig. Er gehörte nicht zu den Schülern, denen sie verschlossen und unmöglich zu begreifen ist, er fand zuweilen gute, ja elegante Lösungen und hatte dann seine Freude daran. Ihm gefiel das an der Mathematik, daß es hier keine Irrungen und keinen Schwindel gab, keine Möglichkeit, vom Thema abzuirren und trügerische Nebengebiete zu streifen. Aus demselben Grunde hatte er das Latein so gern, denn diese Sprache ist klar, sicher, eindeutig und kennt fast gar keine Zweifel. Aber wenn beim Rechnen auch alle Resultate stimmten, es kam doch eigentlich nichts Rechtes dabei heraus. Die mathematischen Arbeiten und Lehrstunden kamen ihm vor wie das Wandern auf einer ebenen Landstraße; man kommt immer vorwärts, man versteht jeden Tag etwas, was man gestern noch nicht verstand, aber man kommt nie auf einen Berg, wo sich plötzlich weite Aussichten auftun.

Etwas lebendiger ging es in den Stunden beim Rektor zu. Freilich verstand der Stadtpfarrer, aus dem entarteten Griechisch des Neuen Testamentes immer noch etwas viel Anziehenderes und Prachtvolleres zu machen als jener aus der jugendfrischen homerischen Sprache. Aber es war schließlich doch Homer, bei dem gleich hinter den ersten Schwierigkeiten auch schon Überraschungen und Genüsse hervorspringen und unwiderstehlich weiter verlocken. Oft saß Hans vor einem geheimnisvoll schön klingenden, schwer verständlichen Vers voll zitternder Ungeduld und Spannung und konnte nicht eilig genug im Wörterbuch die Schlüssel finden, die ihm den stillen, heiteren Garten eröffneten.

Hausarbeit hatte er nun wieder genug, und manchen Abend saß er wieder, in irgendeine Aufgabe festgebissen, bis spät am Tisch. Vater Giebenrath sah diesen Fleiß mit Stolz. In seinem schwerfälligen Kopf lebte dunkel das Ideal so vieler beschränkter Leute, aus seinem Stamme einen Zweig über sich hinaus in eine Höhe wachsen zu sehen, die er mit dumpfem Respekt verehrte.

In der letzten Ferienwoche zeigten sich Rektor und Stadtpfarrer plötzlich wieder auffallend milde und besorgt. Sie schickten den Knaben spazieren, stellten ihre Lektionen ein und betonten, wie wichtig es sei, daß er frisch und erquickt die neue Laufbahn betrete.

Ein paarmal kam Hans noch zum Angeln. Er hatte viel Kopfweh und saß ohne rechte Aufmerksamkeit am Ufer des Flusses, der nun einen lichtblauen Frühherbsthimmel spiegelte. Es war ihm rätselhaft, weshalb er sich eigentlich seinerzeit so auf die Sommervakanz gefreut hatte. Jetzt war er eher froh, daß sie vorüber war und er ins Seminar kam, wo ein ganz anderes Leben und Lernen beginnen würde. Da ihm nichts daran lag, fing er auch fast gar keine Fische mehr, und als der Vater einmal einen Witz darüber machte, angelte er nicht mehr und tat seine Schnüre wieder in den Mansardenkasten hinauf.

Erst in den letzten Tagen fiel ihm plötzlich ein, daß er wochenlang nicht mehr beim Schuhmacher Flaig gewesen war. Auch jetzt mußte er sich dazu zwingen, ihn aufzusuchen. Es war Abend, und der Meister saß am Fenster seiner Wohnstube, ein kleines Kind auf jedem Knie. Trotz des offenstehenden Fensters durchdrang der Geruch von Leder und Wichse die ganze Wohnung. Befangen legte Hans seine Hand in die harte, breite Rechte des Meisters.

»Nun, wie geht's denn?« fragte dieser. »Bist fleißig beim Stadtpfarrer gewesen?«

»Ja, ich war jeden Tag dort und hab' viel gelernt.«

»Was denn?«

»Hauptsächlich Griechisch, aber auch allerlei sonst.«

»Und zu mir hast nimmer kommen mögen?«

»Mögen schon, Herr Flaig, aber 's hat nie dazu kommen wollen. Beim Stadtpfarrer jeden Tag eine Stunde, beim Rektor jeden Tag zwei Stunden, und viermal in der Woche mußte ich zum Rechenlehrer.«

»Jetzt in den Ferien? Das ist ein Unsinn!«

»Ich weiß nicht. Die Lehrer meinten so. Und das Lernen fällt mir ja nicht schwer.«

»Mag sein«, sagte Flaig und ergriff des Knaben Arm. »Mit dem Lernen wär's schon recht, aber was hast du da für ein paar Ärmlein? Und auch 's Gesicht ist so mager. Hast auch noch Kopfweh?«

»Hie und da.«

»'s ist ein Unsinn, Hans, und eine Sünde dazu. In deinem Alter muß man ordentlich Luft und Bewegung und sein richtiges Ausruhen haben. Zu was gibt man euch denn Ferien? Doch nicht zum Stubenhocken und Weiterlernen. Du bist ja lauter Haut und Knochen!«

Hans lachte.

»Na ja, du wirst dich schon durchbeißen. Aber was zuviel ist, ist zuviel. Und mit den Lektionen beim Stadtpfarrer, wie ist's da gegangen? Was hat er gesagt?«

»Gesagt hat er vielerlei, aber gar nichts Schlimmes. Er weiß kolossal viel.«

»Hat er nie despektierlich von der Bibel geredet?«

»Nein, kein einziges Mal.«

»Das ist gut. Denn das sage ich dir: lieber zehnmal am Leibe verderben als Schaden nehmen an seiner Seele! Du willst später Pfarrer werden, das ist ein köstliches und schweres Amt, und es braucht andere Leute dazu, als die meisten von euch jungen Menschen sind. Vielleicht bist du der Rechte und wirst einmal ein Helfer und Lehrer der Seelen sein. Das wünsche ich von Herzen und will darum beten.«

Er hatte sich erhoben und legte nun dem Knaben beide Hände fest auf die Schultern.

»Leb wohl, Hans, und bleibe im Guten! Der Herr segne dich und behüte dich, Amen.«

Die Feierlichkeit, das Beten und Hochdeutschreden war dem Knaben beklemmend und peinlich. Der Stadtpfarrer hatte beim Abschied nichts derart gemacht.

Mit Vorbereitungen und Abschiednehmen vergingen die paar Tage schnell und unruhig. Eine Kiste mit Bettzeug, Kleidern, Wäsche und Büchern war schon abgeschickt, nun wurde noch der Reisesack gepackt, und eines kühlen Morgens fuhren Vater und Sohn nach Maulbronn ab. Es war doch seltsam und bedrükkend, die Heimat zu verlassen und aus dem Vaterhause weg in eine fremde Anstalt zu ziehen.

Drittes Kapitel

Im Nordwesten des Landes liegt zwischen waldigen Hügeln und kleinen stillen Seen das große Zisterzienserkloster Maulbronn. Weitläufig, fest und wohl erhalten stehen die schönen alten Bauten und wären ein verlockender Wohnsitz, denn sie sind prächtig, von innen und außen, und sie sind in den Jahrhunderten mit ihrer ruhig schönen, grünen Umgebung edel und innig zusammengewachsen. Wer das Kloster besuchen will, tritt durch ein malerisches, die hohe Mauer öffnendes Tor auf einen weiten und sehr stillen Platz. Ein Brunnen läuft dort, und es stehen alte ernste Bäume da und zu beiden Seiten alte steinerne und feste Häuser und im Hintergrunde die Stirnseite der Hauptkirche mit einer spätromanischen Vorhalle, Paradies genannt, von einer graziösen, entzückenden Schönheit ohnegleichen. Auf dem mächtigen Dach der Kirche reitet ein nadelspitzes, humoristisches Türmchen, von dem man nicht begreift, wie es eine Glocke tragen soll. Der unversehrte Kreuzgang, selber ein schönes Werk, enthält als Kleinod eine köstliche Brunnenkapelle; das Herrenrefektorium mit kräftig edlem Kreuzgewölbe, weiter Oratorium, Parlatorium, Laienrefektorium, Abtwohnung und zwei Kirchen schließen sich massig aneinander. Malerische Mauern, Erker, Tore, Gärtchen, eine Mühle, Wohnhäuser umkränzen behaglich und heiter die wuchtigen alten Bauwerke. Der weite Vorplatz liegt still und leer und spielt im Schlaf mit den Schatten seiner Bäume; nur in der Stunde nach Mittag kommt ein flüchtiges Scheinleben über ihn. Dann tritt eine Schar junger Leute aus dem Kloster, verliert sich über die weite Fläche, bringt ein wenig Bewegung, Rufen, Gespräch und Gelächter mit, spielt etwa auch ein Ballspiel und verschwindet nach Ablauf der Stunde rasch und spurlos hinter den Mauern. Auf diesem Platz hat schon mancher sich gedacht, hier wäre der Ort für ein tüchtiges Stück Leben und Freude, hier müßte etwas Lebendiges, Beglückendes wachsen können, hier müßten reife und gute Menschen ihre freudigen Gedanken denken und schöne, heitere Werke schaffen. Seit langer Zeit hat man dies herrliche, weltfern gelegene, hinter Hügeln und Wäldern verborgene Kloster den Schülern des protestantisch-theologischen Seminars eingeräumt, damit Schönheit und Ruhe die empfänglichen jungen Gemüter umgebe. Zugleich sind dort die jungen Leute den zerstreuenden Einflüssen der Städte und des Familienlebens entzogen und bleiben vor dem schädigenden Anblick des tätigen Lebens bewahrt. Es wird dadurch ermöglicht, den Jünglingen jahrelang das Studium der hebräischen und griechischen Sprache samt Nebenfächern allen Ernstes als Lebensziel erscheinen zu lassen, den ganzen Durst der jungen Seelen reinen und idealen Studien und Genüssen zuzuwenden. Dazu kommt als wichtiger Faktor das Internatsleben, die Nötigung zur Selbsterziehung, das Gefühl der Zusammengehörigkeit. Die Stiftung, auf deren Kosten die Seminaristen leben und studieren dürfen, hat hierdurch dafür gesorgt, daß ihre Zöglinge eines besonderen Geistes Kinder werden, an welchem sie später jederzeit erkannt werden können – eine feine und sichere Art der Brandmarkung. Mit Ausnahme der Wildlinge, die sich je und je einmal losreißen, kann man denn auch jeden schwäbischen Seminaristen sein Leben lang als solchen erkennen.

Wer beim Eintritt ins Klosterseminar noch eine Mutter gehabt hat, der denkt zeitlebens an jene Tage mit Dankbarkeit und lächelnder Rührung. Hans Giebenrath war nicht in diesem Fall und kam ohne alle Rührung darüber hinweg, aber er konnte doch eine große Zahl von fremden Müttern beobachten und hatte einen sonderbaren Eindruck davon.

In den großen, mit Wandschränken eingefaßten Korridoren, den sogenannten Dormenten, standen Kisten und Körbe umher, und die von ihren Eltern begleiteten Knaben waren mit dem Auspacken und Einräumen ihrer Siebensachen beschäftigt. Jeder hatte seinen numerierten Schrank und in den Arbeitszimmern sein numeriertes Büchergestell angewiesen bekommen. Söhne und Eltern knieten auspackend am Boden, der Famulus wandelte wie ein Fürst zwischendurch und gab hie und da wohlmeinenden Rat. Es wurden ausgepackte Kleider ausgebreitet, Hemden gefaltet, Bücher aufgestapelt, Stiefel und Pantoffeln in Reihen gestellt. Die Ausrüstung war in den Hauptstücken bei allen dieselbe, denn die Mindestzahl der mitzubringenden Wäschestücke und das Wesentliche des übrigen Hausrats waren vorgeschrieben. Blecherne Waschbecken mit eingekratzten Namen kamen zum Vorschein und wurden im Waschsaal aufgestellt, Schwamm, Seifenschale, Kamm und Zahnbürsten daneben. Ferner hatte jeder eine Lampe, eine Erdölkanne und ein Tischbesteck mitgebracht.

Die Knaben waren sämtlich überaus geschäftig und erregt. Die Väter lächelten, versuchten mitzuhelfen, sahen oft nach ihren Taschenuhren, hatten ziemlich Langeweile und machten Versuche, sich zu drücken. Die Seele der ganzen Tätigkeit waren aber die Mütter. Stück für Stück nahmen sie die Kleider und Wäsche zuhanden, strichen Falten hinweg, zogen Bänder zurecht und verteilten die Stücke mit sorgfältigem Ausprobieren möglichst sauber und praktisch im Schrank. Ermahnungen, Ratschläge und Zärtlichkeiten flossen mit ein.

»Die neuen Hemden mußt du besonders schonen, sie haben drei Mark fünfzig gekostet.«

»Die Wäsche schickst du alle vier Wochen per Bahn – wenn's eilig ist, per Post. Der schwarze Hut ist nur für sonntags.«

Eine dicke, behagliche Frau saß auf einer hohen Kiste und lehrte ihren Sohn die Kunst, Knöpfe anzunähen.

»Wenn du Heimweh hast«, hieß es anderswo, »dann schreib mir nur immer. 's ist ja nicht so schrecklich lang bis Weihnachten.«

Eine hübsche, noch ziemlich junge Frau übersah den gefüllten Schrank ihres Söhnleins und fuhr mit liebkosender Hand über die Wäschehäufchen und Röcke und Hosen. Als sie damit fertig war, begann sie ihren Buben, einen breitschultrigen Pausback, zu streicheln. Er schämte sich und wehrte verlegen lachend ab und steckte auch noch, um ja nicht zärtlich auszusehen, beide Hände in die Hosentaschen. Der Abschied schien der Mutter schwerer zu fallen als ihm.

Bei andern war es umgekehrt. Sie blickten ihre beschäftigten

Mütter tat- und ratlos an und sahen aus, als möchten sie am liebsten wieder mit heimreisen. Bei allen aber lag die Furcht vor dem Abschied und das gesteigerte Gefühl der Zärtlichkeit und Anhänglichkeit in schwerem Kampf mit der Scheu vor Zuschauern und mit dem trotzigen Würdegefühl erster Männlichkeit. Mancher, der am liebsten geheult hätte, machte nun ein künstlich sorgloses Gesicht und tat so, als ginge nichts ihm nah. Und die Mütter lächelten dazu.

Fast alle entnahmen ihren Kisten außer dem Notwendigen auch noch einige Luxusstücke, ein Säcklein Äpfel, eine Rauchwurst, ein Körbchen Backwerk und dergleichen. Viele hatten Schlittschuhe mitgebracht. Großes Aufsehen erregte ein kleiner, pfiffig aussehender Jüngling durch den Besitz eines ganzen Schinkens, den er auch keineswegs zu verbergen trachtete.

Man konnte leicht unterscheiden, welche von den Jungen direkt von Hause kamen und welche schon früher in Instituten und Pensionen gewesen waren. Aber auch diesen sah man die Aufregung und Spannung an.

Herr Giebenrath half seinem Sohn beim Auspacken und benahm sich dabei klug und praktisch. Er war früher damit fertig als die meisten andern und stand eine Weile mit Hans gelangweilt und hilflos im Dorment herum. Da er auf allen Seiten mahnende und belehrende Väter, tröstende und ratgebende Mütter und beklommen zuhörende Söhne erblickte, hielt auch er es für angemessen, seinem Hans einige goldene Worte mit auf den Lebensweg zu geben. Er überlegte lang und schlich gequält neben dem stummen Knaben einher, dann legte er plötzlich los und förderte eine kleine Blütenlese von weihevollen Redensarten zutage, die Hans verwundert und still entgegennahm, bis er einen daneben stehenden Pfarrer über die väterliche Rede belustigt lächeln sah; da schämte er sich und zog den Redner beiseite.

»Also nicht wahr, du wirst deiner Familie Ehre machen? Und deinen Vorgesetzten folgsam sein?«

»Ja natürlich«, sagte Hans.

Der Vater schwieg und atmete erleichtert auf. Es begann ihm

langweilig zu werden. Auch Hans kam sich ziemlich verloren vor, schaute bald mit beklommener Neugierde durch die Fenster in den stillen Kreuzgang hinab, dessen altertümlich einsiedlerische Würde und Ruhe sonderbar im Gegensatz zu dem oben lärmenden jungen Leben stand, bald beobachtete er schüchtern die beschäftigten Kameraden, deren er noch keinen kannte. Jener Stuttgarter Examensgenosse schien trotz seinem raffinierten Göppinger Latein nicht bestanden zu haben, wenigstens sah Hans ihn nirgends. Ohne sich viel dabei zu denken, betrachtete er seine künftigen Mitschüler. So ähnlich an Art und Zahl die Ausrüstung sämtlicher Knaben war, konnte man doch leicht die Städter von den Bauernsöhnen und die Wohlhabenden von den Armen unterscheiden. Söhne reicher Leute freilich kamen selten ins Seminar, was teils auf den Stolz oder die tiefere Einsicht der Eltern, teils auf die Begabung der Kinder schließen läßt; doch sendet immerhin mancher Professor und höhere Beamte in Erinnerung an die eigenen Klosterjahre seinen Jungen nach Maulbronn. So sah man denn unter den vierzig Schwarzröcken mancherlei Verschiedenheit an Tuch und Schnitt, und noch mehr unterschieden sich die jungen Leute in Manieren, Dialekt und Haltung. Es gab hagere Schwarzwälder mit steifen Gliedmaßen, saftige Albsöhne, strohblond und breitmäulig, bewegliche Unterländer mit freien und heiteren Manieren, feine Stuttgarter mit spitzen Stiefeln und einem verdorbenen, will sagen verfeinerten Dialekt. Annähernd der fünfte Teil dieser Jugendblüte trug Brillen. Einer, ein schmächtiges und fast elegantes Stuttgarter Muttersöhnchen, war mit einem steifen feinen Filzhut bekleidet, benahm sich vornehm und ahnte nicht, daß jene ungewohnte Zierde schon jetzt am ersten Tage die Verwegenern unter den Kameraden auf spätere Hänseleien und Gewalttaten lüstern machte. Ein feinerer Zuschauer konnte wohl erkennen, daß das zage Häuflein keine schlechte Auswahl aus der Jugend des Landes vorstellte. Neben Durchschnittsköpfen, denen man von weitem den Nürnberger Trichter anmerkte, fehlte es weder an zarten, noch an trotzig festen Burschen, welchen hinter der glatten

Stirne ein höheres Leben noch halb im Traume liegen mochte. Vielleicht war der eine oder andere von jenen schlauen und hartnäckigen Schwabenschädeln darunter, welche je und je im Lauf der Zeiten sich mitten in die große Welt gedrängt und ihre stets etwas trockenen und eigensinnigen Gedanken zum Mittelpunkt neuer, mächtiger Systeme gemacht haben. Denn Schwaben versorgt sich und die Welt nicht allein mit wohlerzogenen Theologen, sondern verfügt auch mit Stolz über eine traditionelle Fähigkeit zur philosophischen Spekulation, welcher schon mehrmals ansehnliche Propheten oder auch Irrlehrer entstammt sind. Und so übt das fruchtbare Land, dessen politisch große Traditionen weit dahinten liegen, wenigstens auf den geistigen Gebieten der Gottesgelehrtheit und Philosophie noch immer seinen sichern Einfluß auf die Welt. Daneben steckt im Volke auch noch von alters her eine Freude an schöner Form und träumerischer Poesie, woraus von Zeit zu Zeit Reimer und Dichter hervorwachsen, die nicht zu den schlechten gehören.

In den Einrichtungen und Sitten des Maulbronner Seminars war, äußerlich betrachtet, nichts Schwäbisches zu spüren, vielmehr war neben den aus Klosterzeiten übriggebliebenen lateinischen Namen noch manche klassische Etikette neuerdings aufgeklebt worden. Die Stuben, auf welche die Zöglinge verteilt waren, hießen: Forum, Hellas, Athen, Sparta, Akropolis, und daß die kleinste und letzte Germania hieß, schien fast darauf zu deuten, daß man Gründe habe, aus der germanischen Gegenwart nach Möglichkeit ein römisch-griechisches Traumbild zu machen. Doch war auch dies wiederum nur äußerlich, und in Wahrheit hätten hebräische Namen besser gepaßt. So wollte denn auch der fröhliche Zufall, daß die Stube Athen nicht etwa die weitherzigsten und beredtesten Leute, sondern gerade ein paar rechtschaffene Langweiler zu Insassen bekam und daß auf Sparta nicht Kriegsmänner und Asketen, sondern eine Handvoll fideler und üppiger Hospitanten wohnten. Hans Giebenrath war der Stube Hellas zugeteilt, zusammen mit neun Kameraden.

Es war ihm doch eigentümlich ums Herz, als er am Abend zum erstenmal mit den neun zusammen den kühlen, kahlen Schlafsaal betrat und sich in seine schmale Schülerbettstatt legte. Von der Decke hing eine große Erdöllaterne herab, bei deren rotem Schein man sich entkleidete und die ein Viertel nach zehn Uhr vom Famulus gelöscht wurde. Da lag nun einer neben dem andern, zwischen je zwei Betten stand ein Stühlchen mit den Kleidern darauf, am Pfeiler hing der Strick herab, an dem die Morgenglocke angezogen wird. Zwei oder drei von den Knaben kannten einander schon und plauderten ein paar zaghafte Flüsterworte, die bald verstummten; die andern waren einander fremd, und jeder lag ein wenig bedrückt und totenstill in seinem Bett. Die Eingeschlummerten ließen tiefe Atemzüge hören, oder einer regte schlafend den Arm, daß die leinene Decke rauschte; wer noch wachte, hielt sich ganz ruhig. Hans konnte lange nicht einschlafen. Er horchte auf das Atmen seiner Nachbarn und vernahm nach einer Weile ein seltsam ängstliches Geräusch vom übernächsten Bette; dort lag einer und weinte, die Decke über den Kopf gezogen, und das leise, wie aus der Ferne hertönende Schluchzen regte Hans wunderlich auf. Er selber hatte kein Heimweh, doch tat es ihm um die stille kleine Kammer leid, die er zu Hause gehabt hatte; dazu kam das zage Grauen vor dem ungewissen Neuen und vor den vielen Kameraden. Es war noch nicht Mitternacht, da wachte keiner mehr im Saal. Nebeneinander lagen die jungen Schläfer, die Wange ins gestreifte Kissen gedrückt, traurige und trotzige, fidele und zaghafte, vom selben süßen, festen Rasten und Vergessen übermannt.

Über die alten spitzen Dächer, Türme, Erker, Fialen, Mauerzinnen und spitzbogigen Galerien stieg ein blasser halber Mond herauf; sein Licht lagerte sich an Gesimsen und Schwellen, floß über gotische Fenster und romanische Tore und zitterte bleichgolden in der großen, edlen Schale des Kreuzgangbrunnens.

Ein paar gelbliche Streifen und Lichtflecke fielen auch durch die drei Fenster in den Schlafsaal der Stube Hellas und wohnten neben den Träumen der schlummernden Knaben so nachbarlich wie ehemals neben denen der Mönchsgeschlechter.

Am folgenden Tage fand der feierliche Aufnahmeakt im Oratorium statt. Die Lehrer standen in Gehröcken da, der Ephorus hielt eine Ansprache, die Schüler saßen gedankenvoll gebückt in den Stühlen und versuchten zuweilen rückwärts nach ihren weiter hinten sitzenden Eltern zu schielen. Die Mütter schauten sinnend und lächelnd auf ihre Söhne, die Väter hielten sich aufrecht, folgten der Rede und sahen ernst und entschlossen aus. Stolze und löbliche Gefühle und schöne Hoffnungen schwellten ihre Brust, und kein einziger dachte daran, daß er heute sein Kind gegen einen Geldvorteil verkaufe. Zum Schluß wurde ein Schüler um den andern mit Namen aufgerufen, trat vor die Reihen und ward vom Ephorus mit einem Handschlag aufgenommen und verpflichtet und war hiermit, falls er sich wohl verhielt, bis an sein Lebensende staatlich versorgt und untergebracht. Daß sie das vielleicht nicht ganz umsonst haben könnten, darüber dachte keiner nach, sowenig als die Väter.

Viel ernster und bewegender kam ihnen der Augenblick vor, da sie von Vater und Mutter Abschied nehmen mußten. Teils zu Fuß, teils im Postwagen, teils in allerlei in der Eile erwischten Fahrzeugen entschwanden diese dem Blick der zurückgelassenen Söhne, Tüchlein wehten noch lange durch die milde Septemberluft, schließlich nahm der Wald die Abreisenden auf, und die Söhne kehrten still und nachdenklich ins Kloster zurück.

»So, jetzt sind die Herren Eltern abgereist«, sprach der Famulus.

Nun begann man einander anzusehen und kennenzulernen, zunächst jede Stube unter sich. Man füllte das Tintenfaß mit Tinte, die Lampe mit Öl, ordnete Bücher und Hefte und versuchte im neuen Raume heimisch zu werden. Dabei schaute man einander neugierig an, begann ein Gespräch, fragte einander um Heimatort und bisherige Schule und erinnerte sich an das gemeinsam durchschwitzte Landexamen. Um einzelne Pulte bildeten sich plaudernde Gruppen, da und dort wagte sich ein helles Knabengelächter hervor, und am Abend waren die Stubengenossen schon viel besser miteinander bekannt als Schiffspassagiere am Ende einer Seereise.

Unter den neun Kameraden, die mit Hans in der Stube Hellas wohnten, waren vier Charakterköpfe, der Rest gehörte mehr oder weniger dem guten Durchschnitt an. Da war zunächst Otto Hartner, ein Stuttgarter Professorensohn, begabt, ruhig, selbstsicher und im Benehmen tadellos. Er war breit und stattlich gewachsen und gut gekleidet und imponierte der Stube durch sein festes, tüchtiges Auftreten.

Dann Karl Hamel, der Sohn eines kleinen Dorfschulzen aus der Alb. Um ihn kennenzulernen, brauchte es schon einige Zeit, denn er stak voll von Widersprüchen und rückte selten aus seinem scheinbaren Phlegma heraus. Dann war er leidenschaftlich, ausgelassen und gewalttätig, doch dauerte es nie lange, so kroch er in sich zurück, und man wußte dann nicht, war er ein stiller Beobachter oder nur ein Duckmäuser.

Eine auffallende, obwohl weniger komplizierte Erscheinung war Hermann Heilner, ein Schwarzwälder aus gutem Hause. Man wußte schon am ersten Tag, er sei ein Dichter und Schöngeist, und es ging die Sage, er habe seinen Aufsatz im Landexamen in Hexametern abgefaßt. Er redete viel und lebhaft, besaß eine schöne Violine und schien sein Wesen an der Oberfläche zu tragen, das hauptsächlich aus einer jugendlich unreifen Mischung von Sentimentalität und Leichtsinn bestand. Doch trug er weniger sichtbar auch Tieferes in sich. Er war an Leib und Seele über sein Alter entwickelt und begann schon versuchsweise eigene Bahnen zu wandeln.

Der sonderbarste Hellasbewohner war aber Emil Lucius, ein verstecktes, blaßblondes Männlein, zäh, fleißig und trocken wie ein greiser Bauer. Trotz seiner unfertigen Statur und Züge machte er nicht den Eindruck eines Knaben, sondern hatte überall etwas Erwachsenes an sich, als wäre an ihm nun einmal nichts mehr zu ändern. Gleich am ersten Tage, während die anderen sich langweilten, plauderten und sich einzugewöhnen suchten, saß er still und gelassen über einer Grammatik, hatte

die Ohren mit den Daumen zugestopft und lernte drauflos, als
gälte es, verlorene Jahre einzuholen.

Diesem stillen Kauz kam man erst nach und nach auf seine
Schliche und fand in ihm einen so raffinierten Geizkragen und
Egoisten, daß gerade seine Vollkommenheit in diesen Lastern
ihm eine Art von Achtung oder wenigstens Duldung eintrug. Er
hatte ein durchtriebenes Spar- und Profitsystem, dessen einzelne Finessen nur allmählich zutage traten und Staunen erregten. Es begann frühmorgens beim Aufstehen damit, daß Lucius
im Waschsaal entweder als erster oder als letzter eintrat, um das
Handtuch und womöglich auch die Seife eines anderen zu benützen und seine eigenen Sachen zu schonen. So brachte er es
zustande, daß sein Handtuch stets für zwei oder mehr Wochen
vorhielt. Nun mußten aber die Tücher alle acht Tage erneuert
werden, und jeden Montagvormittag hielt der Oberfamulus
hierüber Kontrolle ab. Also hängte auch Lucius jeden Montag
früh ein frisches Tuch an seinen numerierten Nagel, holte es
aber in der Mittagspause wieder weg, faltete es sauber zusammen, tat es in den Kasten zurück und hängte dafür das ge-
schonte alte wieder auf. Seine Seife war hart und gab wenig her,
dafür hielt sie monatelang aus. Deshalb war aber Emil Lucius
keineswegs von vernachlässigtem Äußeren, sondern sah stets
proper aus, kämmte und scheitelte sein dünnes, blondes Haar
mit Sorgfalt und schonte Wäsche und Kleidung aufs beste.

Vom Waschsaal ging es zum Frühstück. Dazu gab es eine Tasse
Kaffee, ein Stück Zucker und einen Wecken. Die meisten fanden das nicht üppig, denn junge Leute haben nach achtstündi-
gem Schlaf gewöhnlich einen tüchtigen Morgenhunger. Lucius
war zufrieden, sparte sich das tägliche Stück Zucker am Munde
ab und fand stets Abnehmer dafür, zwei Stück für einen Pfennig
oder fünfundzwanzig Stück für ein Schreibheft. Daß er des
Abends, um das teure Öl zu sparen, gern beim Scheine fremder
Lampen arbeitete, versteht sich von selber. Dabei war er nicht
etwa ein Kind armer Eltern, sondern stammte aus ganz behagli-
chen Verhältnissen, wie denn überhaupt die Kinder gänzlich
armer Leute selten zu wirtschaften und zu sparen verstehen,

vielmehr stets soviel brauchen, als sie haben, und kein Zurücklegen kennen.

Emil Lucius dehnte sein System aber nicht nur auf Sachbesitz und greifbare Güter aus, sondern suchte auch im Reich des Geistes, wo er konnte, seinen Vorteil herauszuschlagen. Hierbei war er so klug, nie zu vergessen, daß aller geistige Besitz nur von relativem Werte ist, darum wandte er wirklichen Fleiß nur an die Fächer, deren Bebauung in einem spätern Examen Früchte tragen konnte, und begnügte sich in den übrigen bescheiden mit einem mäßigen Durchschnittszeugnis. Was er lernte und leistete, maß er stets nur an den Leistungen der Mitschüler, und er wäre lieber mit halben Kenntnissen Erster als mit doppelten Zweiter gewesen. Darum sah man ihn abends, wenn die Kameraden sich allerlei Zeitvertreib, Spiel und Lektüre hingaben, still an der Arbeit sitzen. Das Lärmen der andern störte ihn durchaus nicht, er warf sogar gelegentlich einen neidlos vergnügten Blick darauf. Denn wenn alle andern auch gearbeitet hätten, wäre seine Mühe ja nicht rentabel gewesen.

Alle diese Schlauheiten und Kniffe nahm dem fleißigen Streber niemand übel. Aber wie alle Übertreiber und Allzuprofitlichen tat auch er bald einen Schritt ins Törichte. Da aller Unterricht im Kloster unentgeltlich war, kam er auf die Idee, dies zu benützen und sich Violinstunden geben zu lassen. Nicht daß er etwa einige Vorbildung, etwas Gehör und Talent oder auch nur irgendwelche Freude an der Musik gehabt hätte! Aber er dachte, man könne schließlich geigen lernen so gut wie Latein oder Rechnen. Die Musik war, wie er hatte sagen hören, im späteren Leben von Nutzen und machte ihren Mann beliebt und angenehm, und jedenfalls kostete die Sache nichts, denn auch eine Schulgeige stellte das Seminar zur Verfügung.

Dem Musiklehrer Haas standen die Haare zu Berg, als Lucius zu ihm kam und Violinstunden haben wollte, denn er kannte ihn von den Singstunden her, in welchen die Luciusschen Leistungen zwar alle Mitschüler hoch erfreuten, ihn aber, den Lehrer, zum Verzweifeln brachten. Er versuchte dem Jungen die Sache auszureden; doch damit kam er hier an den Unrechten. Lucius lächelte fein und bescheiden, berief sich auf sein gutes Recht und erklärte seine Lust zur Musik für unbezwinglich. So bekam er denn die schlechteste der Übungsgeigen eingehändigt, erhielt wöchentlich zwei Lektionen und übte jeden Tag seine halbe Stunde. Nach der ersten Übestunde erklärten aber die Stubengenossen, dies sei das erste- und letztemal gewesen, und sie verbäten sich das heillose Gestöhn. Von da an strich Lucius mit seiner Geige ruhelos durchs Kloster, stille Winkel zum Üben suchend, von wo dann kratzend, quietschend und winselnd sonderbare Töne hervordrangen und die Nachbarschaft beängstigten. Es war, sagte der Dichter Heilner, als flehe die gequälte alte Geige aus allen ihren Wurmstichen verzweifelt um Schonung. Da keine Fortschritte erfolgten, wurde der gepeinigte Lehrer nervös und grob, Lucius übte immer verzweifelter, und sein bisher selbstzufriedenes Krämergesicht setzte Sorgenfalten an. Es war die reine Tragödie, denn als am Ende der Lehrer ihn für völlig unfähig erklärte und sich weigerte, die Stunden fortzusetzen, wählte der betörte Lernlustige das Klavier und quälte sich auch damit lange, fruchtlose Monate hindurch, bis er mürb war und still verzichtete. In späteren Jahren dann aber, wenn von Musik die Rede war, ließ er etwa durchblicken, auch er habe ehedem sowohl Klavier wie Geige gelernt und sei nur durch die Verhältnisse diesen schönen Künsten leider allmählich entfremdet worden.

So war die Stube Hellas häufig in der Lage, sich über ihre komischen Insassen zu amüsieren, denn auch der Schöngeist Heilner führte manche lächerliche Szene auf. Karl Hamel spielte den Ironiker und witzigen Beobachter. Er war um ein Jahr älter als die andern, das verlieh ihm eine gewisse Überlegenheit, doch brachte er es zu keiner geachteten Rolle; er war launisch und fühlte etwa alle acht Tage das Bedürfnis, seine Körperkraft in einer Rauferei zu erproben, wobei er dann wild und fast grausam war.

Hans Giebenrath sah dem mit Erstaunen zu und ging seine stillen Wege vor sich hin als ein guter, aber ruhiger Kamerad. Er war fleißig, fast so fleißig wie Lucius, und genoß die Achtung seiner Stubenkumpane mit Ausnahme Heilners, der den genialen Leichtsinn auf seine Fahne geschrieben hatte und ihn gelegentlich als einen Streber verspottete. Im ganzen fanden sich alle die vielen, in der raschen Entwicklung ihrer Jahre stehenden Knaben wohl ineinander, wenn auch abendliche Raufhändel auf den Dormenten nichts Seltenes waren. Denn man war zwar mit Eifer bestrebt, sich erwachsen zu fühlen und das noch ungewohnte »Sie«sagen der Lehrer durch wissenschaftlichen Ernst und gutes Benehmen zu rechtfertigen, und man sah auf die eben verlassene Lateinschule mindestens so hochmütig und mitleidig zurück wie ein angehender Student aufs Gymnasium. Aber je und je brach durch die künstliche Würde doch eine unverfälschte Bubenhaftigkeit hervor und wollte ihr Recht haben. Dann widerklang das Dorment von Getrampel und gesalzenen Knabenschimpfworten.

Für den Leiter oder Lehrer einer solchen Anstalt müßte es lehrreich und köstlich sein, zu beobachten, wie nach den ersten Wochen des Zusammenlebens die Knabenschar einer sich setzenden chemischen Mischung gleicht, worin schwankende Wolken und Flocken sich ballen, wieder lösen und anders formen, bis eine Zahl von festen Gebilden da ist. Nach Überwindung der ersten Scheu und nachdem alle einander genügend kennengelernt hatten, begann ein Wogen und Durcheinandersuchen, Gruppen traten zusammen, Freundschaften und Antipathien traten zutage. Selten schlossen sich Landsleute und frühere Schulkameraden zusammen, die meisten wandten sich neuen Bekannten zu, Städter zu Bauernsöhnen, Älbler zu Unterländern, nach einem geheimen Trieb zum Mannigfaltigen und zur Ergänzung. Die jungen Wesen tasteten unschlüssig nacheinander, neben das Bewußtsein der Gleichheit trat das Verlangen nach Absonderung, und in manchem von den Knaben erwachte hierbei zum erstenmal die keimende Bildung einer Persönlichkeit aus dem Kindesschlummer. Unbeschreibliche kleine Szenen der Zuneigung und der Eifersucht spielten sich ab, gediehen zu Freundschaftsbündnissen und zu erklärten, trotzigen Feindschaften und endeten, je nachdem, mit zärtlichen Verhältnissen und Freundesspaziergängen oder mit scharfen Ring- und Faustkämpfen.

Hans hatte an diesem Treiben äußerlich keinen Anteil. Karl Hamel hatte ihm deutlich und stürmisch seine Freundschaft angetragen, da war er erschrocken zurückgewichen. Gleich darauf hatte sich Hamel mit einem Bewohner Spartas befreundet; Hans war allein geblieben. Ein starkes Gefühl ließ ihm das Land der Freundschaft selig in sehnsüchtigen Farben am Horizont erscheinen und zog ihn mit stillem Trieb hinüber. Aber eine Schüchternheit hielt ihn zurück. Ihm war in seinen strengen, mutterlosen Knabenjahren die Gabe des Anschmiegens verkümmert, und vor allem äußerlich Enthusiastischen hatte er ein Grauen. Dazu kam der Knabenstolz und schließlich der leidige Ehrgeiz. Er war nicht wie Lucius, ihm war es wirklich um Erkenntnis zu tun, aber gleich jenem suchte er sich alles fernzuhalten, was ihn der Arbeit entziehen konnte. So blieb er fleißig am Pult verharren, litt aber Neid und Sehnsucht, wenn er andere sich ihrer Freundschaft freuen sah. Karl Hamel war der Unrechte gewesen, aber wenn irgendein anderer gekommen wäre und ihn kräftig an sich zu ziehen versucht hätte, wäre er gerne gefolgt. Wie ein schüchternes Mädchen blieb er sitzen und wartete, ob einer käme, ihn zu holen, ein stärkerer und mutigerer als er, der ihn mitrisse und zum Glücklichsein zwänge. Da neben diesen Angelegenheiten der Unterricht, namentlich im Hebräischen, viel zu tun gab, verging die erste Zeit den Jünglingen sehr rasch. Die zahlreichen kleinen Seen und Teiche, von denen Maulbronn umgeben ist, spiegelten blasse Spätherbsthimmel, welkende Eschen, Birken und Eichen und lange Dämmerungen wider, durch die schönen Forste tobte stöhnend und frohlockend der vorwinterliche Kehraus, und schon mehrmals war ein leichter Reif gefallen.

Der lyrische Hermann Heilner hatte vergebens einen kongenialen Freund zu erwerben gesucht, nun strich er täglich in der Ausgangsstunde einsam durch die Wälder und bevorzugte namentlich den Waldsee, einen melancholischen braunen Weiher, von Röhricht umfaßt und von alten, welkenden Laubkronen überhangen. Der traurigschöne Waldwinkel zog den Schwärmer mächtig an. Hier konnte er mit träumerischer Gerte im stillen Wasser Kreise ziehen, die Schilflieder Lenaus lesen und, in den niederen Strandbinsen liegend, über das herbstliche Thema vom Sterben und Vergehen sinnen, während Blätterfall und das Rauschen kahler Wipfel schwermütige Akkorde dazu gaben. Dann zog er häufig ein kleines schwarzes Schreibheftlein aus der Tasche, um mit Bleistift einen Vers oder zwei dareinzuschreiben.

Dies tat er auch in einer halbhellen Mittagsstunde spät im Oktober, als Hans Giebenrath, allein spazierengehend, denselben Ort betrat. Er sah den Dichterjüngling auf dem Brettersteg der kleinen Stellfalle sitzen, sein Heftlein im Schoß und den gespitzten Bleistift nachdenklich in den Mund gesteckt. Ein Buch lag aufgeschlagen daneben. Langsam trat er ihm näher.

»Grüß Gott, Heilner! Was treibst du?«

»Homer lesen. Und du, Giebenräthchen?«

»Glaub' ich nicht. Ich weiß schon, was du machst.«

»So?«

»Natürlich. Gedichtet hast du.«

»Meinst du?«

»Freilich.«

»Sitz daher!«

Giebenrath setzte sich neben Heilner auf das Brett, ließ die Beine überm Wasser baumeln und sah zu, wie da und dort ein braunes Blatt und wieder eines durch die stille kühle Luft sich herabdrehte und ungehört auf den bräunlichen Wasserspiegel sank.

»Hier ist's trist«, sagte Hans.

»Ja, ja.«

Beide hatten sich der Länge nach auf den Rücken gelegt, so daß ihnen von der herbstlichen Umgebung kaum noch ein paar überhängende Wipfel sichtbar blieben und statt dessen der lichtblaue Himmel mit ruhig schwimmenden Wolkeninseln hervortrat.

»Was für schöne Wolken!« sagte Hans, behaglich schauend.

»Ja, Giebenräthchen«, seufzte Heilner, »wenn man doch so eine Wolke wäre!«

»Was dann?«

»Dann würden wir da droben segelfahren, über Wälder und Dörfer und Oberämter und Länder weg, wie schöne Schiffe. Hast du nie ein Schiff gesehen?«

»Nein, Heilner. Aber du?«

»O ja. Aber lieber Gott, du verstehst ja nichts von solchen Sachen. Wenn du nur lernen und streben und büffeln kannst!«

»Du hältst mich also für ein Kamel?«

»Hab’ ich nicht gesagt.«

»So dumm, wie du glaubst, bin ich noch lang nicht. Aber erzähl weiter von den Schiffen.«

Heilner drehte sich um, wobei er ums Haar ins Wasser gestürzt wäre. Er lag nun bäuchlings, das Kinn in beide Hände gebohrt, mit aufgestützten Ellenbogen.

»Auf dem Rhein«, fuhr er fort, hab’ ich solche Schiffe gesehen, in den Ferien. Einmal sonntags, da war Musik auf dem Schiff, bei Nacht, und farbige Laternen. Die Lichter spiegelten sich im Wasser, und wir fuhren mit Musik stromabwärts. Man trank Rheinwein, und die Mädchen hatten weiße Kleider an.«

Hans hörte zu und erwiderte nichts, aber er hatte die Augen geschlossen und sah das Schiff durch die Sommernacht fahren, mit Musik und roten Lichtern und Mädchen in weißen Kleidern. Der andere fuhr fort:

»Ja, das war anders als jetzt. Wer weiß hier was von solchen Sachen? Lauter Langweiler, lauter Duckmäuser! Das schafft sich ab und schindet sich und weiß nichts Höheres als das hebräische Alphabet. Du bist ja auch nicht anders.«

Hans schwieg. Dieser Heilner war doch ein sonderbarer Mensch. Ein Schwärmer, ein Dichter. Schon oft hatte er sich über ihn gewundert. Heilner arbeitete, wie jeder wußte, herzlich wenig, und trotzdem wußte er viel, verstand gute Antworten zu geben und verachtete doch auch wieder diese Kenntnisse.

»Da lesen wir Homer«, höhnte er weiter, »wie wenn die Odyssee ein Kochbuch wäre. Zwei Verse in der Stunde, und dann wird Wort für Wort wiedergekäut und untersucht, bis es einem zum Ekel wird. Aber am Schluß der Stunde heißt es dann jedesmal: Sie sehen, wie fein der Dichter das gewendet hat, Sie haben hier einen Blick in das Geheimnis des dichterischen Schaffens getan! Bloß so als Soße um die Partikeln und Aoriste herum, damit man nicht ganz dran erstickt. Auf die Art kann mir der ganze Homer gestohlen werden. Überhaupt was geht uns eigentlich das alte griechische Zeug an? Wenn einer von uns einmal probieren wollte, ein bißchen griechisch zu leben, so würde er 'rausgeschmissen. Dabei heißt unsere Stube Hellas! Der reine Hohn! Warum heißt sie nicht ›Papierkorb‹ oder ›Sklavenkäfig‹ oder ›Angströhre‹? Das ganze klassische Zeug ist ja Schwindel.«

Er spuckte in die Luft.

»Du, hast du vorhin Verse gemacht?« fragte nun Hans.

»Ja.«

»Über was?«

»Hier, über den See und über den Herbst.«

»Zeig mir's!«

»Nein, es ist noch nicht fertig.«

»Aber wenn's fertig ist?«

»Ja, meinetwegen.«

Die zwei erhoben sich und gingen langsam ins Kloster zurück.

»Da, hast du eigentlich schon gesehen, wie schön das ist?« fragte Heilner, als sie am »Paradies« vorüberkamen, »Hallen, Bogenfenster, Kreuzgänge, Refektorien, gotisch und romanisch, alles reich und kunstvoll und Künstlerarbeit. Und für was der Zauber? Für drei Dutzend arme Buben, die Pfarrer werden sollen. Der Staat hat's übrig.«

Hans mußte den ganzen Nachmittag über Heilner nachdenken. Was war das für ein Mensch? Was Hans an Sorgen und Wünschen kannte, existierte für jenen gar nicht. Er hatte eigene Gedanken und Worte, er lebte wärmer und freier, litt seltsame Leiden und schien seine ganze Umgebung zu verachten. Er verstand die Schönheit der alten Säulen und Mauern. Und er trieb

69

die geheimnisvolle, sonderbare Kunst, seine Seele in Versen zu spiegeln und sich ein eigenes, scheinlebendiges Leben aus der Phantasie zu erbauen. Er war beweglich und unbändig und machte täglich mehr Witze als Hans in einem Jahr. Er war schwermütig und schien seine eigene Traurigkeit wie eine fremde, ungewöhnliche und köstliche Sache zu genießen.

Noch am Abend dieses Tages gab Heilner der ganzen Stube eine Probe seines scheckigen und auffallenden Wesens. Einer der Kameraden, ein Maulheld und kleiner Geist namens Otto Wenger, fing Streit mit ihm an. Eine Weile blieb Heilner ruhig, witzig und überlegen, dann ließ er sich zum Austeilen einer Ohrfeige hinreißen, und alsbald waren beide Gegner leidenschaftlich und unlöslich verknäuelt und verbissen und trieben wie ein steuerloses Schiff in Stößen und Halbkreisen und Zuckungen durch Hellas, an den Wänden hin, über Stühle weg, auf dem Boden, beide wortlos, keuchend, sprudelnd und schäumend. Die Kameraden standen mit kritischen Gesichtern beobachtend dabei, wichen dem Knäuel aus, retteten ihre Beine, Pulte und Lampen und warteten in froher Spannung den Ausgang ab. Nach einigen Minuten erhob sich Heilner mühsam, machte sich los und blieb atmend stehen. Er sah zerschunden aus, hatte rote Augen, einen zerrissenen Hemdkragen und ein Loch im Hosenknie. Sein Gegner wollte ihn aufs neue anfallen, er stand aber mit verschränkten Armen da und sagte hochmütig: »Ich mache nicht weiter – wenn du willst, so schlag zu.« Otto Wenger ging schimpfend weg. Heilner lehnte sich an sein Pult, drehte an der Stehlampe, steckte die Hände in die Hosentaschen und schien sich auf irgend etwas besinnen zu wollen. Plötzlich brachen ihm Tränen aus den Augen, eine um die andere und immer mehr. Das war unerhört, denn Weinen galt ohne Zweifel für das Allerschimpflichste, was ein Seminarist tun konnte. Und er tat gar nichts, es zu verbergen. Er verließ die Stube nicht, er blieb ruhig stehen, das blaß gewordene Gesicht der Lampe zugewendet; er wischte die Tränen nicht ab und nahm nicht einmal die Hände aus den Taschen. Die andern standen um ihn herum, neugierig und boshaft zuschauend, bis

Hartner sich vor ihn hinstellte und ihm sagte: »Du, Heilner, schämst du dich denn nicht?«

Der Weinende blickte langsam um sich, wie einer, der eben aus einem tiefen Schlaf erwacht.

»Mich schämen – vor euch?« sagte er dann laut und verächtlich. »Nein, mein Bester.«

Er wischte sich das Gesicht ab, lächelte ärgerlich, blies seine Lampe aus und ging aus der Stube.

Hans Giebenrath war während der ganzen Szene an seinem Platz geblieben und hatte nur erstaunt und erschrocken zu Heilner hinübergeschielt. Eine Viertelstunde später wagte er es, dem Verschwundenen nachzugehen. Er sah ihn im dunkeln, frostigen Dorment auf einem der tiefen Fenstersimse sitzen, regungslos, und in den Kreuzgang hinunterschauen. Von hinten sahen seine Schultern und der schmale, scharfe Kopf eigentümlich ernst und unknabenhaft aus. Er rührte sich nicht, als Hans zu ihm trat und am Fenster stehenblieb, und erst nach einer Weile fragte er, ohne sein Gesicht herüberzuwenden, mit heiserer Stimme:

»Was gibt's?«

»Ich bin's«, sagte Hans schüchtern.

»Was willst du?«

»Nichts.«

»So? Dann kannst du ja wieder gehen.«

Hans war verletzt und wollte wirklich fortgehen. Da hielt Heilner ihn zurück.

»Halt doch«, sagte er in einem künstlich scherzhaften Ton, »so war's nicht gemeint.«

Beide sahen nun einander ins Gesicht, und wahrscheinlich sah jeder in diesem Augenblick des andern Gesicht zum ersten Male ernstlich an und versuchte, sich vorzustellen, daß hinter diesen jünglinghaft glatten Zügen ein besonderes Menschenleben mit seinen Eigenarten und eine besondere, in ihrer Weise gezeichnete Seele wohne.

Langsam streckte Hermann Heilner seinen Arm aus, faßte Hans an der Schulter und zog ihn zu sich her, bis ihre Gesichter einander ganz nahe waren. Dann fühlte Hans plötzlich mit wunderlichem Schreck des andern Lippen seinen Mund berühren.

Ihm schlug das Herz in einer ganz ungewohnten Beklemmung. Dies Beisammensein im dunkeln Dorment und dieser plötzliche Kuß war etwas Abenteuerliches, Neues, vielleicht Gefährliches; es fiel ihm ein, wie entsetzlich es gewesen wäre, dabei ertappt zu werden, denn ein sicheres Gefühl ließ ihn wissen, daß dies Küssen den andern noch viel lächerlicher und schandbarer vorkommen würde als vorher das Weinen. Sagen konnte er nichts, aber das Blut stieg ihm mächtig zu Kopf, und er wäre am liebsten davongelaufen.

Ein Erwachsener, welcher die kleine Szene gesehen hätte, hätte vielleicht seine stille Freude an ihr gehabt, an der unbeholfen scheuen Zärtlichkeit einer schamhaften Freundschaftserklärung und an den beiden ernsthaften, schmalen Knabengesichtern, welche beide hübsch und verheißungsvoll waren, halb noch der Kindesanmut teilhaftig und halb schon vom scheuen, schönen Trotz der Jünglingszeit überflogen.

Allmählich hatte das junge Volk sich ins Zusammenleben gefunden. Man kannte einander, jeder hatte von jedem eine gewisse Kenntnis und Vorstellung, und eine Menge Freundschaften waren geschlossen. Es gab Freundespaare, welche miteinander hebräische Vokabeln lernten, Freundespaare, die zusammen zeichneten oder spazierengingen oder Schiller lasen. Es gab gute Lateiner und schlechte Rechner, die sich mit schlechten Lateinern und guten Rechnern zusammengetan hatten, um die Früchte genossenschaftlicher Arbeit zu genießen. Es gab auch Freundschaften, deren Fundament eine andere Art von Vertrag und Gütergemeinschaft bildete. So hatte der vielbeneidete Schinkenbesitzer seine ergänzende Hälfte an einem Gärtnerssohn aus Stammheim gefunden, der seinen Kastenboden voll schöner Äpfel liegen hatte. Er bat einst beim Schinkenessen, da er Durst bekam, jenen um einen Apfel und bot ihm dafür vom Schinken an. Sie setzten sich zusammen, ein vorsichtiges Gespräch brachte zutage, daß der Schinken, wenn er zu Ende wäre, sogleich ersetzt würde und daß auch der Äpfelbesitzer bis weit ins Frühjahr hinein von den väterlichen Vorräten werde zehren können, und so kam ein solides Verhältnis zustande, das manches idealere und stürmischer geschlossene Bündnis lang überdauerte.

Nur wenige waren Einspänner geblieben, unter ihnen Lucius, dessen habsüchtige Liebe zur Kunst damals noch in voller Blüte stand.

Es gab auch ungleiche Paare. Für das ungleichste galten Hermann Heilner und Hans Giebenrath, der Leichtsinnige und der Gewissenhafte, der Dichter und der Streber. Man zählte zwar beide zu den Gescheiten und Begabtesten, aber Heilner genoß den halb spöttisch gemeinten Ruf eines Genies, während der andere im Geruch des Musterknaben stand. Doch ließ man sie ziemlich ungeschoren, da jeder von seiner eigenen Freundschaft in Anspruch genommen war und gern für sich blieb.

Über diesen persönlichen Interessen und Erlebnissen kam aber die Schule doch nicht zu kurz. Sie war vielmehr der große Satz und Rhythmus, neben welchem Luciussens Musik, Heilners Dichterei samt allen Bündnissen, Händeln und gelegentlichen Raufereien nur tändelnd als kleine Separatbelustigungen dahinliefen. Vor allem gab das Hebräische zu tun. Die seltsame, uralte Sprache Jehovas, ein spröder, verdorrter und doch noch geheimnisvoll lebendiger Baum, wuchs fremdartig, knorrig und rätselhaft vor den Augen der Jünglinge auf, durch wunderliche Verästungen auffallend und durch merkwürdig gefärbte und duftende Blüten überraschend. In seinen Zweigen, Höhlungen und Wurzeln hausten, schauerlich oder freundlich, tausendjährige Geister: phantastisch schreckhafte Drachen, naive liebliche Märchen, faltig ernste, trockene Greisenköpfe neben schönen Knaben und stilläugigen Mädchen oder streitbaren Frauen. Was in der Lutherbibel fern und traumhaft geklungen hatte, das gewann nun in der rauhen, echten Sprache Blut und Stimme und ein veraltet schwerfälliges, aber zähes und unheimliches Leben. So erschien es wenigstens Heilner, der den ganzen Pentateuch täglich und stündlich verfluchte und doch mehr Leben

73

und Seele in ihm fand und aus ihm sog als mancher geduldige Lerner, der alle Vokabeln wußte und keine Lesefehler mehr machte.

Daneben das Neue Testament, wo es zarter, lichter und innerlicher zuging und dessen Sprache zwar weniger alt und tief und reich, aber von einem jungen, eifrigen und auch träumerischen Geist erfüllt war.

Und die Odyssee, aus deren kräftig wohllautenden, stark und ebenmäßig dahinströmenden Versen gleich einem weißen runden Nixenarm die Kunde und Ahnung eines untergegangenen, formklaren und glücklichen Lebens emporstieg, bald fest und greifbar in irgendeinem kräftig umrissenen derben Zuge, bald nur als Traum und schöne Ahnung aus einigen Worten und Versen herausschimmernd. Hieneben verschwanden die Historiker Xenophon und Livius oder standen doch, als mindere Lichter, bescheiden und fast glanzlos beiseite.

Hans bemerkte mit Erstaunen, wie für seinen Freund alle Dinge anders aussahen als für ihn. Für Heilner gab es nichts Abstraktes, nichts, was er sich nicht hätte vorstellen und mit Phantasiefarben bemalen können. Wo das nicht anging, ließ er alles mit Unlust liegen. Die Mathematik war ihm eine mit hinterlistigen Rätseln beladene Sphinx, deren kühler, böser Blick ihre Opfer bannte, und er wich dem Ungeheuer in großem Bogen aus.

Die Freundschaft der beiden war ein sonderbares Verhältnis. Sie war für Heilner ein Vergnügen und Luxus, eine Bequemlichkeit oder auch eine Laune, für Hans aber war sie bald ein mit Stolz gehüteter Schatz, bald auch eine große, schwer zu tragende Last. Bisher hatte Hans die Abendstunden stets zur Arbeit benützt. Jetzt kam es fast alle Tage vor, daß Hermann, wenn er das Büffeln satt hatte, zu ihm herüberkam, ihm das Buch wegzog und ihn in Anspruch nahm. Schließlich zitterte Hans, so lieb der Freund ihm war, jeden Abend vor seinem Kommen und arbeitete in den obligatorischen Arbeitsstunden doppelt eifrig und eilig, um nichts zu versäumen. Noch peinlicher war es ihm, als Heilner auch theoretisch seinen Fleiß zu bekämpfen anfing.

»Das ist Taglöhnerei«, hieß es, »du tust all diese Arbeit ja doch nicht gern und freiwillig, sondern lediglich aus Angst vor den Lehrern oder vor deinem Alten. Was hast du davon, wenn du Erster oder Zweiter wirst? Ich bin Zwanzigster und darum doch nicht dümmer als ihr Streber.«

Entsetzt war Hans auch, als er zum erstenmal sah, wie Heilner mit seinen Schulbüchern umging. Er hatte einmal seine Bücher im Hörsaal liegenlassen und entlehnte, da er sich auf die nächste Geographiestunde vorbereiten wollte, Heilners Atlas. Da sah er mit Grausen, daß jener ganze Blätter mit dem Bleistift verschmiert hatte. Die Westküste der Pyrenäischen Halbinsel war zu einem grotesken Profil ausgezogen, worin die Nase von Porto bis Lissabon reichte und die Gegend am Kap Finisterre zu einem gekräuselten Lockenschmuck stilisiert war, während das Kap St. Vincent die schön ausgedrehte Spitze eines Vollbartes bildete. So ging es von Blatt zu Blatt; auf die weißen Rückseiten der Karten waren Karikaturen gezeichnet und freche Ulkverse geschrieben, und an Tintenflecken fehlte es auch nicht. Hans war gewohnt, seine Bücher als Heiligtümer und Kleinodien zu behandeln, und er empfand diese Kühnheiten halb als Tempelschändungen, halb als zwar verbrecherische, aber doch heroische Heldentaten.

Es konnte scheinen, als wäre der gute Giebenrath für seinen Freund lediglich ein angenehmes Spielzeug, sagen wir eine Art Hauskatze, und Hans selber fand das zuweilen. Aber Heilner hing doch an ihm, weil er ihn brauchte. Er mußte jemand haben, dem er sich anvertrauen konnte, der ihm zuhörte, der ihn bewunderte. Er brauchte einen, der still und lüstern zuhörte, wenn er seine revolutionären Reden über Schule und Leben hielt. Und er brauchte auch einen, der ihn tröstete und dem er den Kopf in den Schoß legen durfte, wenn er melancholische Stunden hatte. Wie alle solche Naturen litt der junge Dichter an Anfällen einer grundlosen, ein wenig koketten Schwermut, deren Ursachen teils das leise Abschiednehmen der Kinderseele, teils der noch ziellose Überfluß der Kräfte, Ahnungen und Begierden, teils das unverstandene dunkle Drängen des Mannbarwer-

75

dens sind. Dann hatte er ein krankhaftes Bedürfnis, bemitleidet und gehätschelt zu werden. Früher war er ein Mutterliebling gewesen, und jetzt, solange er noch nicht zur Frauenliebe reif war, diente ihm der gefügige Freund als Tröster.

Oft kam er abends todunglücklich zu Hans, entführte ihn seiner Arbeit und forderte ihn auf, mit ihm ins Dorment hinauszugehen. Dort in der kalten Halle oder im hohen, dämmernden Oratorium gingen sie nebeneinander auf und ab oder setzten sich fröstelnd in ein Fenster. Heilner gab dann allerlei jammervolle Klagen von sich, nach Art von lyrischen und Heine-lesenden Jünglingen, und war in die Wolken einer etwas kindischen Traurigkeit gehüllt, welche Hans zwar nicht recht verstehen konnte, die ihm aber doch Eindruck machte und ihn sogar zuweilen ansteckte. Der empfindliche Schöngeist war namentlich bei trübem Wetter seinen Anfällen ausgesetzt, und meistens erreichte der Jammer und das Gestöhne seinen Höhepunkt an Abenden, wo spätherbstliche Regenwolken den Himmel verdüsterten und hinter ihnen, durch trübe Flore und Ritzen schauend, der Mond seine Bahn beschrieb. Dann schwelgte er in ossianischen Stimmungen und zerfloß in nebelhafter Wehmut, die sich in Seufzern, Reden und Versen über den unschuldigen Hans ergoß.

Von diesen Leidensszenen bedrückt und gepeinigt, stürzte sich dieser in den ihm übrigbleibenden Stunden mit hastigem Eifer in die Arbeit, die ihm doch immer schwerer fiel. Daß das alte Kopfweh wiederkam, wunderte ihn nicht weiter; aber daß er immer häufiger tatlose, müde Stunden hatte und sich stacheln mußte, um nur das Notwendige zu leisten, das machte ihm schwere Sorge. Zwar fühlte er dunkel, daß die Freundschaft mit dem Sonderling ihn erschöpfte und irgendeinen bisher unberührten Teil seines Wesens krank machte, aber je düsterer und weinerlicher jener war, desto mehr tat er ihm leid, und desto zärtlicher und stolzer machte ihn das Bewußtsein, dem Freunde unentbehrlich zu sein.

Zudem spürte er wohl, daß dieses kränkliche Wehmutwesen nur ein Ausstoßen überflüssiger und ungesunder Triebe war und eigentlich nicht in Heilners Wesen gehörte, den er treu und aufrichtig bewunderte. Wenn der Freund seine Verse vorlas oder von seinen Dichteridealen redete oder Monologe aus Schiller und Shakespeare mit Leidenschaft und großem Gebärdenspiel vortrug, war es für Hans, als wandle jener kraft einer ihm selber mangelnden Zaubergabe in den Lüften, bewege sich in einer göttlichen Freiheit und feuriger Leidenschaft und entschwebe ihm und seinesgleichen auf geflügelten Sohlen wie ein homerischer Himmelsbote. Bis dahin war ihm die Welt der Dichter wenig bekannt und unwichtig gewesen, nun spürte er zum erstenmal widerstandslos die trügerische Gewalt schönfließender Worte, täuschender Bilder und schmeichlerischer Reime, und seine Verehrung für diese ihm neuerschlossene Welt war mit der Bewunderung des Freundes zu einem einzigen Gefühl ineinandergewachsen.

Unterdessen kamen stürmische, dunkle Novembertage, an denen man nur wenige Stunden ohne Lampe arbeiten konnte, und schwarze Nächte, in denen der Sturm große rollende Wolkenberge durch die finstern Höhen trieb und stöhnend oder zankend um die alten festen Klostergebäude stieß. Die Bäume waren nun völlig entlaubt; nur die mächtigen, knorrig verästelten Eichen, die Könige jener baumreichen Landschaft, rauschten noch mit welken Laubkronen lauter und mürrischer als alle anderen Bäume. Heilner war ganz trübsinnig und liebte es neuerdings, statt bei Hans zu sitzen, allein in einem entlegenen Übungszimmer auf der Geige zu stürmen oder mit den Kameraden Händel anzufangen.

Eines Abends, da er jenes Zimmer aufsuchte, fand er den strebsamen Lucius dort vor einem Notenpult mit Üben beschäftigt. Ärgerlich ging er weg und kam nach einer halben Stunde wieder. Jener übte noch immer.

»Du könntest jetzt aufhören«, schimpfte Heilner. »Es gibt auch noch andere Leute, die üben wollen. Deine Kratzerei ist ohnehin eine Landplage.«

Lucius wollte nicht weichen, Heilner wurde grob, und als der andere sein Kratzen ruhig wiederaufnahm, stieß er ihm das Notengestell mit einem Fußtritt um, daß die Blätter ins Zimmer stoben und das Pult dem Geiger ins Gesicht schlug. Lucius bückte sich nach den Noten.

»Das sag' ich dem Herrn Ephorus«, sagte er entschieden.

»Gut«, schrie Heilner wütend, »so sag ihm auch gleich, ich hätte dir einen Hundstritt gratis dreingegeben.« Und er wollte sogleich zur Tat schreiten.

Lucius sprang fliehend beiseite und gewann die Tür. Sein Verfolger setzte ihm nach, und es entstand ein hitziges und geräuschvolles Jagen durch Gänge und Säle, über Treppen und Flure bis in den fernsten Flügel des Klosters, wo in stiller Vornehmheit die Ephoruswohnung lag. Heilner erreichte den Flüchtling erst knapp vor der Studierzimmertür des Ephorus, und als jener schon angeklopft hatte und in der offenen Türe stand, erhielt er im letzten Augenblick noch den versprochenen Fußtritt und fuhr, ohne mehr die Tür hinter sich schließen zu können, wie eine Bombe ins Allerheiligste des Herrschers.

Das war ein unerhörter Fall. Am nächsten Morgen hielt der Ephorus eine glänzende Rede über die Entartung der Jugend, Lucius hörte tiefsinnig und beifällig zu, und Heilner bekam eine schwere Karzerstrafe diktiert.

»Seit mehreren Jahren«, donnerte der Ephorus ihn an, »ist eine solche Sache hier nicht mehr vorgekommen. Ich werde dafür sorgen, daß Sie noch in zehn Jahren daran denken sollen. Euch andern stelle ich diesen Heilner als abschreckendes Beispiel auf.«

Die ganze Promotion schielte scheu zu ihm hinüber, der blaß und trotzig dastand und dem Blick des Ephorus nicht auswich. Im stillen bewunderten ihn viele, trotzdem blieb er am Ende der Lektion, als alles lärmend die Gänge erfüllte, allein und gemieden wie ein Aussätziger. Es gehörte Mut dazu, jetzt zu ihm zu stehen.

Auch Hans Giebenrath tat es nicht. Es wäre seine Pflicht gewesen, das fühlte er wohl, und er litt am Gefühl seiner Feigheit. Unglücklich und schamhaft drückte er sich in ein Fenster und wagte nicht aufzublicken. Es trieb ihn, den Freund aufzusuchen, und er hätte viel darum gegeben, es unbemerkt tun zu können. Aber ein mit schwerem Karzer Bestrafter ist im Kloster für längere Zeit so gut wie gebrandmarkt. Man weiß, daß er von nun an besonders beobachtet wird und daß es gefährlich ist und einen schlechten Ruf einträgt, mit ihm Verkehr zu haben. Den Wohltaten, welche der Staat seinen Zöglingen erweist, muß eine scharfe, strenge Zucht entsprechen, das war schon in der großen Rede beim Eintrittsfeste vorgekommen. Auch Hans wußte das. Und er unterlag im Kampf zwischen Freundespflicht und Ehrgeiz. Sein Ideal war nun einmal, vorwärtszukommen, berühmte Examina zu machen und eine Rolle zu spielen, aber keine romantische und gefährliche. So verharrte er ängstlich in seinem Winkel. Noch konnte er hervortreten und tapfer sein, aber von Augenblick zu Augenblick wurde es schwerer, und eh er sich's versah, war sein Verrat zur Tat geworden.

Heilner bemerkte es wohl. Der leidenschaftliche Knabe fühlte, wie man ihm auswich, und begriff es, aber auf Hans hatte er sich verlassen. Neben dem Weh und der Empörung, die er jetzt empfand, kamen ihm seine bisherigen, inhaltslosen Jammergefühle leer und lächerlich vor. Einen Augenblick blieb er neben Giebenrath stehen. Er sah blaß und hochmütig aus und sagte leise: »Du bist ein gemeiner Feigling, Giebenrath – pfui Teufel!« Und damit ging er weg, halblaut pfeifend und die Hände in den Hosensäcken.

Es war gut, daß andere Gedanken und Beschäftigungen die jungen Leute in Anspruch nahmen. Wenige Tage nach jenem Ereignis trat plötzlich Schneefall, dann frostklares Winterwetter ein, man konnte schneeballen und Schlittschuh laufen, und alle merkten nun auch plötzlich und sprachen davon, daß Weihnachten und Ferien vor der Tür standen. Heilner wurde weniger beachtet. Er ging still und trotzig mit aufrechtem Kopf und hochmütigem Gesicht umher, sprach mit niemand und schrieb häufig Verse in ein Schreibheft, das einen Umschlag von schwarzem Wachstuch hatte und die Aufschrift »Lieder eines Mönches« trug.

An den Eichen, Erlen, Buchen und Weiden hing Reif und gefrorener Schnee in zarten, phantastischen Gebilden. Auf den Weihern knisterte im Frost das klare Eis. Der Kreuzganghof sah wie ein stiller Marmorgarten aus. Eine frohe, festliche Erregung ging durch die Stuben, und die weihnachtliche Vorfreude gab sogar den beiden tadellosen, gemessenen Professoren einen kleinen Glanz von Milde und heiterer Aufregung ab. Unter Lehrern und Schülern war keiner, den Weihnachten gleichgültig ließ, auch Heilner begann weniger verbissen und elend auszusehen, und Lucius überlegte, welche Bücher und welches Paar Schuhe er in die Ferien mitnehmen solle. In den von Hause kommenden Briefen standen schöne, ahnungsvolle Dinge: Fragen nach Lieblingswünschen, Berichte von Backtagen, Andeutung bevorstehender Überraschungen und Freude aufs Wiedersehen.

Vor der Ferienreise erlebte die Promotion und insbesondere die Stube Hellas noch eine kleine heitere Geschichte. Es war beschlossen worden, die Lehrerschaft zu einer abendlichen Weihnachtsfeier einzuladen, welche in Hellas, als der größten Stube, stattfinden sollte. Eine Festrede, zwei Deklamationen, ein Flötensolo und ein Geigenduo waren vorbereitet. Nun sollte aber durchaus auch noch eine humoristische Nummer aufs Programm. Man beriet und verhandelte, machte und verwarf Vorschläge, ohne einig zu werden. Da sagte Karl Hamel so nebenher, das Heiterste wäre eigentlich ein Violinsolo von Emil Lucius. Das zog. Durch Bitten, Versprechungen und Drohungen brachte man den unglücklichen Musikanten dazu, daß er sich hergab. Und nun stand auf dem Programm, das mit einer höflichen Einladung den Lehrern zugeschickt wurde, als besondere Nummer: »Stille Nacht, Lied für Violine, vorgetragen von Emil Lucius, Kammervirtuos.« Letzteren Titel verdankte er seinem fleißigen Üben in jener abgelegenen Musikstube.

Ephorus, Professoren, Repetenten, Musiklehrer und Oberfamulus waren eingeladen und erschienen zur Feier. Dem Musiklehrer trat der Schweiß auf die Stirne, als Lucius in einem von Hartner geborgten schwarzen Rock mit Schößen auftrat, fri-

siert und gebügelt, mit seinem sanft bescheidenen Lächeln.
Schon seine Verbeugung wirkte wie eine Aufforderung zur
Heiterkeit. Aus dem Lied »Stille Nacht« wurde unter seinen
Fingern eine ergreifende Klage, ein stöhnendes, schmerzvolles
Lied des Leides; er begann zweimal, zerriß und zerhackte die
Melodie, trat den Takt mit dem Fuß und arbeitete wie ein
Waldarbeiter bei Frostwetter.

Fröhlich nickte der Herr Ephorus dem Musiklehrer zu, der vor
Entrüstung blaß geworden war.

Als Lucius das Lied zum drittenmal begonnen hatte und auch
diesmal steckenblieb, ließ er die Geige sinken, wandte sich gegen die Zuhörer und entschuldigte sich: »Es geht nicht. Aber
ich tu' auch erst seit letzten Herbst geigen.«

»Es ist gut, Lucius«, rief der Ephorus, »wir danken Ihnen für
Ihre Anstrengungen. Lernen Sie nur so weiter. *Per aspera ad
astra!*«

Am vierundzwanzigsten Dezember war von morgens drei Uhr
an Leben und Getöse in allen Schlafsälen. An den Fenstern
blühten dicke Lagen von feingeblätterten Eisblumen, das
Waschwasser war eingefroren, und über den Klosterhof strich
ein schneidend dünner Frostwind, doch kehrte sich niemand
daran. Im Speisesaal dampften die großen Kaffeekübel, und in
dunklen Gruppen wanderten bald darauf die in Mäntel und Tücher verpackten Schüler über das weiße, schwach leuchtende
Feld und durch die schweigende Waldung der weit entfernten
Bahnstation entgegen. Alle plauderten, machten Witze und
lachten laut und waren doch nebenher jeder voll seiner ver-
schwiegenen Wünsche, Freuden und Erwartungen. Weit im
ganzen Lande, in Städten und Dörfern und auf einsamen Höfen
wußten sie in warmen, festgeschmückten Stuben Eltern und
Brüder und Schwestern auf sich warten. Es war für die meisten
von ihnen die erste Weihnacht, zu der sie aus der Ferne heim-
reisten, und die meisten wußten, daß man sie mit Liebe und mit
Stolz erwartete.

Auf der kleinen Bahnstation, mitten im verschneiten Walde,
wartete man in bitterer Kälte auf den Zug, und man war nie so

einmütig, verträglich und lustig beisammen gewesen. Nur Heilner blieb allein und schweigend, und als der Zug da war, wartete er das Einsteigen der Kameraden ab und ging dann allein in einen andern Wagen. Beim Umsteigen am nächsten Bahnhof sah Hans ihn noch einmal, doch ging das flüchtige Gefühl der Beschämung und Reue schnell wieder in der Aufregung und Freude der Heimreise unter.

Zu Hause fand er den Papa schmunzelnd und zufrieden, und ein wohlbesetzter Gabentisch erwartete ihn. Ein richtiges Christfest gab es im Hause Giebenrath allerdings nicht. Es fehlte Gesang und Festbegeisterung, es fehlte eine Mutter, es fehlte ein Tannenbaum. Herr Giebenrath verstand die Kunst, Feste zu feiern, nicht. Aber er war stolz auf seinen Buben und hatte an den Geschenken diesmal nicht gespart. Und Hans war es nicht anders gewöhnt, er vermißte nichts.

Man fand ihn schlecht aussehend, zu mager und zu blaß, und fragte ihn, ob denn im Kloster die Kost so schmal sei. Er verneinte eifrig und versicherte, es gehe ihm gut, nur habe er so oft Kopfweh. Hierüber tröstete ihn der Stadtpfarrer, der in jüngern Jahren selber daran gelitten hatte, und somit war alles gut. Der Fluß war blank gefroren und an den Feiertagen voll von Schlittschuhläufern. Hans war fast den ganzen Tag draußen, in einem neuen Anzug, die grüne Seminaristenmütze auf dem Kopf, seinen ehemaligen Mitschülern weit in eine beneidete höhere Welt hinein entwachsen.

Viertes Kapitel

Erfahrungsgemäß pflegen sich aus jeder Seminaristenpromotion einer oder mehrere Knaben im Laufe der vier Klosterjahre zu verlieren. Zuweilen stirbt einer weg und wird mit Gesang beerdigt oder mit Freundesgeleite in seine Heimat überführt. Zuweilen macht sich einer gewaltsam los oder wird besonderer Sünden wegen entfernt. Gelegentlich, doch selten und nur in der älteren Klasse, kommt es etwa auch einmal vor, daß irgendein ratloser Junge aus seinen Jugendnöten einen kurzen, dunkeln Ausweg durch einen Schuß oder durch den Sprung in ein Wasser findet.

Auch der Promotion Hans Giebenraths sollten einige Kameraden verlorengehen, und durch einen sonderbaren Zufall geschah es, daß diese alle der Stube Hellas angehörten.

Unter ihren Bewohnern war ein bescheidenes blondes Männlein, namens Hindinger, mit Spitznamen Hindu genannt, Sohn eines Schneidermeisters irgendwo in der Allgäuer Diaspora. Er war ein ruhiger Bürger und machte erst durch seinen Weggang ein wenig von sich reden, doch auch da nicht zuviel. Als Pultnachbar des sparsamen Kammervirtuosen Lucius hatte er mit diesem freundlich und bescheidentlich ein wenig mehr als mit den andern Verkehr gehabt, sonst aber keine Freunde besessen. Erst als er fehlte, merkte man in Hellas, daß man ihn gern gehabt hatte als einen anspruchslosen, guten Nachbarn und als einen Ruhepunkt im oft erregten Leben der Stube.

Er schloß sich eines Tages im Januar den Schlittschuhläufern an, die nach dem Roßweiher hinauszogen. Schlittschuhe besaß er nicht, sondern wollte nur einmal zusehen. Doch fror ihn bald, und er stampfte ums Ufer herum, um sich zu erwärmen. Darüber kam er ins Laufen, verlor sich ein Stück weit über Feld und geriet an einen anderen kleinen See, der seiner wärmeren und stärkeren Quellen wegen nur schwach überfroren war. Er trat durchs Schilf hinüber. Dort brach er, so klein und leicht er war, nahe beim Ufer ein, wehrte sich und schrie noch eine kleine

Weile und sank dann unbemerkt in die dunkle Kühle hinunter. Erst als um zwei Uhr die erste Nachmittagslektion begann, wurde sein Fehlen bemerkt.

»Wo ist Hindinger?« rief der Repetent.

Niemand gab Antwort.

»Sehen Sie in Hellas nach!«

Aber dort war keine Spur von ihm.

»Er wird sich verspätet haben, lassen Sie uns ohne ihn beginnen. Wir stehen Seite vierundsiebzig, Vers sieben. Ich bitte mir aber aus, daß so etwas nicht wieder vorkommt. Sie haben pünktlich zu sein!«

Als es drei Uhr schlug und Hindinger noch immer fehlte, bekam der Lehrer Angst und schickte zum Ephorus.

Dieser erschien sogleich höchstselber im Lehrsaal, stellte ein großes Fragen an und schickte alsdann zehn Schüler unter Begleitung des Famulus und eines Repetenten auf die Suche. Den Zurückbleibenden wurde eine schriftliche Übung diktiert.

Um vier Uhr trat der Repetent, ohne anzuklopfen, in den Hörsaal und erstattete dem Ephorus im Flüsterton Bericht.

»Stille!« gebot der Ephorus, und die Schüler saßen regungslos in den Bänken und sahen ihn erwartungsvoll an.

»Ihr Kamerad Hindinger«, fuhr er leiser fort »scheint in einem Weiher ertrunken zu sein. Sie müssen nun helfen, ihn zu suchen. Herr Professor Meyer wird Sie führen, Sie haben ihm pünktlich und wörtlich zu folgen und keinerlei eigenmächtige Schritte dabei zu tun.«

Erschrocken und flüsternd brach man auf, den Professor an der Spitze. Vom Städtchen stießen ein paar Männer mit Seilen, Latten und Stangen zu dem eiligen Zuge. Es war bitter kalt, und die Sonne stand schon am Rande der Wälder.

Und als endlich der kleine steife Körper des Knaben gefunden war und in den verschneiten Binsen auf eine Trage gelegt wurde, war schon tiefe Dämmerung. Die Seminaristen standen wie scheue Vögel ängstlich umher, starrten auf die Leiche und rieben sich ihre blauen, steifgewordenen Finger. Und erst als der ertrunkene Kamerad vor ihnen hergetragen ward und sie ihm schweigend über die Schneefelder nachfolgten, wurden plötzlich ihre beklommenen Seelen von einem Schauder berührt und witterten den grimmigen Tod wie Rehe den Feind. In dem kläglichen, frierenden Häuflein schritt Hans Giebenrath zufällig neben seinem gewesenen Freunde Heilner. Beide bemerkten die Nachbarschaft im gleichen Augenblick, da sie über dieselbe Unebenheit des Feldes gestolpert waren. Es mochte sein, daß der Anblick des Todes ihn überwältigt und für Augenblicke von der Nichtigkeit aller Selbstsucht überzeugt hatte, jedenfalls fühlte Hans, als er unvermutet des Freundes bleiches Gesicht so nahe erblickte, einen unerklärten tiefen Schmerz und griff in plötzlicher Regung nach des andern Hand. Heilner entzog sie ihm unwillig und blickte beleidigt beiseite, suchte auch sogleich einen andern Platz und verschwand in die hintersten Reihen des Zuges.

Da schlug dem Musterknaben Hans das Herz in Weh und Scham, und er konnte nicht hindern, daß ihm, während er auf dem gefrorenen Felde stolpernd weitermarschierte, Träne um Träne über die frostblauen Backen lief. Er begriff, daß es Sünden und Versäumnisse gibt, die man nicht vergessen kann und die keine Reue gutmacht, und es kam ihm vor, als liege nicht der kleine Schneiderssohn, sondern sein Freund Heilner vorn auf der erhöhten Bahre und nehme den Schmerz und Zorn über seine Untreue weit in eine andere Welt mit sich hinüber, wo man nicht nach Zeugnissen und Examen und Erfolgen rechnet, sondern allein nach der Reinheit oder Befleckung des Gewissens.

Inzwischen war man auf die Landstraße gelangt und kam rasch vollends ins Kloster, wo alle Lehrer, den Ephorus an der Spitze, den toten Hindinger empfingen, der im Leben vor dem bloßen Gedanken an eine solche Ehre davongelaufen wäre. Einen toten Schüler blicken die Lehrer stets mit ganz andern Augen an als einen lebenden, sie werden dann für einen Augenblick vom Wert und von der Unwiederbringlichkeit jedes Lebens und jeder Jugend überzeugt, an denen sie sich sonst so häufig sorglos versündigen.

Auch am Abend und am ganzen folgenden Tage wirkte die Anwesenheit der unscheinbaren Leiche wie ein Zauber, milderte, dämpfte und umflorte alles Tun und Reden, so daß für diese kurze Zeit Hader, Zorn, Lärm und Lachen sich verbargen wie Nixen, die für Augenblicke von der Oberfläche eines Gewässers verschwinden und es regungslos und scheinbar unbelebt liegen lassen. Wenn zwei miteinander von dem Ertrunkenen sprachen, so nannten sie stets seinen vollen Namen, denn dem Toten gegenüber kam ihnen der Spitzname Hindu unwürdig vor. Und der stille Hindu, der sonst unbemerkt und unberufen in der Schar verschwunden war, erfüllte nun das ganze große Kloster mit seinem Namen und seinem Gestorbensein.

Am zweiten Tage kam der Vater Hindinger an, blieb ein paar Stunden allein in dem Stüblein, wo sein Knabe lag, wurde dann vom Ephorus zum Tee eingeladen und übernachtete im Hirschen.

Dann kam das Begräbnis. Der Sarg stand im Dorment aufgestellt, und der Allgäuer Schneider stand dabei und sah allem zu. Er war eine rechte Schneidersfigur, entsetzlich mager und spitzig, und trug einen grünlich spielenden schwarzen Bratenrock und enge dürftige Hosen, in der Hand einen veralteten Festhut. Sein kleines, dünnes Gesicht sah bekümmert, traurig und schwächlich aus, wie ein Kreuzerlichtlein im Wind, und er war in einer fortwährenden Verlegenheit und Hochachtung vor dem Ephorus und den Herren Professoren.

Im letzten Augenblick, ehe die Träger den Sarg aufnahmen, trat das traurige Männlein noch einmal vor und berührte den Sargdeckel mit einer verlegenen und schüchternen Gebärde der Zärtlichkeit. Dann blieb er hilflos stehen, mit den Tränen kämpfend, und stand mitten in dem großen, stillen Raum wie ein dürres Bäumlein im Winter, so verlassen und hoffnungslos und preisgegeben, daß es ein Jammer zu sehen war. Der Pfarrer nahm ihn an der Hand und blieb bei ihm, da setzte er seinen phantastisch geschweiften Zylinder auf und lief als Vorderster dem Sarge nach, die Treppe hinunter, über den Klosterhof, durchs alte Tor und übers weiße Land der niedern Kirchhofmauer entgegen. Während am Grabe die Seminaristen einen Choral sangen, blickten zum Verdruß des dirigierenden Musiklehrers die meisten nicht auf seine taktierende Hand, sondern auf die einsame, windige Gestalt des kleinen Schneidermeisters, welcher traurig und verfroren im Schnee stand und mit gesenktem Kopf die Reden des Geistlichen und des Ephorus und des Primus mit anhörte, den singenden Schülern gedankenlos zunickte und zuweilen mit der Linken nach dem im Rockschoß verborgenen Taschentuch angelte, ohne es aber herauszuziehen.

»Ich hab' mir vorstellen müssen, wie das wäre, wenn an seiner Stelle mein eigener Papa so dagestanden wäre«, sagte Otto Hartner nachher. Da stimmten alle ein: »Ja, ganz das gleiche hab' ich auch gedacht.«

Später kam der Ephorus mit Hindingers Vater auf die Stube Hellas. »Ist einer von Ihnen mit dem Verstorbenen besonders befreundet gewesen?« fragte der Ephorus in die Stube hinein. Zuerst meldete sich niemand, und Hindus Vater blickte ängstlich und elend in die jungen Gesichter. Dann kam aber Lucius hervor, und Hindinger nahm seine Hand, hielt sie eine kleine Weile fest, wußte aber nichts zu sagen und ging bald mit einem demütigen Kopfnicken wieder hinaus. Darauf reiste er ab und hatte einen ganzen langen Tag durchs helle Winterland zu fahren, ehe er heimkam und seiner Frau erzählen konnte, an was für einem Örtlein ihr Karl nun liege.

Im Kloster war der Bann bald wieder gebrochen. Die Lehrer schalten wieder, die Türen wurden wieder zugeschlagen, und dem verschwundenen Hellenen wurde wenig nachgedacht. Einige hatten sich beim langen Stehen an jenem traurigen Weiher erkältet und lagen auf der Krankenstube oder liefen mit Filzpantoffeln und verbundenen Hälsen herum. Hans Giebenrath war an Hals und Füßen unbeschädigt geblieben, sah aber seit dem Unglückstage ernster und älter aus. Es war irgend etwas in ihm anders geworden, ein Jüngling aus einem Knaben, und seine Seele war gleichsam in ein anderes Land versetzt, wo sie ängstlich und unheimisch umherflatterte und noch keine Rastplätze kannte. Daran war weder der Todesschrecken noch die Trauer um den guten Hindu schuld, sondern lediglich das plötzlich erwachte Bewußtsein seiner Schuld gegen Heilner.

Dieser lag mit zwei andern auf der Krankenstube, mußte heißen Tee schlucken und hatte Zeit, seine beim Tode Hindingers empfangenen Eindrücke zu ordnen und etwa zum späteren dichterischen Gebrauch zurechtzulegen. Doch schien ihm daran wenig gelegen, er sah vielmehr elend und leidend aus und wechselte mit seinen Krankheitsgenossen kaum ein Wort. Die seit seiner Karzerstrafe ihm aufgezwungene Vereinsamung hatte sein empfindliches und häufiger Mitteilung bedürftiges Gemüt verwundet und bitter gemacht. Die Lehrer beaufsichtigten ihn als einen unzufriedenen und revolutionären Kopf mit Strenge, die Schüler mieden ihn, der Famulus behandelte ihn mit spöttischer Gutmütigkeit, und seine Freunde Shakespeare, Schiller und Lenau zeigten ihm eine andere, mächtigere und großartigere Welt, als die war, die ihn drückend und demütigend umgab. Aus seinen »Mönchsliedern«, welche anfangs nur auf einen einsiedlerisch schwermütigen Ton gestimmt gewesen waren, wurde allmählich eine Sammlung bitterer und gehässiger Verse auf Kloster, Lehrer und Mitschüler. Er fand in seiner Vereinsamung einen sauren Märtyrergenuß, fühlte sich mit Genugtuung unverstanden und kam sich in seinen schonungslos despektierlichen Mönchsversen vor wie ein kleiner Juvenal.

Acht Tage nach dem Begräbnis, als die beiden Kameraden genesen waren und Heilner allein noch im Krankenzimmer lag, besuchte ihn Hans. Er grüßte schüchtern, trug einen Stuhl ans Bett, setzte sich und griff nach der Hand des Kranken, der sich unwillig gegen die Wand kehrte und ganz unzugänglich schien. Aber Hans ließ sich nicht abweisen. Er hielt die ergriffene Hand fest und zwang seinen ehemaligen Freund, ihn anzusehen. Dieser verzog ärgerlich die Lippen.

»Was willst du eigentlich?«

Hans ließ seine Hand nicht los.

»Du mußt mich anhören«, sagte er. »Ich bin damals feig gewesen und ließ dich im Stich. Aber du weißt, wie ich bin: es war mein fester Vorsatz, im Seminar obenan zu bleiben und womöglich vollends Erster zu werden. Du hast das Streberei genannt, meinetwegen mit Recht; aber es war nun eben meine Art von Ideal, ich wußte nichts Besseres.«

Heilner hatte die Augen geschlossen, und Hans fuhr ganz leise fort: »Sieh du, es tut mir leid. Ich weiß nicht, ob du noch einmal mein Freund sein willst, aber verzeihen mußt du mir.«

Heilner schwieg und tat die Augen nicht auf. Alles Gute und Freudige in ihm lachte dem Freund entgegen, doch hatte er sich nun an die Rolle des Herben und Einsamen gewöhnt und behielt wenigstens die Maske davon einstweilen vor dem Gesicht. Hans ließ nicht nach.

»Du mußt, Heilner! Ich will lieber Letzter werden, als noch länger so um dich herumlaufen. Wenn du willst, so sind wir wieder Freunde und zeigen den anderen, daß wir sie nicht brauchen.«

Da erwiderte Heilner den Druck seiner Hand und schlug die Augen auf.

Nach einigen Tagen verließ auch er das Bett und die Krankenstube, und es entstand im Kloster keine geringe Aufregung über die neugebackene Freundschaft. Für die beiden aber kamen nun wunderliche Wochen, ohne eigentliche Erlebnisse, aber voll eines seltsam beglückenden Gefühls der Zusammengehörigkeit und eines wortlosen, heimlichen Einverständnisses. Es war etwas anderes als früher. Die wochenlange Trennung hatte beide verändert. Hans war zärtlicher, wärmer, schwärmerischer geworden; Heilner hatte ein kraftvolleres, männlicheres Wesen angenommen, und beide hatten einander in der letzten Zeit so sehr vermißt, daß ihnen ihre Wiedervereinigung wie ein großes Erlebnis und köstliches Geschenk vorkam.•

Beide frühreifen Knaben kosteten in ihrer Freundschaft mit ahnungsvoller Scheu etwas von den zarten Geheimnissen einer ersten Liebe unwissend voraus. Dazu hatte ihr Bündnis den herben Reiz der reifenden Männlichkeit und als ebenso herbe Würze das Trotzgefühl gegen die Gesamtheit der Kameraden, denen Heilner unliebsam und Hans unverständlich blieb und deren zahlreiche Freundschaften damals alle noch harmlose Knabenspielereien waren.

Je inniger und glücklicher Hans an seiner Freundschaft hing, desto fremder wurde ihm die Schule. Das neue Glücksgefühl ging brausend wie ein junger Wein durch sein Blut und durch seine Gedanken, daneben verlor Livius so gut wie Homer seine Wichtigkeit und seinen Glanz. Die Lehrer aber sahen mit Schrecken den bisherigen tadellosen Schüler Giebenrath in ein problematisches Wesen verwandelt und dem schlimmen Einfluß des verdächtigen Heilner unterlegen. Vor nichts graut Lehrern so sehr wie vor den seltsamen Erscheinungen, die am Wesen früh entwickelter Knaben in dem ohnehin gefährlichen Alter der beginnenden Jünglingsgärung hervortreten. An Heilner war ihnen ohnehin von jeher ein gewisses Geniewesen unheimlich – zwischen Genie und Lehrerzunft ist eben seit alters eine tiefe Kluft befestigt, und was von solchen Leuten sich auf Schulen zeigt, ist den Professoren von vornherein ein Greuel. Für sie sind Genies jene Schlimmen, die keinen Respekt vor ihnen haben, die mit vierzehn Jahren zu rauchen beginnen, mit fünfzehn sich verlieben, mit sechzehn in die Kneipen gehen, welche verbotene Bücher lesen, freche Aufsätze schreiben, den Lehrer gelegentlich höhnisch fixieren und im Diarium als Aufrührer und Karzerkandidaten notiert werden. Ein Schulmeister hat lieber einige Esel als ein Genie in seiner Klasse, und genau betrachtet hat er ja recht, denn seine Aufgabe ist es nicht, extravagante Geister heranzubilden, sondern gute Lateiner, Rechner und Biedermänner. Wer aber mehr und Schweres vom andern leidet, der Lehrer vom Knaben oder umgekehrt, wer von beiden mehr Tyrann, mehr Quälgeist ist und wer von beiden es ist, der dem anderen Teil seiner Seele und seines Lebens verdirbt und schändet, das kann man nicht untersuchen, ohne mit Zorn und Scham an die eigene Jugend zu denken. Doch ist das nicht unsere Sache, und wir haben den Trost, daß bei den wirklich Genialen fast immer die Wunden vernarben und daß aus ihnen Leute werden, die der Schule zu Trotz ihre guten Werke schaffen und welche später, wenn sie tot und vom angenehmen Nimbus der Ferne umflossen sind, anderen Generationen von ihren Schulmeistern als Prachtstücke und edle Beispiele vorgeführt werden. Und so wiederholt sich von Schule zu Schule das Schauspiel des Kampfes zwischen Gesetz und Geist, und immer wieder sehen wir Staat und Schule atemlos bemüht, die alljährlich auftauchenden paar tieferen und wertvolleren Geister an der Wurzel zu knicken. Und immer wieder sind es vor allem die von den Schulmeistern Gehaßten, die Oftbestraften, Entlaufenen, Davongejagten, die nachher den Schatz unseres Volkes bereichern. Manche aber – und wer weiß wie viele? – verzehren sich in stillem Trotz und gehen unter.

Nach gutem, altem Schulgrundsatz wurde auch gegen die beiden jungen Seltsamen, sobald man Unrat witterte, nicht die Liebe, sondern die Härte verdoppelt. Nur der Ephorus, der auf Hans als fleißigsten Hebräer stolz war, machte einen ungeschickten Rettungsversuch. Er ließ ihn auf sein Amtszimmer rufen, die schöne malerische Erkerstube der alten Abtswohnung, wo der Sage nach der im nahen Knittlingen heimische Doktor Faust manchen Becher Elfinger genossen hat. Der Ephorus war kein unebener Mann, es fehlte ihm nicht an Einsicht und praktischer Klugheit, er hatte sogar ein gewisses gutmütiges Wohlwollen gegen seine Zöglinge, die er mit Vorliebe duzte. Sein Hauptfehler war eine starke Eitelkeit, die ihn auf dem Katheder oft zu prahlerischen Kunststückchen verleitete und welche ihn nicht dulden ließ, seine Macht und Autorität nur im geringsten bezweifelt zu sehen. Er konnte keinen Einwurf vertragen, keinen Irrtum eingestehen. So kamen willenlose oder auch unredliche Schüler prächtig mit ihm aus, aber gerade die Kräftigen und Ehrlichen hatten es schwer, da schon ein nur angedeuteter Widerspruch ihn reizte. Die Rolle des väterlichen Freundes mit aufmunterndem Blick und gerührtem Ton beherrschte er als Virtuos, und er spielte sie auch jetzt.

»Nehmen Sie Platz, Giebenrath«, sprach er freundschaftlich, nachdem er dem schüchtern eingetretenen Jungen kräftig die Hand gedrückt hatte.

»Ich möchte ein wenig mit Ihnen reden. Aber darf ich du sagen?«

»Bitte, Herr Ephorus.«

»Du wirst wohl selber gefühlt haben, lieber Giebenrath, daß deine Leistungen in letzter Zeit etwas nachgelassen haben, wenigstens im Hebräischen. Du warst bisher vielleicht unser bester Hebräer, darum tut es mir leid, eine plötzliche Abnahme zu bemerken. Vielleicht hast du am Hebräischen keine rechte Freude mehr?«

»O doch, Herr Ephorus.«

»Überlege dir's nur! So etwas kommt vor. Du hast dich vielleicht einem anderen Fach besonders zugewendet?«

»Nein, Herr Ephorus.«

»Wirklich nicht? Ja, dann müssen wir nach andern Ursachen suchen. Kannst du mir auf die Spur helfen?«

»Ich weiß nicht... ich habe meine Aufgaben immer gemacht...«

»Gewiß, mein Lieber, gewiß. Aber *differendum est inter et inter*. Deine Aufgaben hast du natürlich gemacht, das war ja wohl auch deine Pflicht. Aber du hast früher mehr geleistet. Du warst vielleicht fleißiger, du warst jedenfalls mit mehr Interesse bei der Sache. Ich frage mich nun, woher dies plötzliche Nachlassen deines Eifers kommt. Du bist doch nicht krank?«

»Nein.«

»Oder hast du Kopfweh? Du siehst freilich nicht übermäßig blühend aus.«

»Ja, Kopfweh habe ich manchmal.«

»Ist dir die tägliche Arbeit zuviel?«

»O nein, gar nicht.«

»Oder treibst du viel Privatlektüre? Sei nur ehrlich!«

»Nein, ich lese fast nichts, Herr Ephorus.«

»Dann begreife ich das nicht recht, lieber junger Freund. Irgendwo muß es doch fehlen. Willst du mir versprechen, dir ordentlich Mühe zu geben?«

Hans legte seine Hand in die ausgestreckte Rechte des Gewaltigen, der ihn mit ernster Milde anblickte.

»So ist's gut, so ist's recht, mein Lieber. Nur nicht matt werden, sonst kommt man unters Rad.«

Er drückte Hans die Hand, und dieser ging aufatmend zur Türe. Da wurde er zurückgerufen.

»Noch etwas, Giebenrath. Du hast viel Verkehr mit Heilner, nicht wahr?«

»Ja, ziemlich viel.«

»Mehr als mit andern, glaube ich. Oder nicht?«

»Doch ja. Er ist mein Freund.«

»Wie kam denn das? Ihr seid doch eigentlich recht verschiedene Naturen.«

»Ich weiß nicht, er ist nun eben mein Freund.«

»Du weißt, daß ich deinen Freund nicht besonders liebe. Er ist ein unzufriedener, unruhiger Geist; begabt mag er sein, aber er leistet nichts und übt keinen guten Einfluß auf dich. Ich würde es sehr gerne sehen, wenn du dich ihm mehr fernhalten würdest. – Nun?«

»Das kann ich nicht, Herr Ephorus.«

»Du kannst nicht? Ja warum denn?«

»Weil er doch mein Freund ist. Ich kann ihn doch nicht einfach im Stich lassen.«

»Hm. Aber du könntest dich doch etwas mehr an andere anschließen? Du bist der einzige, der sich dem schlechten Einfluß dieses Heilner so hingibt, und die Folgen sehen wir ja schon. Was fesselt dich denn gerade an ihm besonders?«

»Ich weiß selber nicht. Aber wir haben einander gern, und es wäre feig von mir, ihn zu verlassen.«

»So so. Na, ich zwinge dich nicht. Aber ich hoffe, du kommst allmählich von ihm los. Es wäre mir lieb. Es wäre mir sehr lieb.«

Die letzten Worte hatten nichts mehr von der vorigen Milde. Hans konnte nun gehen.

Von da an plagte er sich aufs neue mit der Arbeit. Es war allerdings nicht mehr das frühere flotte Vorwärtskommen, sondern mehr ein mühseliges Mitlaufen, um wenigstens nicht zu weit zurückzubleiben. Auch er wußte, daß das zum Teil von seiner Freundschaft herrührte, doch sah er in dieser nicht einen Verlust und ein Hemmnis, vielmehr einen Schatz, der alles Versäumte aufwog – ein erhöhtes wärmeres Leben, mit dem das frühere nüchterne Pflichtdasein sich nicht vergleichen ließ. Es ging ihm wie jungen Verliebten: er fühlte sich großer Heldentaten fähig, nicht aber der täglichen langweiligen und kleinlichen Arbeit. Und so spannte er sich immer wieder mit verzweifeltem Seufzer ins Joch. Es zu machen wie Heilner, der obenhin arbeitete und das Nötigste sich rasch und fast gewaltsam hastig aneignete, verstand er nicht. Da sein Freund ihn ziemlich jeden Abend in den Mußestunden in Anspruch nahm, zwang er sich, morgens eine Stunde früher aufzustehen, und rang namentlich mit der hebräischen Grammatik wie mit einem Feinde. Freude hatte er eigentlich nur noch am Homer und an der Geschichtsstunde. Mit dunkel tastendem Gefühle näherte er sich dem Verständnis der homerischen Welt, und in der Geschichte hörten allmählich die Helden auf, Namen und Zahlen zu sein, und blickten aus nahen, glühenden Augen und hatten lebendige, rote Lippen und jeder sein Gesicht und seine Hände – einer rote, dicke, rohe Hände, einer stille, kühle, steinerne, und ein anderer schmale, heiße, feingeäderte.

Auch beim Lesen der Evangelien im griechischen Texte fand er sich zuweilen von der Deutlichkeit und Nähe der Gestalten überrascht, ja überwältigt. Namentlich einmal, beim sechsten Kapitel des Markus, wo Jesus mit den Jüngern das Schiff verläßt und es heißt: εὐθὺς ἐπιγνόντες αὐτὸν περιέδραμον, »sie erkannten ihn sogleich und liefen herzu«. Da sah auch er den Menschensohn das Schiff verlassen und erkannte ihn sogleich, weder an Gestalt noch Gesicht, sondern an der großen, glanzvollen Tiefe seiner Liebesaugen und an einer leise winkenden oder vielmehr einladenden, willkommen heißenden Gebärde seiner schlanken, schönen, bräunlichen Hand, die von einer feinen und doch starken Seele geformt und bewohnt erschien. Der Rand eines erregten Gewässers und der Schnabel einer schweren Barke tauchte für einen Augenblick mit auf, dann war das ganze Bild wie ein rauchender Atemzug im Winter vergangen. Je und je kam etwas Derartiges wieder, daß aus den Büchern heraus irgendeine Gestalt oder ein Stück Geschichte gleichsam gierig hervorbrach, sich sehnend, noch einmal zu leben und seinen Blick in einem lebendigen Auge zu spiegeln. Hans nahm es hin, wunderte sich darüber und fühlte bei diesen raschen, stets schon wieder auf der Flucht begriffenen Erscheinungen sich tief und seltsam verwandelt, als habe er die schwarze Erde wie ein Glas durchblickt oder als habe Gott ihn angeschaut. Diese köstlichen Augenblicke kamen ungerufen und verschwanden unbeklagt als Pilger und freundliche Gäste, die man nicht anzureden und zum Bleiben zu nötigen wagt, weil sie um sich her etwas Fremdes und Göttliches haben.

Er behielt diese Erlebnisse für sich und sagte auch Heilner nichts davon. Bei diesem hatte sich die frühere Schwermut in einen unruhigen, scharfen Geist verwandelt, der am Kloster, an Lehrern und Kameraden, am Wetter, am Menschenleben und an der Existenz Gottes Kritik übte, gelegentlich auch zu Streitlust oder plötzlichen dummen Streichen führte. Da er doch einmal abgesondert und in einem Gegensatze zu den übrigen stand, suchte er in unüberlegtem Stolz diesen Gegensatz vollends zu einem trotzigen und feindseligen Verhältnis zuzuspitzen, in welches Giebenrath, ohne es hindern zu wollen, mit hineingeriet, so daß die beiden Freunde als eine auffallende und mit Mißgunst betrachtete Insel von der Menge abgetrennt lagen. Hans fühlte sich hierbei nach und nach weniger unwohl. Wenn nur der Ephorus nicht gewesen wäre, vor dem er eine dunkle Angst empfand. Früher sein Lieblingsschüler, wurde er jetzt von ihm kühl behandelt und mit deutlicher Absicht vernachlässigt. Und gerade am Hebräischen, dem Spezialfach des Ephorus, hatte er allmählich alle Lust verloren.

Es war ergötzlich, zu sehen, wie schon in ein paar Monaten die vierzig Seminaristen an Leib und Seele sich verändert hatten, wenige Stillständer ausgenommen. Viele waren mächtig in die Länge geschossen, sehr auf Unkosten der Breite, und streckten an Armen und Beinen hoffnungsvoll die Knöchel aus den nicht mitwachsenden Kleidern. Die Gesichter wiesen alle Schattierungen zwischen absterbender Kindlichkeit und einer zaghaft sich zu brüsten beginnenden Mannheit auf, und wessen Körper noch von den eckigen Formen der Entwicklungszeit frei war, dem hatte das Studium der Bücher Mosis wenigstens einen provisorischen Mannesernst auf die glatte Stirn verliehen. Pausbacken waren geradezu Raritäten geworden.

Auch Hans hatte sich verändert. An Größe und Magerkeit kam er Heilner nun gleich, ja er sah jetzt fast älter als jener aus. Die früher zart durchscheinenden Kanten der Stirn hatten sich herausgearbeitet, und die Augen lagen tiefer, das Gesicht war von ungesunder Farbe, Glieder und Schultern waren knochig und hager.

Je weniger er mit seinen Leistungen in der Schule selber zufrieden war, desto herber schloß er sich, unter Heilners Einfluß, von den Kameraden ab. Da er keinen Grund mehr hatte, als Musterschüler und künftiger Primus auf sie herabzuschauen, kleidete ihn der Hochmut herzlich schlecht. Aber daß man ihn das merken ließ und daß er es selber schmerzlich in sich spürte, verzieh er ihnen nicht. Namentlich mit dem tadellosen Hartner und jenem vorlauten Otto Wenger gab es mehrmals Händel. Als der letztere ihn eines Tages wieder höhnte und ärgerte, vergaß sich Hans und antwortete mit einem Faustschlag. Es gab ein böses Hauen. Wenger war ein Feigling, aber mit dem schwächlichen Gegner war es leicht fertig zu werden, und er schlug rücksichtslos zu. Heilner war nicht zugegen, die andern schauten müßig zu und gönnten Hans die Züchtigung. Er wurde regelrecht durchgebleut, blutete aus der Nase, und alle Rippen taten ihm weh. Die ganze Nacht hielten Scham, Schmerz und Zorn ihn wach. Seinem Freunde verschwieg er das Erlebnis, schloß sich aber von jetzt an streng ab und wechselte kaum mehr ein Wort mit den Stubenkameraden.

Gegen das Frühjahr hin, unter dem Einfluß der Regenmittage, Regensonntage und langen Dämmerungen, zeigten sich neue Bildungen und Bewegungen im Klosterleben. Die Stube Akropolis, zu deren Bewohnern ein guter Klavierspieler und zwei Flötenbläser gehörten, gründete zwei regelmäßige Musikabende, auf der Stube Germania eröffnete man einen dramatischen Leseverein, und einige junge Pietisten etablierten einen Bibelkranz, der allabendlich ein Bibelkapitel samt den Noten der Calwerbibel las.

Zum Leseverein der Stube Germania meldete sich Heilner als Mitglied und wurde nicht angenommen. Er kochte vor Wut. Zur Rache ging er nun in den Bibelkranz. Man wollte ihn auch dort nicht haben, doch drängte er sich auf und brachte in die frommen Gespräche der bescheidenen kleinen Brüderschaft Zank und Hader durch seine kühnen Reden und gottlosen Anspielungen. Bald wurde er auch dieses Spaßes müde, behielt aber einen ironisch-biblischen Ton im Reden noch länger bei. Indessen wurde er diesmal kaum beachtet, da die Promotion jetzt völlig von einem Geist des Unternehmens und Gründens besessen war.

Am meisten machte ein begabter und witziger Spartaner von sich reden. Ihm war es, nächst dem persönlichen Ruhm, lediglich darum zu tun, etwas Leben in die Bude zu bringen und sich durch allerlei witzige Allotria eine öftere Erholung von dem einförmigen Arbeitsleben zu verschaffen. Er hieß mit Spitznamen Dunstan und fand einen originellen Weg, Sensation zu machen und sich zu einem gewissen Ruhm emporzuschwingen. Eines Morgens, als die Schüler aus den Schlafsälen kamen, fanden sie an der Waschsaaltüre ein Papier geklebt, auf welchem unter dem Titel »Sechs Epigramme aus Sparta« eine ausgewählte Zahl von auffallenderen Kameraden, ihre Narrheiten, Streiche, Freundschaften in Distichen witzig verhöhnt waren. Auch das Paar Giebenrath und Heilner hatte seinen Hieb bekommen. Eine ungeheure Aufregung entstand in dem kleinen Staatswesen, man drängte sich vor jener Tür wie am Eingang eines Theaters, und die ganze Schar surrte, stieß und säuselte durcheinander wie ein Bienenvolk, dessen Königin sich zum Fluge anschickt.

Am folgenden Morgen war die ganze Türe mit Epigrammen und Xenien gespickt, mit Erwiderungen, Zustimmungen, neuen Angriffen, ohne daß jedoch der Urheber des Skandals so unklug gewesen wäre, sich wieder daran zu beteiligen. Seinen

Zweck, den Zunder in die Scheuer zu werfen, hatte er erreicht und rieb sich die Hände. Fast alle Schüler beteiligten sich nun einige Tage lang am Xenienkampf, nachdenklich schritt jeder umher, auf ein Distichon bedacht, und vielleicht war Lucius der einzige, der unbekümmert wie sonst seiner Arbeit nachging. Am Ende nahm ein Lehrer davon Notiz und verbot die Fortsetzung des aufregenden Spiels.

Der schlaue Dunstan ruhte nicht auf seinen Lorbeeren aus, sondern hatte inzwischen seinen Hauptschlag vorbereitet. Er gab nun die erste Nummer einer Zeitung heraus, die in winzigem Format auf Konzeptpapier hektographiert war und zu der er seit Wochen Stoff gesammelt hatte. Sie führte den Titel »Stachelschwein« und war vorwiegend ein Witzblatt. Ein drolliges Gespräch zwischen dem Verfasser des Buches Josua und einem Maulbronner Seminaristen war das Glanzstück der ersten Nummer.

Der Erfolg war durchschlagend, und Dunstan, der nun Miene und Benehmen eines stark beschäftigten Redakteurs und Verlegers annahm, genoß im Kloster ungefähr denselben heiklen Ruf wie seinerzeit der famose Aretiner in der Republik Venedig.

Es erregte allgemeines Erstaunen, als Hermann Heilner sich mit Leidenschaft an der Redaktion beteiligte und nun mit Dunstan zusammen ein scharfes satirisches Zensorat ausübte, wozu es ihm weder an Witz noch an Geist gebrach. Etwa vier Wochen lang hielt die kleine Zeitung das ganze Kloster in Atem.

Giebenrath ließ seinen Freund gewähren, er selber hatte weder die Lust noch die Gabe mitzumachen. Er merkte es anfangs sogar kaum, daß Heilner neuerdings so häufig seine Abende in Sparta zubrachte, denn seit kurzem beschäftigten ihn andere Dinge. Tagsüber ging er träg und unaufmerksam umher, arbeitete langsam und ohne Lust, und einmal passierte ihm in der Liviusstunde etwas Seltsames.

Der Professor rief ihn zum Übersetzen auf. Er blieb sitzen. »Was soll das heißen? Warum stehen Sie nicht auf?« rief der Professor ärgerlich.

Hans rührte sich nicht. Er saß aufrecht in der Bank, hatte den Kopf ein wenig gesenkt und die Augen halb geschlossen. Der Aufruf hatte ihn aus einem Träumen halb erweckt, doch hörte er die Stimme des Lehrers nur wie aus einer großen Entfernung. Er spürte auch, daß sein Banknachbar ihn heftig anstieß. Es ging ihn nichts an. Er war von anderen Menschen umgeben, andere Hände berührten ihn, und andere Stimmen redeten zu ihm, nahe, leise, tiefe Stimmen, welche keine Worte sprachen, sondern nur tief und mild wie Brunnentöne rauschten. Und viele Augen sahen ihn an – fremde, ahnungsvolle, große, glanzvolle Augen. Vielleicht die Augen einer römischen Volksmenge, von welcher er eben noch im Livius gelesen hatte, vielleicht die Augen unbekannter Menschen, von denen er geträumt oder die er irgendeinmal auf Bildern gesehen hatte.

»Giebenrath!« schrie der Professor. »Schlafen Sie denn?«

Der Schüler schlug langsam die Augen auf, heftete sie erstaunt auf den Lehrer und schüttelte den Kopf.

»Sie haben geschlafen! Oder können Sie mir sagen, an welchem Satz wir stehen? Nun?«

Hans deutete mit dem Finger ins Buch, er wußte gut, wo man stand.

»Wollen Sie jetzt vielleicht auch aufstehen?« fragte der Professor höhnisch. Und Hans stand auf.

»Was treiben Sie denn? Sehen Sie mich an!«

Er sah den Professor an. Diesem gefiel der Blick aber nicht, denn er schüttelte verwundert den Kopf.

»Sind Sie unwohl, Giebenrath?«

»Nein, Herr Professor.«

»Setzen Sie sich wieder, und kommen Sie nach Schluß der Lektion auf mein Zimmer.«

Hans setzte sich und bückte sich über seinen Livius. Er war ganz wach und verstand alles, zugleich folgte aber sein inneres Auge den vielen fremden Gestalten, die sich langsam in große Weiten entfernten und immer ihre glänzenden Augen auf ihn gerichtet hielten, bis sie ganz in der Weite in einem Nebel untersanken. Zugleich kam die Stimme des Lehrers und die des übersetzenden Schülers und alles kleine Geräusch des Lehrsaals immer näher und war schließlich wieder so wirklich und gegenwärtig wie sonst. Bänke, Katheder und Tafel standen da wie immer, an der Wand hing der große hölzerne Zirkel und der Reißwinkel, ringsum saßen alle Kameraden, und viele von ihnen schielten neugierig und frech zu ihm herüber. Da erschrak Hans heftig.

»Kommen Sie nach Schluß der Lektion auf mein Zimmer«, hatte er sagen hören. Herrgott, was war denn passiert? Am Ende der Stunde winkte ihn der Professor zu sich und nahm ihn mit durch die glotzenden Kameraden hindurch.

»Nun sagen Sie, was denn eigentlich mit Ihnen war? Geschlafen haben Sie also nicht?«

»Nein.«

»Warum sind Sie nicht aufgestanden, als ich Sie anrief?«

»Ich weiß nicht.«

»Oder haben Sie mich nicht gehört? Sind Sie schwerhörig?«

»Nein. Ich habe Sie gehört.«

»Und sind nicht aufgestanden? Sie hatten nachher auch so sonderbare Augen. An was dachten Sie denn?«

»An nichts. Ich wollte schon aufstehen.«

»Warum taten Sie es nicht? Waren Sie also doch unwohl?«

»Ich glaube nicht. Ich weiß nicht, was es war.«

»Hatten Sie Kopfweh?«

»Nein.«

»Es ist gut. Gehen Sie.«

Vor Tisch wurde er wieder abgerufen und in den Schlafsaal gebracht. Dort wartete der Ephorus mit dem Oberamtsarzt auf ihn. Er wurde untersucht und ausgefragt, doch kam nichts Klares zum Vorschein. Der Arzt lachte gutmütig und nahm die Sache leicht.

»Das sind kleine Nervengeschichten, Herr Ephorus«, kicherte er sanft. »Ein vorübergehender Zustand von Schwäche – eine Art leichter Schwindel. Man muß sehen, daß der junge Mann täglich an die Luft kommt. Fürs Kopfweh kann ich ihm ein paar Tropfen verschreiben.«

Von da an mußte Hans täglich nach Tisch eine Stunde ins Freie. Er hatte nichts dagegen. Schlimmer war es, daß der Ephorus ihm Heilners Begleitung auf diesen Spaziergängen ausdrücklich verbot. Dieser wütete und schimpfte, mußte jedoch nachgeben. So ging Hans stets allein und fand eine gewisse Freude daran. Es war Frühlingsbeginn. Über die runden, schöngewölbten Hügel lief wie eine dünne, lichte Welle das keimende Grün, die Bäume legten ihre Wintergestalt, das braune Netzwerk mit den scharfen Umrissen, ab und verloren sich mit jungem Blätterspiel ineinander und in die Farben der Landschaft als eine unbegrenzte, fließende Woge von lebendigem Grün.

Früher, in den Lateinschuljahren, hatte Hans den Frühling anders als diesmal betrachtet, lebhafter und neugieriger und mehr im einzelnen. Er hatte die zurückkehrenden Vögel beobachtet, eine Gattung um die andere, und die Reihenfolge der Baumblüte, und dann, sobald es Mai war, hatte er zu angeln begonnen. Jetzt gab er sich keine Mühe, die Vogelarten zu unterscheiden oder die Sträucher an ihren Knospen zu erkennen. Er sah nur das allgemeine Treiben, die überall sprossenden Farben, atmete den Geruch des jungen Laubes, spürte die weichere und gärende Luft und ging verwundert durch die Felder. Er ermüdete bald, hatte immer eine Neigung, zu liegen und einzuschlafen, und sah fast fortwährend allerlei andere Dinge, als die ihn wirklich umgaben. Was es eigentlich für Dinge waren, wußte er selbst nicht, und er besann sich nicht darüber. Es waren helle, zarte, ungewöhnliche Träume, die ihn wie Bildnisse oder wie Alleen fremdartiger Bäume umstanden, ohne daß etwas in ihnen geschah. Reine Bilder, nur zum Anschauen, aber das Anschauen derselben war doch auch ein Erleben. Es war ein Weggenommensein in andere Gegenden und zu anderen Menschen. Es war ein Wandeln auf fremder Erde, auf einem weichen, angenehm zu betretenden Boden, und es war ein Atmen fremder Luft, einer Luft voll Leichtigkeit und feiner, träumerischer Würze. An Stelle dieser Bilder kam zuweilen auch ein Gefühl, dunkel, warm und erregend, als glitte ihm eine leichte Hand mit weicher Berührung über den Körper.

Beim Lesen und Arbeiten hatte Hans große Mühe, aufmerksam zu sein. Was ihn nicht interessierte, glitt ihm schattenhaft unter den Händen weg, und die hebräischen Vokabeln mußte er, wenn er sie in der Lektion noch wissen wollte, erst in der letzten halben Stunde lernen. Häufig aber kamen jene Momente körperhafter Anschauung, daß er beim Lesen alles Geschilderte plötzlich dastehen, leben und sich bewegen sah, viel leibhaftiger und wirklicher als die nächste Umgebung. Und während er mit Verzweiflung bemerkte, daß sein Gedächtnis nichts mehr aufnehmen wollte und fast täglich lahmer und unsicherer wurde, überfielen ihn zuweilen ältere Erinnerungen mit einer unheimlichen Deutlichkeit, die ihm wunderlich und beängstigend erschien. Mitten in der Lektion oder bei einer Lektüre fiel ihm manchmal sein Vater oder die alte Anna oder einer seiner früheren Lehrer oder Mitschüler ein, stand sichtbar vor ihm und nahm für eine Weile seine ganze Aufmerksamkeit gefangen. Auch Szenen aus dem Stuttgarter Aufenthalt, aus dem Landexamen und aus den Ferien erlebte er wieder und wieder, oder er sah sich mit der Angelrute am Flusse sitzen, roch den Dunst des sonnigen Wassers, und zugleich kam es ihm vor, als liege die Zeit, von der er träumte, um ganze lange Jahre zurück.

An einem laulich feuchten, finsteren Abend schlenderte er mit Heilner im Dorment hin und her und erzählte von daheim, vom Papa, vom Angeln und von der Schule. Sein Freund war auffallend still; er ließ ihn reden, nickte hie und da oder tat mit seinem kleinen Lineal, mit dem er den lieben langen Tag spielen mußte, ein paar nachdenkliche Hiebe in die Luft. Allmählich verstummte auch Hans; es war Nacht geworden, und sie setzten sich auf den Sims eines Fensters.

»Du, Hans?« fing Heilner schließlich an. Seine Stimme war unsicher und aufgeregt.

»Was?«

»Ach, nichts.«

»Nein, red nur!«

»Ich dachte bloß – weil du so allerlei erzählt hast –«

»Was denn?«

»Sag, Hans, bist du eigentlich nie einem Mädchen nachgelaufen?«

Es entstand eine Stille. Davon hatten sie noch nie gesprochen. Hans fürchtete sich davor, und doch zog dieses rätselhafte Gebiet ihn wie ein Märchengarten an. Er fühlte, wie er rot wurde, und seine Finger zitterten.

»Nur einmal«, sagte er flüsternd. »Ich war noch ein dummer Bub.«

Wieder Stille.

»– und du, Heilner?«

Heilner seufzte.

»Ach, laß! – Weißt du, man sollte gar nicht davon reden, es hat ja keinen Wert.«

»Doch, doch.«

»– Ich hab' einen Schatz.«

»Du? Ist's wahr?«

»Daheim. Vom Nachbar. Und diesen Winter hab' ich ihr einen Kuß gegeben.«

»Einen Kuß –?«

»Ja. – Weißt du, es war schon dunkel. Abends, auf dem Eis, und ich durfte ihr helfen, die Schlittschuhe ausziehen. Da hab' ich ihr einen Kuß gegeben.«

»Hat sie nichts gesagt?«

»Gesagt nicht. Sie ist bloß fortgelaufen.«

»Und dann?«

»Und dann! – Nichts.«

Er seufzte wieder, und Hans sah ihn an wie einen Helden, der aus verbotenen Gärten kommt.

Da läutete die Glocke, man mußte zu Bett gehen. Dort lag Hans, als die Laterne gelöscht und alles still geworden war, noch länger als eine Stunde wach und dachte an den Kuß, den Heilner seinem Schatz gegeben hatte.

Am andern Tag wollte er weiterfragen, schämte sich aber, und der andere, da Hans ihn nicht fragte, scheute sich, von selber wieder davon anzufangen.

In der Schule ging es Hans immer schlechter. Die Lehrer fingen an, böse Gesichter zu schneiden und sonderbare Blicke zu schießen, der Ephorus war finster und ärgerlich, und auch die Mitschüler hatten längst gemerkt, daß Giebenrath von seiner Höhe herabsank und aufgehört hatte, auf den Primus zu zielen. Nur Heilner merkte nichts, da ihm selber die Schule nicht sonderlich wichtig war, und Hans selber sah alles geschehen und sich verändern, ohne darauf zu achten.

Heilner hatte unterdessen das Zeitungsredigieren satt bekommen und kehrte ganz zu seinem Freunde zurück. Dem Verbote zum Trotz begleitete er Hans mehrmals auf seinem täglichen Spaziergang, lag mit ihm in der Sonne und träumte, las Gedichte vor oder machte Witze über den Ephorus. Hans hoffte von Tag zu Tag, er würde mit den Enthüllungen seiner Liebesabenteuer fortfahren, doch brachte er es je länger je weniger über sich, danach zu fragen. Bei den Kameraden waren sie beide so unbeliebt wie je, denn Heilner hatte durch seine boshaften Witze im »Stachelschwein« niemandes Vertrauen erworben.

Die Zeitung ging um diese Zeit ohnehin ein; sie hatte sich überlebt und war auch nur auf die langweiligen Wochen zwischen Winter und Frühjahr berechnet gewesen. Jetzt bot die beginnende schöne Jahreszeit Unterhaltung genug durch Botanisieren, Spaziergänge und Spiele im Freien. Jeden Mittag erfüllten Turner, Ringkämpfer, Wettläufer und Ballschläger den Klosterhof mit Geschrei und Leben.

Dazu kam nun eine neue große Sensation, deren Urheber und Mittelpunkt wieder der allgemeine Stein des Anstoßes, Hermann Heilner, war.

Der Ephorus hatte erfahren, daß Heilner sich über sein Verbot lustig mache und fast alle Tage den spazierengehenden Giebenrath begleite. Diesmal ließ er Hans in Ruhe und zitierte nur den Hauptsünder, seinen alten Feind, auf sein Amtszimmer. Er duzte ihn, was Heilner sich sogleich verbat. Er hielt ihm seinen Ungehorsam vor. Heilner erklärte, er sei Giebenraths Freund, und niemand habe das Recht, ihnen den Verkehr miteinander zu verbieten. Es setzte eine böse Szene, deren Resultat war, daß

Heilner ein paar Stunden Arrest erhielt samt dem strengen Verbot, in nächster Zeit mit Giebenrath zusammen auszugehen.

Am nächsten Tage machte also Hans seinen offiziellen Spaziergang wieder allein. Er kam um zwei Uhr zurück und fand sich mit den andern im Lehrsaal ein. Beim Beginn der Lektion stellte sich heraus, daß Heilner fehlte. Es war alles genauso wie damals beim Verschwinden des Hindu, nur dachte diesmal niemand an ein Verspäten. Um drei Uhr ging die ganze Promotion samt drei Lehrern auf die Streife nach dem Vermißten. Man verteilte sich, lief und schrie durch die Wälder, und manche, auch zwei von den Lehrern, hielten es nicht für unmöglich, daß er sich ein Leid angetan habe.

Um fünf Uhr wurde an alle Polizeistellen der Gegend telegraphiert und abends ein Eilbrief an Heilners Vater abgeschickt. Am späten Abend hatte man noch keinerlei Spur gefunden, und bis in die Nacht hinein wurde in allen Schlafsälen geflüstert und gewispert. Unter den Schülern fand die Annahme, er sei ins Wasser gesprungen, den meisten Glauben. Andere meinten, er sei einfach nach Hause gereist. Aber man hatte festgestellt, daß der Durchgänger kein Geld bei sich haben konnte.

Hans wurde angesehen, als müsse er um die Sache wissen. Dem war aber nicht so, vielmehr war er der Erschrockenste und Bekümmertste von allen, und nachts im Schlafsaal, als er die andern fragen, vermuten, faseln und witzeln hörte, verkroch er sich tief in seine Decke und lag lange böse Stunden in Leid und Angst um seinen Freund. Ein Vorgefühl, daß dieser nicht wiederkommen würde, ergriff sein banges Herz und erfüllte ihn mit einem furchtsamen Wehgefühl, bis er matt und bekümmert einschlief.

Um dieselben Stunden lag Heilner ein paar Meilen entfernt in einem Gehölz. Er fror und konnte nicht schlafen, doch atmete er in einem tiefen Freiheitsgefühl mächtig auf und streckte die Glieder, als wäre er aus einem engen Käfig entronnen. Er war seit Mittag gelaufen, hatte in Knittlingen Brot gekauft und nahm nun zuweilen einen Bissen davon, während er durch das noch frühlinghaft lichte Gezweige Nachtschwärze, Sterne und schnellsegelnde Wolken beschaute. Wohin er schließlich käme, war ihm einerlei; wenigstens war er nun dem verhaßten Kloster entsprungen und hatte dem Ephorus gezeigt, daß sein Wille stärker war als Befehle und Verbote.

Den ganzen folgenden Tag suchte man ihn vergeblich. Er brachte die zweite Nacht in der Nähe eines Dorfes zwischen Strohbündeln auf dem Felde zu; morgens schlug er sich wieder in den Wald und fiel erst gegen Abend, da er wieder ein Dorf besuchen wollte, einem Landjäger in die Hände. Der empfing ihn mit freundlichem Spott und brachte ihn aufs Rathaus, wo er durch Witz und Schmeichelei das Herz des Schulzen gewann, der ihn zum Übernachten mit nach Hause nahm und vor dem Bettgehen reichlich mit Schinken und Eiern fütterte. Andern Tages holte ihn sein inzwischen herzugereister Vater ab.

Die Aufregung im Kloster war groß, als der Ausreißer eingebracht wurde. Er trug aber den Kopf hoch und schien seine kleine Geniereise gar nicht zu bereuen. Man verlangte, er solle Abbitte tun, doch weigerte er sich und trat dem Femegericht des Lehrerkonvents durchaus nicht zaghaft oder ehrerbietig gegenüber. Man hatte ihn halten wollen, nun war aber das Maß voll. Er wurde in Schanden entlassen und reiste abends mit seinem Vater auf Nichtwiederkommen ab. Von seinem Freund Giebenrath hatte er nur durch einen Händedruck Abschied nehmen können.

Schön und schwungvoll war die große Rede, die der Herr Ephorus auf diesen außerordentlichen Fall von Widersetzlichkeit und Entartung hielt. Viel zahmer, sachlicher und schwächlicher lautete sein Bericht an die Oberbehörde nach Stuttgart. Den Seminaristen wurde der Briefwechsel mit dem abgegangenen Ungeheuer verboten, wozu Hans Giebenrath freilich nur lächelte. Wochenlang wurde von nichts soviel geredet wie von Heilner und seiner Flucht. Die Entfernung und die entschwindende Zeit veränderten das allgemeine Urteil, und manche sahen dem seinerzeit ängstlich gemiedenen Flüchtling später nach wie einem entflogenen Adler.

Die Stube Hellas wies nun zwei leerstehende Pulte auf, und der zuletzt Verlorene ward nicht so rasch wie der vorige vergessen. Nur dem Ephorus wäre es lieber gewesen, auch den zweiten still und versorgt zu wissen. Doch tat Heilner nichts, um den Klosterfrieden zu stören. Sein Freund wartete und wartete, aber es kam nie ein Brief von ihm. Er war fort und verschollen, seine Gestalt und seine Flucht wurde allmählich zu Geschichte und schließlich zu Sage. Den leidenschaftlichen Knaben nahm später, nach mancherlei weiteren Geniestreichen und Verirrungen, das Leid des Lebens in eine strenge Zucht, und es ist, wenn nicht ein Held, so doch ein Mann aus ihm geworden.

Auf dem zurückgebliebenen Hans ruhte der Verdacht, um Heilners Flucht gewußt zu haben, und raubte ihm vollends das Wohlwollen der Lehrer. Einer derselben sagte ihm, als er in der Lektion auf mehrere Fragen die Antwort schuldig blieb: »Warum sind Sie denn nicht mit Ihrem schönen Freund Heilner gegangen?«

Der Ephorus ließ ihn sitzen und sah ihn von der Seite mit verachtungsvollem Mitleid an wie der Pharisäer den Zöllner. Dieser Giebenrath zählte nicht mehr mit, er gehörte zu den Aussätzigen.

Fünftes Kapitel

Wie ein Hamster mit aufgespeicherten Vorräten, so erhielt sich Hans mit seiner früher erworbenen Gelehrsamkeit noch einige Frist am Leben. Dann begann ein peinliches Darben, durch kurze und kraftlose neue Anläufe unterbrochen, deren Hoffnungslosigkeit ihn schier selber lächerte. Er unterließ es nun, sich nutzlos zu plagen, warf den Homer dem Pentateuch und die Algebra dem Xenophon nach und sah ohne Aufregung zu, wie bei den Lehrern sein guter Ruf stufenweise herabsank, von gut auf ziemlich, von ziemlich auf mittelmäßig und endlich auf Null. Wenn er nicht Kopfweh hatte, was jetzt wieder die Regel war, so dachte er an Hermann Heilner, träumte seine leichten, großäugigen Träume und dämmerte stundenlang in Halbgedanken hin. Auf die sich mehrenden Vorwürfe aller Lehrer antwortete er neuerdings durch ein gutmütiges, demütiges Lächeln. Repetent Wiedrich, ein freundlicher junger Lehrer, war der einzige, dem dies hilflose Lächeln weh tat und der den aus der Bahn gekommenen Knaben mit einer mitleidigen Schonung behandelte. Die übrigen Lehrer waren über ihn entrüstet, straften ihn durch verächtliches Sitzenlassen oder versuchten gelegentlich, seinen eingeschlafenen Ehrgeiz durch ironisches Kitzeln aufzuwecken.

»Falls Sie gerade nicht schlafen sollten, darf ich Sie vielleicht ersuchen, diesen Satz zu lesen?«

Vornehm indigniert war der Ephorus. Der eitle Mann bildete sich viel auf die Macht seines Blickes ein und war außer sich, wenn Giebenrath seinem majestätisch drohenden Augenrollen immer wieder sein demütig ergebenes Lächeln entgegenhielt, das ihn allmählich nervös machte.

»Lächeln Sie nicht so bodenlos stupid, Sie hätten eher Grund zu heulen.«

Mehr Eindruck machte ein väterlicher Brief, der ihn voll Entsetzen beschwor, sich zu bessern. Der Ephorus hatte an Vater Giebenrath geschrieben, und dieser war heillos erschrocken.

Sein Brief an Hans war eine Sammlung aller aufmunternden und sittlich entrüsteten Redensarten, über die der wackere Mann verfügte, und ließ doch, ohne es zu wollen, eine weinerliche Kläglichkeit durchscheinen, welche dem Sohn wehe tat.

Alle diese ihrer Pflicht beflissenen Lenker der Jugend, vom Ephorus bis auf den Papa Giebenrath, Professoren und Repetenten sahen in Hans ein Hindernis ihrer Wünsche, etwas Verstocktes und Träges, das man zwingen und mit Gewalt auf gute Wege zurückbringen müsse. Keiner, außer vielleicht jenem mitleidigen Repetenten, sah hinter dem hilflosen Lächeln des schmalen Knabengesichts eine untergehende Seele leiden und im Ertrinken angstvoll und verzweifelnd um sich blicken. Und keiner dachte etwa daran, daß die Schule und der barbarische Ehrgeiz eines Vaters und einiger Lehrer dieses gebrechliche Wesen so weit gebracht hatten. Warum hatte er in den empfindlichsten und gefährlichsten Knabenjahren täglich bis in die Nacht hinein arbeiten müssen? Warum hatte man ihm seine Kaninchen weggenommen, ihn den Kameraden in der Lateinschule mit Absicht entfremdet, ihm Angeln und Bummeln verboten und ihm das hohle, gemeine Ideal eines schäbigen, aufreibenden Ehrgeizes eingeimpft? Warum hatte man ihm selbst nach dem Examen die wohlverdienten Ferien nicht gegönnt? Nun lag das überhetzte Rößlein am Weg und war nicht mehr zu brauchen.

Gegen Sommersanfang erklärte der Oberamtsarzt nochmals, es handle sich um einen nervösen Schwächezustand, der hauptsächlich vom Wachsen herkomme. Hans solle sich in den Ferien tüchtig herauspflegen lassen, genug essen und viel in den Wald laufen, so werde es sich schon bessern.

Leider kam es gar nicht so weit. Es war noch drei Wochen vor den Ferien, als Hans in einer Nachmittagslektion vom Professor heftig gescholten wurde. Während der Lehrer noch weiterschimpfte, sank Hans in die Bank zurück, begann ängstlich zu zittern und brach in einen lang dauernden Weinkrampf aus, der die ganze Lektion unterbrach. Darauf lag er einen halben Tag im Bett.

Tags darauf wurde er in der Mathematikstunde aufgefordert, an der Wandtafel eine geometrische Figur zu zeichnen und den Beweis dazu zu führen. Er trat heraus, aber vor der Tafel wurde ihm schwindlig; er fuhr mit Kreide und Lineal sinnlos in der Fläche herum, ließ beides fallen, und als er sich danach bückte, blieb er selber am Boden knien und konnte nicht wieder aufstehen.

Der Oberamtsarzt war ziemlich ärgerlich, daß sein Patient sich solche Streiche leistete. Er drückte sich vorsichtig aus, gebot sofortigen Erholungsurlaub und empfahl die Zuziehung eines Nervenarztes.

»Der kriegt noch den Veitstanz«, flüsterte er dem Ephorus zu, der mit dem Kopf nickte und es angezeigt fand, den ungnädig ärgerlichen Ausdruck seines Gesichts in einen väterlich bedauernden abzuändern, was ihm leichtfiel und gut stand.

Er und der Arzt schrieben je einen Brief an Hansens Vater, steckten ihn dem Jungen in die Tasche und schickten ihn nach Hause. Der Ärger des Ephorus hatte sich in schwere Besorgnis verwandelt – was sollte die eben erst durch den Fall Heilner beunruhigte Schulbehörde von diesem neuen Unglück denken? Er verzichtete sogar zum allgemeinen Erstaunen darauf, eine dem Vorfall entsprechende Rede zu halten, und war in den letzten Stunden gegen Hans von einer unheimlichen Leutseligkeit. Daß dieser aus dem Erholungsurlaub nicht zurückkehren würde, war ihm klar – auch im Fall der Genesung hätte der jetzt schon weit hintangebliebene Schüler die versäumten Monate oder auch nur Wochen unmöglich einholen können. Zwar verabschiedete er ihn mit einem ermunternd herzlichen »Auf Wiedersehen«, sooft er aber in der nächsten Zeit die Stube Hellas betrat und die drei leeren Pulte sah, ward ihm peinlich zumut und hatte er Mühe, den Gedanken in sich niederzukämpfen, daß ihn am Verschwinden zweier begabter Zöglinge vielleicht doch ein Teil der Schuld treffen möge. Als einem tapferen und sittlich starken Manne gelang es ihm jedoch, diese unnützen und finstern Zweifel aus seiner Seele zu bannen.

Hinter dem mit seinem kleinen Reisesack abfahrenden Seminaristen versank das Kloster mit Kirchen, Tor, Giebeln und Türmen, versanken Wald und Hügelfluchten, an ihrer Stelle tauchten die fruchtbaren Obstwiesen des badischen Grenzlandes auf, dann kam Pforzheim, und gleich dahinter fingen die bläulich schwarzen Tannenberge des Schwarzwaldes an, von zahlreichen Bachtälern durchschnitten und in der heißen Sommerglut noch blauer, kühler und schattenverheißender als sonst. Der Junge betrachtete die wechselnde und sich immer heimatlicher gestaltende Landschaft nicht ohne Vergnügen, bis ihm, schon nahe der Heimatstadt, sein Vater in den Sinn kam und eine peinliche Angst vor dem Empfang ihm die kleine Reisefreude gründlich verdarb. Die Fahrt zum Stuttgarter Examen und die Reise zum Eintritt nach Maulbronn fielen ihm wieder ein mit ihrer Spannung und ängstlichen Freude. Wozu war nun das alles gewesen? Er wußte so gut wie der Ephorus, daß er nicht wiederkommen würde und daß es nun mit Seminar und Studium und allen ehrgeizigen Hoffnungen ein Ende hatte. Doch machte ihn das jetzt nicht traurig, nur die Angst vor seinem enttäuschten Vater, dessen Hoffnungen er betrogen hatte, beschwerte ihm das Herz. Er hatte jetzt kein anderes Verlangen als zu rasten, sich auszuschlafen, auszuweinen, auszuträumen und nach all der Quälerei einmal in Ruhe gelassen zu werden. Und er fürchtete, daß er das beim Vater zu Haus nicht finden werde. Am Ende der Eisenbahnfahrt bekam er heftiges Kopfweh und sah nicht mehr zum Fenster hinaus, obwohl es jetzt durch seine Lieblingsgegend ging, deren Höhen und Forste er früher mit Leidenschaft durchstreift hatte; und beinah hätte er das Aussteigen am wohlbekannten heimischen Bahnhof versäumt.

Nun stand er da, mit Schirm und Reisesack, und wurde vom Papa betrachtet. Der letzte Bericht des Ephorus hatte dessen Enttäuschung und Entrüstung über den mißratenden Sohn in einen fassungslosen Schrecken verwandelt. Er hatte sich Hans verfallen und schrecklich aussehend vorgestellt und fand ihn nun zwar gemagert und schwächlich, aber doch noch heil und auf eigenen Beinen wandelnd. Ein wenig tröstete ihn das; das

Schlimmste aber war seine verborgene Angst, sein Grauen vor der Nervenkrankheit, von welcher Arzt und Ephorus geschrieben hatten. In seiner Familie hatte bis jetzt nie jemand Nervenleiden gehabt, man hatte von solchen Kranken immer mit verständnislosem Spott oder mit einem verächtlichen Mitleid wie von Irrenhäuslern gesprochen, und nun kam ihm sein Hans mit solchen Geschichten heim.

Am ersten Tag war der Junge froh, nicht mit Vorwürfen empfangen zu werden. Dann fiel ihm die scheue, ängstliche Schonung auf, mit der ihn sein Vater behandelte und zu der er sich sichtlich gewaltsam zwingen mußte. Gelegentlich bemerkte er nun auch, daß er ihn mit sonderbar prüfenden Blicken, mit einer unheimlichen Neugierde anschaute, in einem gedämpften und verlogenen Ton mit ihm redete und ihn, ohne daß er es merken sollte, beobachtete. Er wurde nur noch scheuer, und eine unbestimmte Angst vor seinem eigenen Zustand begann ihn zu quälen.

Bei gutem Wetter lag er stundenlang im Walde draußen, und es tat ihm gut. Ein schwacher Abglanz der ehemaligen Knabenseligkeit überflog dort manchmal seine beschädigte Seele: die Freude an Blumen oder Käfern, am Belauschen der Vögel oder am Verfolgen einer Wildspur. Doch waren das immer nur Augenblicke. Meistens lag er träge im Moos, hatte einen schweren Kopf und versuchte vergeblich, an irgend etwas zu denken, bis die Träume wieder zu ihm traten und ihn weit in andere Räume mitnahmen.

Einmal hatte er folgenden Traum. Er sah seinen Freund Hermann Heilner tot auf einer Tragbahre liegen und wollte zu ihm hingehen, aber der Ephorus und die Lehrer drängten ihn zurück und versetzten ihm bei jedem neuen Vordringen schmerzhafte Püffe. Nicht nur die Seminarprofessoren und Repetenten waren dabei, sondern auch der Rektor und die Stuttgarter Examinatoren, alle mit erbitterten Gesichtern. Plötzlich war alles anders, auf der Bahre lag der ertrunkene Hindu, und sein komischer Vater mit dem hohen Zylinder stand krummbeinig und wehmütig daneben.

Und wieder ein Traum: er lief im Walde auf der Suche nach dem entlaufenen Heilner, und er sah ihn immer wieder ferne zwischen den Stämmen gehen und sah ihn immer und immer wieder, gerade wenn er ihm rufen wollte, verschwinden. Endlich blieb Heilner stehen, ließ ihn herankommen und sagte: Du, ich hab' einen Schatz. Dann lachte er übermäßig laut und verschwand im Gebüsch.

Er sah einen schönen, mageren Mann aus einem Schiffe steigen, mit stillen, göttlichen Augen und schönen, friedevollen Händen, und er lief auf ihn zu. Alles verrann wieder, und er besann sich, was es sei, bis ihm die Stelle des Evangeliums wieder einfiel, wo es hieß: εὐθὺς ἐπιγνόντες αὐτὸν περιέδραμον. Und nun mußte er sich besinnen, was für eine Konjugationsform περιέδραμον sei und wie Präsens, Infinitiv, Perfektum und Futurum des Verbums lauteten, er mußte es im Singularis, Dual und Plural durchkonjugieren und geriet in Angst und Schweiß, sobald es haperte. Wenn er alsdann zu sich kam, hatte er ein Gefühl, als sei sein Kopf innen überall wund, und wenn sich sein Gesicht unwillkürlich zu jenem schläfrigen Lächeln der Resignation und des Schuldbewußtseins verzog, hörte er sogleich den Ephorus: »Was soll das dumme Lächeln heißen? Sie haben es gerade nötig, auch noch zu lächeln!«

Im ganzen wollte, trotz einzelner besserer Tage, sich kein Fortschritt in Hansens Zustand zeigen, es schien eher rückwärts zu gehen. Der Hausarzt, der seinerzeit die Mutter behandelt und toterklärt hatte und den manchmal ein wenig gichtleidenden Vater besuchte, machte ein langes Gesicht und zögerte von Tag zu Tag, seine Ansicht zu äußern.

Erst in jenen Wochen merkte Hans, daß er in den zwei letzten Lateinschuljahren keine Freunde mehr gehabt habe. Die Kameraden von damals waren teils fort, teils sah er sie als Lehrlinge herumlaufen, und mit keinem von ihnen verband ihn etwas, bei keinem hatte er etwas zu suchen, und keiner kümmerte sich um ihn. Zweimal sprach der alte Rektor ein paar freundliche Worte mit ihm, auch der Lateinlehrer und der Stadtpfarrer nickten ihm auf der Straße wohlwollend zu, aber eigentlich ging

Hans sie nichts mehr an. Er war kein Gefäß mehr, in das man allerlei hineinstopfen konnte, kein Acker für vielerlei Samen mehr; es lohnte sich nicht mehr, Zeit und Sorgfalt an ihn zu wenden.

Vielleicht wäre es gut gewesen, wenn der Stadtpfarrer sich seiner ein wenig angenommen hätte. Aber was sollte er tun? Was er geben konnte, die Wissenschaft, oder wenigstens das Suchen nach ihr, hatte er dem Jungen seinerzeit nicht vorenthalten, und mehr hatte er eben nicht. Er war keiner von den Pfarrern, in deren Latein man begründete Zweifel setzt und deren Predigten aus wohlbekannten Quellen geschöpft sind, zu denen man aber in bösen Zeiten gerne geht, weil sie gute Augen und freundliche Worte für alles Leiden haben. Auch Vater Giebenrath war kein Freund oder Tröster, wenn er sich auch alle Mühe gab, den Ärger seiner Enttäuschung über Hans zu verbergen. So fühlte dieser sich verlassen und ungeliebt, saß im kleinen Garten an der Sonne oder lag im Wald und hing seinen Träumereien oder quälerischen Gedanken nach. Mit Lesen konnte er sich nicht helfen, da ihm dabei immer bald Kopf und Augen schmerzten und weil aus jedem seiner Bücher ihm sogleich beim Aufschlagen das Gespenst der Klosterzeit und des dortigen Angstgefühls auferstand, ihn in luftlose bange Traumwinkel trieb und dort mit glühendem Blicke festbannte.

In dieser Not und Verlassenheit trat dem kranken Knaben ein anderes Gespenst als trügerischer Tröster nahe und wurde ihm allmählich vertraut und notwendig. Das war der Gedanke an den Tod. Es war ja leicht, sich etwa eine Schußwaffe zu verschaffen oder irgendwo im Walde eine Seilschlinge anzubringen. Fast jeden Tag begleiteten ihn diese Vorstellungen auf seinen Gängen, er betrachtete sich einzelne, still gelegene Örtlein und fand schließlich einen Platz, wo es sich schön sterben ließ und den er endgültig zu seiner Sterbestätte bestimmte. Er suchte ihn immer wieder auf, saß da und fand eine seltsame Freude daran, sich vorzustellen, daß man ihn dort nächstens einmal tot finden würde. Der Ast für den Strick war bestimmt und auf seine Stärke geprüft, keine Schwierigkeiten standen mehr im Wege; allmählich wurde auch, mit längeren Pausen, ein kurzer Brief an den Vater und ein sehr langer an Hermann Heilner geschrieben, die man bei der Leiche finden sollte.

Die Vorbereitungen und das Gefühl der Sicherheit übten einen wohltätigen Einfluß auf sein Gemüt. Unter dem verhängnisvollen Aste sitzend, hatte er manche Stunden, in denen der Druck von ihm wich und fast ein freudiges Wohlgefühl über ihn kam. Warum er nicht schon längst an jenem Aste hing, wußte er selbst nicht recht. Der Gedanke war gefaßt, sein Tod war eine beschlossene Sache, dabei war ihm einstweilen wohl, und er verschmähte nicht, in diesen letzten Tagen den schönen Sonnenschein und das einsame Träumen noch auszukosten, wie man es gern vor weiten Reisen tut. Abreisen konnte er ja jeden Tag, es war alles in Ordnung. Auch war es ihm eine besondere bittere Wonne, sich freiwillig noch ein wenig in der alten Umgebung aufzuhalten und den Leuten ins Gesicht zu sehen, die von seinen gefährlichen Entschlüssen keine Ahnung hatten. Sooft er dem Arzt begegnete, mußte er denken: »Na, du wirst schauen!«

Das Schicksal ließ ihn sich seiner finsteren Absichten erfreuen und schaute zu, wie er aus dem Kelch des Todes täglich ein paar Tropfen der Lust und Lebenskraft genoß. Es mochte ja wenig an diesem verstümmelten jungen Wesen gelegen sein, aber seinen Kreis sollte es doch erst vollenden und nicht vom Plan verschwinden, ehe es noch ein wenig von der bitteren Süße des Lebens geschmeckt hätte.

Die unentrinnbaren quälenden Vorstellungen wurden seltener und wichen einem müden Sichgehenlassen, einer schmerzlos trägen Stimmung, in welcher Hans die Stunden und Tage gedankenlos vorübertreiben sah, gleichmütig ins Blaue schaute und zuweilen schlafwandelnd oder kindisch zu sein schien. In träger Dämmerstimmung saß er einmal im Gärtchen unter der Tanne und summte, ohne es recht zu wissen, immer wieder einen alten Vers vor sich hin, der ihm, von der Lateinschule her, gerade eingefallen war:

Ach, ich bin so müde,
Ach, ich bin so matt,
Hab' kein Geld im Portemonnaie
Und auch keins im Sack.

Er summte ihn nach alter Melodie und dachte nichts dabei, als er ihn zum zwanzigstenmal anstimmte. Sein Vater aber stand nahe am Fenster, hörte zu und hatte einen großen Schrecken. Seiner trockenen Natur war dieser gedankenlose, wohlig stumpfsinnige Singsang völlig unverständlich, und er deutete ihn seufzend als ein Zeichen hoffnungsloser Geistesschwäche. Von da an beobachtete er den Jungen noch ängstlicher, der merkte es natürlich und litt darunter; doch kam er noch immer nicht dazu, den Strick mitzunehmen und von jenem starken Aste Gebrauch zu machen.

Inzwischen war die heiße Jahreszeit gekommen und seit dem Landexamen und den damaligen Sommerferien schon ein Jahr vergangen. Hans dachte gelegentlich daran, doch ohne sonderliche Bewegung; er war ziemlich stumpf geworden. Gerne hätte er wieder angefangen zu angeln, doch wagte er nicht, den Vater darum zu bitten. Es plagte ihn, sooft er am Wasser stand, und manchmal verweilte er lang am Ufer, wo niemand ihn sah, und folgte mit heißen Augen den Bewegungen der dunkeln, lautlos schwimmenden Fische. Gegen Abend ging er täglich eine Strecke flußaufwärts zum Baden, und da er dabei stets an dem kleinen Haus des Inspektors Geßler vorüber mußte, entdeckte er zufällig, daß die Emma Geßler, für die er vor drei Jahren geschwärmt hatte, wieder zu Hause sei. Neugierig sah er ihr ein paarmal nach, aber sie gefiel ihm nicht mehr so gut wie früher. Damals war sie ein zartgliedriges, sehr feines Mädelchen gewesen, jetzt war sie gewachsen, hatte eckige Bewegungen und trug eine unkindliche, moderne Frisur, die sie vollends ganz entstellte. Auch die langen Kleider standen ihr nicht, und ihre Versuche, damenhaft auszusehen, waren entschieden unglücklich. Hans fand sie lächerlich, zugleich aber tat es ihm leid, wenn er daran dachte, wie sonderbar süß und dunkel und warm ihm damals, sooft er sie sah, zumut gewesen war. Überhaupt – damals war doch alles anders gewesen, so viel schöner, so viel heiterer, so viel lebendiger! Seit langer Zeit wußte er von nichts als von Latein, Geschichte, Griechisch, Examen, Seminar und Kopfweh. Damals aber hatte es Bücher mit Märchen und Bücher mit Räubergeschichten gegeben, da hatte er im Gärtchen eine selberverfertigte Hammermühle laufen gehabt und abends die abenteuerlichen Geschichten der Liese im Nascholdischen Torweg mit angehört, da hatte er eine Zeitlang den alten Nachbar Großjohann, genannt Garibaldi, für einen Raubmörder angesehen und von ihm geträumt und hatte das ganze Jahr hindurch sich jeden Monat auf irgend etwas gefreut, bald auf das Heuen, bald auf den Kleeschnitt, dann wieder auf das erste Angeln oder Krebsen, auf Hopfenernte, Pflaumenschütteln, Kartoffelfeuer, auf den Beginn des Dreschens und zwischenein noch extra auf jeden lieben Sonn- und Feiertag. Da hatte es noch eine Menge von Dingen gegeben, die ihn mit geheimnisvollem Zauber anzogen: Häuser, Gassen, Treppen, Scheunenböden, Brunnen, Zäune, Menschen und Tiere aller Art waren ihm lieb und bekannt oder rätselhaft verlockend gewesen. Beim Hopfenpflücken hatte er mitgeholfen und zugehört, wie die großen Mädchen sangen, und hatte sich Verse aus ihren Liedern gemerkt, die meisten zum Lachen drollig, und einige aber auch merkwürdig klagend, daß es einen beim Zuhören im Halse würgte.

Das alles war untergesunken und zu Ende gewesen, ohne daß er es damals gleich merkte. Zuerst hatten die Abende bei der Liese aufgehört, dann das Goldfallenfangen am Sonntagvormittag, dann das Märchenlesen, und so eins ums andere bis aufs Hopfenpflücken und die Hammermühle im Garten. Oh, wo war das alles hingekommen?

Und es geschah, daß der frühreife Jüngling nun in seinen kranken Tagen eine unwirkliche zweite Kinderzeit erlebte. Sein um die Kindheit bestohlenes Gemüt floh jetzt mit plötzlich ausbrechender Sehnsucht in jene schönen dämmernden Jahre zurück und irrte verzaubert in einem Walde von Erinnerungen umher, deren Stärke und Deutlichkeit vielleicht krankhaft war. Er erlebte sie alle mit nicht weniger Wärme und Leidenschaft, als er sie früher in Wirklichkeit erlebt hatte; die betrogene und vergewaltigte Kindheit brach wie eine lang gehemmte Quelle in ihm auf.

Wenn ein Baum entgipfelt wird, treibt er gern in Wurzelnähe neue Sprossen hervor, und so kehrt oft auch eine Seele, die in der Blüte krank wurde und verdarb, in die frühlinghafte Zeit der Anfänge und ahnungsvollen Kindheit zurück, als könnte sie dort neue Hoffnungen entdecken und den abgebrochenen Lebensfaden aufs neue anknüpfen. Die Wurzelsprossen geilen saftig und eilig auf, aber es ist ein Scheinleben, und es wird nie wieder ein rechter Baum daraus.

Auch Hans Giebenrath erging es so, und darum ist es notwendig, ihm auf seinen Traumwegen im Kinderlande ein wenig zu folgen.

Das Giebenrathsche Haus stand nahe bei der alten steinernen Brücke und bildete die Ecke zwischen zwei sehr verschiedenartigen Gassen. Die eine, zu welcher das Haus gerechnet wurde und gehörte, war die längste, breiteste und vornehmste der Stadt und hieß Gerbergasse. Die zweite führte jäh bergan, war kurz, schmal und elend und hieß »Zum Falken«, nach einem uralten, längst eingegangenen Wirtshaus, dessen Schild ein Falke gewesen war.

In der Gerbergasse wohnten Haus an Haus lauter gute, solide Altbürger, Leute mit eigenen Häusern, eigenen Kirchplätzen und eigenen Gärten, die sich hinterwärts in Terrassen steil bergan zogen und deren Zäune an den Anno siebzig errichteten, mit gelbem Ginster bewachsenen Bahndamm stießen. An Vornehmheit konnte mit der Gerbergasse nur noch der Marktplatz wetteifern, wo Kirche, Oberamt, Gericht, Rathaus und Dekanat standen und in ihrer reinlichen Würde durchaus einen städtisch wohlen Eindruck machten. Amtshäuser hatte nun zwar die Gerbergasse keine, aber alte und neue Bürgerwohnungen mit stattlichen Haustüren, hübsche altmodische Fachwerkhäuschen, nette helle Giebel; und es verlieh ihr eine Fülle von Freundlichkeit, Behagen und Licht, daß sie nur eine Häuserreihe besaß, denn jenseits der Straße lief am Fuß einer mit Balkenbrüstungen versehenen Mauer der Fluß dahin.

War die Gerbergasse lang, breit, licht, geräumig und vornehm, so war der »Falken« das Gegenteil davon. Hier standen schiefe finstere Häuser mit fleckigem und bröckelndem Verputz, vorhängenden Giebeln, vielfach geborstenen und geflickten Türen und Fenstern, mit krummen Kaminen und schadhaften Dachrinnen. Die Häuser raubten einander Raum und Licht, und die Gasse war schmal, wunderlich gebogen und in eine ewige Dämmerung gehüllt, die bei Regenwetter oder nach Sonnenuntergang sich in eine feuchte Finsternis verwandelte. Vor allen Fenstern war an Stangen und Schnüren stets eine Menge Wäsche aufgehängt; denn so klein und elend die Gasse war, so viele Familien hausten darin, von all den Aftermietern und Schlafgängern gar nicht zu reden. Alle Winkel der schiefen, alternden Häuser waren dicht bewohnt, und Armut, Laster und Krankheit waren dort ansässig. Wenn der Typhus ausbrach, so war es dort, wenn einmal ein Totschlag geschah, so war es auch dort, und wenn in der Stadt ein Diebstahl vorkam, suchte man zuerst im »Falken«. Umherziehende Hausierer hatten dort ihre Absteigequartiere, unter ihnen der drollige Putzpulverhändler Hottehotte und der Scherenschleifer Adam Hittel, dem man alle Verbrechen und Laster nachsagte.

In seinen ersten Schuljahren war Hans im »Falken« ein häufiger Gast gewesen. Zusammen mit einer zweifelhaften Rotte von strohblonden, abgerissenen Buben hatte er die Mordgeschichten der berüchtigten Lotte Frohmüller angehört. Diese war das geschiedene Weib eines kleinen Gastwirts und hatte fünf Jahre Zuchthaus hinter sich; sie war seinerzeit eine bekannte Schönheit gewesen, hatte unter den Fabriklern eine große Zahl von Schätzen gehabt und zu öfteren Skandalen und Messerstechereien Anlaß gegeben. Nun lebte sie einsam und brachte ihre Abende nach Fabrikschluß mit Kaffeekochen und

Geschichtenerzählen zu; dabei stand ihre Türe weit offen, und außer den Weibern und jungen Arbeitern hörte von der Schwelle aus stets auch eine Schar von Nachbarskindern ihr mit Entzücken und Grausen zu. Auf dem schwarzen Steinherdchen kochte das Wasser im Kessel, eine Unschlittkerze brannte daneben und beleuchtete zusammen mit dem blauen Kohlenfeuerchen den überfüllten, finsteren Raum mit abenteuerlichem Flackern, die Schatten der Zuhörer in ungeheuren Maßen an die Wand und Decke werfend und mit gespenstischer Bewegung erfüllend.

Dort machte der achtjährige Knabe die Bekanntschaft der beiden Brüder Finkenbein und unterhielt etwa ein Jahr lang, einem strengen väterlichen Verbot zum Trotz, eine Freundschaft mit ihnen. Sie hießen Dolf und Emil und waren die gerissensten Gassenbuben der Stadt, durch Obstdiebstähle und kleine Waldfrevel berühmt und Meister in unzähligen Geschicklichkeiten und Streichen. Sie handelten nebenher mit Vogeleiern, Bleikugeln, jungen Raben, Staren und Hasen, legten verbotenerweise Nachtangeln und fühlten sich in allen Gärten der Stadt wie zu Hause, denn kein Zaun war so spitzig und keine Mauer so dicht mit Glasscherben besteckt, daß sie nicht leicht hinübergekommen wären.

Vor allem aber war es Hermann Rechtenheil, der im »Falken« wohnte und an welchen Hans sich anschloß. Er war eine Waise und ein krankes, frühreifes, ungewöhnliches Kind. Weil sein eines Bein zu kurz war, mußte er beständig am Stock gehen und konnte nicht an den Gassenspielen teilnehmen. Er war schmal und hatte ein farbloses Leidensgesicht mit vorzeitig herbem Munde und allzu spitzem Kinn. In allerlei Handfertigkeiten war er ungemein geschickt, und namentlich hatte er eine gewaltige Leidenschaft für das Angeln, die er auf Hans übertrug. Dieser besaß damals noch keine Fischkarte, sie angelten aber trotzdem heimlich an versteckten Orten, und wenn Jagen eine Freude ist, so ist bekanntlich Wildern ein Hochgenuß. Der krumme Rechtenheil lehrte Hans die richtigen Ruten schneiden, Roßhaar flechten, Schnüre färben, Fadenschlingen drehen, Angelhaken schärfen. Er lehrte ihn auch aufs Wetter schauen, das Wasser beobachten und mit Kleie trüben, die rechten Köder wählen und sie richtig befestigen, er lehrte ihn die Fischarten unterscheiden, die Fische beim Angeln belauschen, die Schnur in richtiger Tiefe halten. Er teilte ihm ohne Worte und nur durch sein Beispiel und Dabeisein die Handgriffe und das feine Gefühl für den Augenblick des Anziehens oder Nachlassens mit. Die schönen, in Läden käuflichen Ruten, Korke und Glasschnüre und all das künstliche Angelzeug verachtete und verhöhnte er mit Eifer und überzeugte Hans davon, daß man unmöglich mit einer Angel fischen könne, die man nicht in allen Teilen selber gemacht und zusammengesetzt habe.

Mit den Brüdern Finkenbein kam Hans in Zorn auseinander; der stille, lahme Rechtenheil verließ ihn ohne Hader. Er streckte sich eines Februartages in sein ärmliches Bettlein, legte seinen Krückstock über die Kleider auf den Stuhl, fing an zu fiebern und starb schnell und still hinweg; die Falkengasse vergaß ihn sogleich, und nur Hans behielt ihn noch lange in gutem Andenken.

Mit ihm war aber die Zahl der merkwürdigen Falkenbewohner noch lange nicht erschöpft. Wer kannte nicht den wegen Trunksucht entlassenen Briefträger Rötteler, der alle vierzehn Tage besoffen auf der Straße lag oder nächtliche Skandale aufführte, sonst aber gut wie ein Kind war und beständig voll Wohlwollen lächelte? Er ließ Hans aus seiner ovalen Dose schnupfen, ließ sich gelegentlich Fische von ihm schenken, briet sie in Butter und lud Hans zum Mitessen ein. Er besaß einen ausgestopften Bussard mit Glasaugen und eine alte Spieluhr, die mit dünnen, feinen Tönchen veraltete Tanzweisen aufspielte. Und wer kannte nicht den uralten Mechaniker Porsch, der immer Manschetten trug, auch wenn er barfuß ging? Als der Sohn eines strengen Landschullehrers alter Schule konnte er die halbe Bibel und ein paar Ohren voll Sprichwörter und moralische Sentenzen auswendig; aber weder dies noch sein schneeweißes Haar hinderte ihn, vor allen Weibern den Schwerenöter zu spielen und sich häufig zu betrinken. Wenn er ein

121

bißchen geladen hatte, saß er gern auf dem Prellstein an der Ecke des Giebenrathschen Hauses, rief alle Vorübergehenden mit Namen an und bediente sie reichlich mit Sprüchen.

»Hans Giebenrath junior, mein teurer Sohn, höre, was ich dir sage! Wie spricht Sirach? Wohl dem, der nicht bösen Rat gibt und davon nicht ein böses Gewissen hat! Gleichwie die grünen Blätter auf einem schönen Baum, etliche abfallen, etliche wieder wachsen, also geht es mit den Leuten auch: etliche sterben, etliche werden geboren. So, nun kannst du heimgehen, du Seehund.«

Dieser alte Porsch stak, seiner frommen Sprüche unbeschadet, voll von dunklen und sagenhaften Berichten über Gespenster und dergleichen. Er kannte die Orte, wo solche umgingen, und schwankte immer zwischen Glauben und Unglauben an seine eigenen Geschichten. Meistens begann er sie in zweiflerischem, prahlerisch wegwerfendem Ton, als mache er sich über die Geschichte und über die Zuhörer lustig, aber allmählich, während des Erzählens, duckte er sich ängstlich, senkte seine Stimme mehr und mehr und endete in einem leisen, eindringlichen, gruseligen Flüsterton.

Wieviel Unheimliches, Undurchschauliches, dunkel Anreizendes enthielt die arme kleine Gasse! In ihr hatte auch, nachdem sein Geschäft eingegangen und seine verwahrloste Werkstatt vollends verlottert war, der Schlosser Brendle gewohnt. Er war halbe Tage lang an seinem Fensterchen gesessen und hatte finster in die lebhafte Gasse geblickt, und zuweilen, wenn eins der abgerissenen, ungewaschenen Kinder aus den Nachbarhäusern ihm in die Hände fiel, hatte er es mit wüster Schadenfreude gequält, an den Ohren und Haaren gerissen und ihm den ganzen Leib blau gekniffen. Eines Tages aber hing er an seiner Treppe, an einem Stück Zinkdraht erhängt, und sah so scheußlich aus, daß niemand sich zu ihm getraute, bis der alte Mechaniker Porsch von hinten her den Draht mit einer Blechschere abschnitt, worauf die Leiche mit heraushängender Zunge vornüber fiel und die Treppe hinunterpolterte, mitten in die entsetzten Zuschauer hinein.

Sooft Hans aus der hellen, breiten Gerbergasse in den finstern, feuchten »Falken« trat, überkam ihn mit der seltsamen, stickigen Luft eine wonnevoll grausige Beklemmung, eine Mischung von Neugierde, Furcht, schlechtem Gewissen und seliger Abenteuerahnung. Der »Falken« war der einzige Ort, an welchem etwa noch ein Märchen, ein Wunder, ein unerhörtes Schrecknis passieren konnte, wo Zauberei und Gespensterwesen glaubhaft und wahrscheinlich war und wo man dieselben schmerzhaft köstlichen Schauder empfinden konnte wie beim Lesen der Sagen und der skandalösen Reutlinger Volksbücher, welche von den Lehrern konfisziert wurden und die Schandtaten und Bestrafungen des Sonnenwirtle, des Schinderhannes, des Messerkarle, des Postmichels und ähnlicher dunkler Helden, Schwerverbrecher und Abenteurer berichteten.

Außer dem »Falken« gab es aber noch einen Ort, wo es anders war als überall, wo man etwas erleben und hören und sich auf dunklen Böden und in ungewöhnlichen Räumen verlieren konnte. Das war die nahe, große Gerberei, das alte riesige Haus, wo auf halbdunklen Böden die großen Häute hingen, wo es im Keller verdeckte Gruben und verbotene Gänge gab und wo abends die Liese allen Kindern ihre schönen Märchen erzählte. Es ging dort stiller, freundlicher und menschlicher zu als im »Falken« drüben, aber nicht minder rätselhaft. Das Walten der Gerbergesellen in den Gruben, im Keller, im Lohgarten und auf den Estrichen war seltsam und eigentümlich, die großen gähnenden Räume waren still und ebenso anziehend wie unheimlich, der gewaltige und mürrische Hausherr ward wie ein Menschenfresser gefürchtet und gescheut, und die Liese ging in dem merkwürdigen Hause umher wie eine Fee, allen Kindern, Vögeln, Katzen und Hündlein eine Schützerin und Mutter, voll von Güte und voll von Märchen und Liederversen.

In dieser ihm längst entfremdeten Welt bewegten sich jetzt die Gedanken und Träume des Knaben. Aus seiner großen Enttäuschung und Hoffnungslosigkeit floh er in die vergangene gute Zeit zurück, da er noch voll von Hoffnungen gewesen war und die Welt vor sich hatte stehen sehen wie einen riesengroßen

Zauberwald, welcher grausige Gefahren, verwunschene Schätze und smaragdene Schlösser in seiner undurchdringlichen Tiefe verbarg. Ein kleines Stück war er in diese Wildnis vorgedrungen, aber er war müde geworden, ehe die Wunder kamen, und stand nun wieder am rätselvoll dämmernden Eingang, diesmal als ein Ausgeschlossener, in müßiger Neugier.

Ein paarmal suchte Hans den »Falken« wieder auf. Er fand daselbst die alte Dämmerung und den alten üblen Geruch, die alten Winkel und lichtlosen Treppenhäuser; es saßen wieder greise Männer und Weiber vor den Türen, und ungewaschene, strohblonde Kinder trieben sich mit Geschrei herum. Der Mechaniker Porsch war noch älter geworden und kannte Hans nicht mehr und antwortete auf seinen schüchternen Gruß nur mit einem höhnischen Meckern. Der Großjohann, genannt Garibaldi, war gestorben und ebenso die Lotte Frohmüller. Der Briefträger Rötteler war noch da. Er klagte, die Buben hätten ihm seine Spieluhr kaputtgemacht, er bot ihm zu schnupfen an und versuchte dann, ihn anzubetteln; schließlich erzählte er von den Brüdern Finkenbein, der eine sei jetzt in der Zigarrenfabrik und saufe bereits wie ein Alter, der andere sei nach einer Kirchweihstecherei auf und davon und fehle schon seit einem Jahr. Alles machte einen kläglichen und kümmerlichen Eindruck.

Und einmal ging er am Abend in die Gerberei hinüber. Es zog ihn durch den Torweg und über den feuchten Hof, als läge in dem großen alten Hause seine Kindheit verborgen, mit allen ihren verlorengegangenen Freuden.

Über die krumme Treppe und den gepflasterten Öhrn kam er an die finstere Treppe, tastete sich zum Estrich durch, wo die Häute aufgespannt hingen, und sog dort mit dem scharfen Ledergeruch eine ganze Wolke plötzlich hervorstürmender Erinnerungen ein. Er stieg wieder herab und suchte den hinteren Hof auf, wo die Lohgruben und die schmal überdachten, hohen Gerüste zum Trocknen der Lohkäse waren. Richtig saß auf der Mauerbank die Liese, hatte einen Korb Erdäpfel zum Schälen vor und ein paar horchende Kinder um sich herum.

Hans blieb in der dunklen Türe stehen und lauschte hinüber.

Ein großer Friede erfüllte den eindämmernden Gerbergarten, und außer dem schwachen Rauschen des Flusses, der hinter der Hofmauer vorüberzog, hörte man nur das Messer der Liese beim Kartoffelschälen knirschen und ihre Stimme, die erzählte. Die Kinder saßen ruhig kauernd und regten sich kaum. Sie erzählte die Geschichte vom Sankt Christoffel, wie in der Nacht ihn eine Kindesstimme über den Strom ruft.

Hans hörte eine Weile zu, dann ging er leise durch den schwarzen Öhrn zurück und nach Hause. Er spürte, daß er doch nicht wieder ein Kind werden und abends im Gerbergarten bei der Liese sitzen konnte, und er mied nun wieder das Gerberhaus so gut wie den »Falken«.

Sechstes Kapitel

Es ging schon stark in den Herbst hinein. Aus den dunkeln Tannenwäldern leuchteten die vereinzelten Laubbäume gelb und rot wie Fackeln, die Schluchten hatten schon starke Nebel, und der Fluß dampfte morgens in der Kühle.

Noch immer streifte der blasse Exseminarist tagtäglich im Freien umher, war unlustig und müde und floh das bißchen Umgang, das er hätte haben können. Der Arzt verschrieb Tropfen, Lebertran, Eier und kalte Waschungen.

Es war kein Wunder, daß alles nicht helfen wollte. Jedes gesunde Leben muß einen Inhalt und ein Ziel haben, und das war dem jungen Giebenrath verlorengegangen. Nun war sein Vater entschlossen, ihn entweder Schreiber werden oder ein Handwerk lernen zu lassen. Der Junge war zwar noch schwächlich und sollte erst noch ein wenig mehr zu Kräften kommen, doch konnte man jetzt nächstens daran denken, Ernst mit ihm zu machen.

Seit die ersten verwirrenden Eindrücke sich gemildert hatten und seit er auch an den Selbstmord selber nicht mehr glaubte, war Hans aus den erregten und wechselreichen Angstzuständen in eine gleichmäßige Melancholie hinübergeraten, in die er langsam und wehrlos wie in einen weichen Schlammboden versank.

Nun lief er in den Herbstfeldern umher und erlag dem Einfluß der Jahreszeit. Die Neige des Herbstes, der stille Blätterfall, das Braunwerden der Wiesen, der dichte Frühnebel, das reife, müde Sterbenwollen der Vegetation trieb ihn, wie alle Kranken, in schwere, hoffnungslose Stimmungen und traurige Gedanken. Er fühlte den Wunsch, mit zu vergehen, mit einzuschlafen, mit zu sterben, und litt darunter, daß seine Jugend dem widersprach und mit stiller Zähigkeit am Leben hing.

Er schaute den Bäumen zu, wie sie gelb wurden, braun wurden, kahl wurden, und dem milchweißen Nebel, der aus den Wäldern rauchte, und den Gärten, in welchen nach der letzten

Obstlese das Leben erlosch und niemand mehr nach den farbig verblühenden Astern sah, und dem Flusse, in welchem Bad und Fischerei ein Ende hatte, der mit dürren Blättern bedeckt war und an dessen frostigen Ufern nur noch die zähen Gerber aushielten. Seit einigen Tagen führte er Massen von Mosttrebern mit sich, denn auf den Kelterplätzen und in allen Mühlen war man jetzt fleißig am Mosten, und in der Stadt zog der Geruch von Obstsaft leise gärend durch alle Gassen.

In der untern Mühle hatte auch der Schuhmacher Flaig eine kleine Presse gemietet und lud Hans zum Mosten ein.

Auf dem Vorplatz der Mühle standen große und kleine Mostkeltern, Wagen, Körbe und Säcke voll Obst, Zuber, Bütten, Kübel und Fässer, ganze Berge von braunen Trebern, hölzerne Hebel, Schubkarren, leere Gefährte. Die Keltern arbeiteten, knirschten, quietschten, stöhnten, meckerten. Die meisten waren grün lackiert, und dies Grün mit dem Braungelb der Treber, den Farben der Apfelkörbe, dem hellgrünen Fluß, den barfüßigen Kindern und der klaren Herbstsonne zusammen gab jedem, der es sah, einen verlockenden Eindruck von Freude, Lebenslust und Überfluß. Das Knirschen der zermalmten Äpfel klang herb und appetitreizend; wer herzukam und es hörte, mußte schnell einen Apfel in die Faust nehmen und anbeißen. Aus den Röhren floß in dickem Strahl der süße junge Most, rotgelb und in der Sonne lachend; wer herzukam und es ansah, mußte um ein Glas bitten und schnell eine Probe kosten, dann blieb er stehen, bekam feuchte Augen und fühlte einen Strom von Süßigkeit und Wohlbehagen durch sich hindurchgehen. Und dieser süße Most erfüllte die Luft weiterum mit seinem frohen, starken, köstlichen Geruch. Dieser Duft ist eigentlich das Feinste vom ganzen Jahr, der Inbegriff von Reife und Ernte, und es ist gut, ihn so vor dem nahen Winter einzufangen, denn dabei erinnert man sich mit Dankbarkeit an eine Menge von guten, wunderbaren Dingen: an sanfte Maienregen, rauschende Sommerregen, kühlen Herbstmorgentau, an zärtlichen Frühlingssonnenschein und glastend heißen Sommerbrand, an die weiß und rosenrot leuchtende Blüte und an den reifen, rotbraunen Glanz der Obstbäume vor der Ernte und zwischenein an alles Schöne und Freudige, was so ein Jahreslauf mitgebracht hat.

Das waren Glanztage für jedermann. Die Reichen und Protzen, soweit sie sich herabließen, persönlich zu erscheinen, wogen ihren feisten Apfel in der Hand, zählten ihr Dutzend Säcke oder mehr, probierten mit einem silbernen Taschenbecher und ließen jeden hören, in ihren Most käme kein Tropfen Wasser. Die Armen hatten nur einen einzigen Obstsack, probierten mit Gläsern oder irdenen Schüsseln, taten Wasser dazu und waren darum nicht minder stolz und fröhlich. Wer aus irgendwelchen Gründen gar nicht mosten konnte, der lief bei seinen Bekannten und Nachbarn von Presse zu Presse, bekam überall ein Glas eingeschenkt und einen Apfel eingesteckt und bewies durch Kennersprüche, daß er auch sein Teil von der Sache verstehe. Die vielen Kinder aber, arm oder reich, liefen mit kleinen Bechern herum, hatten jedes einen angebissenen Apfel und jedes ein Stück Brot in der Hand, denn es ging seit alten Zeiten die unbegründete Sage, wenn man beim Mosten ordentlich Brot esse, bekomme man nachher kein Bauchweh.

Hundert Stimmen schrien durcheinander, vom Kinderspektakel gar nicht zu reden, und alle diese Stimmen waren geschäftig, aufgeregt und fröhlich.

»Komm, Hannes, daher! Zu mir! Bloß a Glas!«

»Dank recht scheen, i hab' schon 's Grimmen.«

»Was hast für'n Zentner zahlt?«

»Vier Mark. Aber prima. Da probier!«

Zuweilen passierte ein kleines Malheur. Ein Sack Äpfel ging zu früh auf, und alles rollte auf den Boden.

»Sternsakrament, meine Äpfel! Helfet auch, Leute!«

Alles half auflesen, und nur ein paar Lausbuben versuchten dabei sich zu bereichern.

»Nix einstecken, ihr Luder! Fressen könnet ihr, soviel neingeht, aber nix einstecken. Wart, Gutedel du, dalketer!«

»He, Herr Nachbar, no net so stolz! Da probieren Se emol!«

»Wie Honig! Akrat wie Honig. Wieviel machet Se denn?«

»Zwei Fäßle, meh net, aber kein schlechten.«

»'s isch no guet, daß mer net im Hochsommer mostet, sonscht tät mir älles grad saufa.«

Auch heuer sind die paar grämlichen alten Leute da, die nicht fehlen dürfen. Sie mosten selber schon lang nicht mehr, aber sie verstehen alles besser und erzählen von Anno Duback, wo man das Obst so gut wie geschenkt bekam. Alles war so viel billiger und besser, von Zuckerdazutun wußte man noch gar nix, und überhaupt haben die Bäume damals ganz anders getragen.

»Do hat mer no von ere Ernt rede könne. I han a Epfelbeimle g'het, das hot allei seine feif Zentner g'schmissa.«

Aber so schlecht auch die Zeiten geworden sind, die grämlichen Alten helfen doch auch heuer ausgiebig probieren, und die noch Zähne haben, von denen kaut jeder an seinem Apfel herum. Einer hat sogar ein paar große Wadelbirnen gezwungen und elend das Grimmen bekommen.

»I sag's ja«, räsoniert er, »früher han i von dene meine zehn Stück gessa.« Und er denkt unter ungeheuchelten Seufzern an die Zeiten, da er noch zehn Wadelbirnen fressen konnte ehe er's Grimmen bekam.

Mitten in dem Gewühl hatte Herr Flaig seine Presse stehen und ließ sich vom älteren Lehrbuben helfen. Er bezog seine Äpfel aus dem Badischen, und sein Most war immer vom besten. Er war stillvergnügt und verwehrte niemand, ein »Versucherle« zu nehmen. Noch vergnügter waren seine Kinder, die sich rundum trieben und selig im Schwarme mitschwammen. Aber am vergnügtesten, wenn auch stillerweise, war sein Lehrbub. Dem tat es in allen Knochen wohl, daß er sich wieder einmal im Freien kräftig regen und ausschaffen konnte, denn er stammte vom Wald oben herunter aus einem armen Bauernhaus, und auch der gute Süße ging ihm köstlich ein. Sein gesundes Bauernbubengesicht grinste wie eine Satyrmaske, und seine Schustershände waren sauberer als je am Sonntag.

Als Hans Giebenrath auf den Platz kam, war er still und ängstlich; er war nicht gern gekommen. Aber gleich an der ersten Presse wurde ihm ein Becher entgegengestreckt, und zwar von

Nascholds Liese. Er probierte, und beim Schlucken kam mit dem süßen, kraftvollen Mostgeschmack eine Menge von lachenden Erinnerungen an frühere Herbste über ihn und zugleich ein zaghaftes Verlangen, wieder einmal ein bißchen mitzumachen und lustig zu sein. Bekannte sprachen ihn an, Gläser wurden ihm angeboten, und als er bei der Flaigschen Presse angekommen war, hatte die allgemeine Fröhlichkeit und das Getränk ihn schon gepackt und verwandelt. Ganz fidel begrüßte er den Schuster und machte ein paar von den üblichen Mostwitzen. Der Meister verbarg sein Erstaunen und hieß ihn fröhlich willkommen.

Eine halbe Stunde war vergangen, da kam ein Mädchen in einem blauen Rock daher, lachte den Flaig und seinen Lehrbuben an und fing an mitzuhelfen.

»Ja so«, sagte der Schuhmacher, »das ist meine Nichte aus Heilbronn. Die ist freilich an ein anderes Herbsten gewöhnt, wo's bei ihr daheim den vielen Wein gibt.«

Sie war vielleicht achtzehn oder neunzehn Jahre alt, beweglich und lustig, wie die Unterländer sind, nicht groß, aber wohlgebaut und von vollen Formen. Lustig und gescheit waren im runden Gesicht die dunklen, warm blickenden Augen und der hübsche, küssige Mund, und alles in allem sah sie zwar wie eine gesunde und heitere Heilbronnerin, aber gar nicht wie eine Verwandte des frommen Schustermeisters aus. Sie war durchaus von dieser Welt, und ihre Augen sahen nicht aus wie solche, die am Abend und in der Nacht in der Bibel und in Goßners Schatzkästlein zu lesen pflegen.

Hans sah plötzlich wieder bekümmert aus und wünschte inbrünstig, die Emma möchte bald wieder gehen. Sie blieb aber da und lachte und schwatzte und wußte auf jeden Witz eine flotte Antwort, und Hans schämte sich und wurde ganz still. Mit jungen Mädchen umzugehen, zu denen er Sie sagen mußte, war ihm ohnehin entsetzlich, und diese war so lebendig und so gesprächig und machte sich aus seiner Gegenwart und aus seiner Schüchternheit so wenig, daß er unbehilflich und ein wenig beleidigt die Fühler einzog und sich verkroch, wie eine vom Wagenrad gestreifte Wegschnecke. Er hielt sich still und versuchte auszusehen wie einer, der sich langweilt; doch gelang es ihm nicht, und er machte statt dessen ein Gesicht, als wäre ihm soeben jemand gestorben.

Niemand hatte Zeit, darauf zu achten, die Emma selber am wenigsten. Sie war, wie Hans zu hören bekam, seit vierzehn Tagen bei Flaigs zu Besuch, aber sie kannte schon die ganze Stadt. Bei hoch und nieder lief sie herum, probierte den Neuen, witzelte und lachte ein wenig, kam wieder zurück und tat so, als schaffe sie eifrig mit, nahm die Kinder auf den Arm, verschenkte Äpfel und verbreitete lauter Gelächter und Lust um sich her. Sie rief jeden Gassenbuben an: »Willst en Epfel?« Dann nahm sie einen schönen, rotbackigen, streckte die Hände hinter den Rükken und ließ raten: »Rechts oder links?«; aber der Apfel war nie in der richtigen Hand, und erst wenn die Buben zu schimpfen anfingen, gab sie einen Apfel her, aber einen kleineren und grünen. Sie schien auch über Hans unterrichtet, fragte ihn, ob er der sei, der immer Kopfweh habe, und war aber, ehe er antworten konnte, schon in ein anderes Gespräch mit Nachbarsleuten verwickelt.

Schon hatte Hans im Sinn, sich zu drücken und heimzugehen, da gab ihm Flaig den Hebel in die Hand.

»So, jetzt kannst du ein wenig weitermachen; die Emma hilft dir. Ich muß in die Werkstatt.«

Der Meister ging, der Lehrling war beauftragt, mit der Meisterin den Most wegzutragen, und Hans war mit der Emma allein an der Presse. Der biß auf die Zähne und schaffte wie ein Feind. Da wollte ihn wundern, warum der Hebel so schwer ginge, und als er aufschaute, brach das Mädchen in ein helles Gelächter aus. Sie hatte sich zum Spaß dagegen gestemmt, und als Hans jetzt wütend wieder anzog, tat sie es noch einmal.

Er sagte kein Wort. Aber während er den Hebel schob, welchem jenseits der Leib des Mädchens widerstand, wurde ihm plötzlich schamhaft beklommen zumut, und allmählich hörte er ganz auf, weiterzudrehen. Eine süße Angst überkam ihn, und als ihm das junge Ding keck ins Gesicht lachte, erschien sie ihm

131

auf einmal verändert, befreundeter und doch fremder, und nun lachte auch er ein wenig, ungeschickt vertraulich.

Und dann ruhte der Hebel vollends ganz.

Und die Emma sagte: »Wir wollen uns nicht so abrackern«, und gab ihm das halbvolle Glas herüber, aus dem sie gerade selber getrunken hatte.

Dieser Schluck Most schien ihm sehr stark und süßer als der vorige, und als er ihn getrunken hatte, sah er verlangend ins leere Glas und wunderte sich, wie heftig sein Herz schlug und wie schwer ihm das Atmen wurde.

Darauf arbeiteten sie wieder ein bißchen, und Hans wußte nicht, was er tat, als er versuchte, sich so aufzustellen, daß der Rock des Mädchens ihn streifen mußte und ihre Hand die seinige berührte. Sooft dies aber geschah, stockte ihm das Herz in angstvoller Wonne und kam eine wohlig süße Schwäche über ihn, daß seine Knie ein wenig zitterten und in seinem Kopf ein schwindliges Sausen erklang.

Was er sagte, wußte er nicht, aber er stand ihr Red und Antwort, lachte, wenn sie lachte, drohte ihr ein paarmal mit dem Finger, wenn sie dummes Zeug trieb, und trank noch zweimal aus ihrer Hand ein Glas leer. Zugleich jagte ein ganzes Heer von Erinnerungen an ihm vorüber: Dienstmägde, die er abends mit Männern in den Haustüren hatte stehen sehen, ein paar Sätze aus Geschichtenbüchern, der Kuß, den ihm Hermann Heilner seinerzeit gegeben hatte, und eine Menge von Worten, Erzählungen und dunkeln Schülergesprächen über »die Mädle« und »wie's ist, wenn man a Schätzle hat«. Und er atmete so schwer wie ein Gaul beim Bergaufziehen.

Alles war verwandelt. Die Leute und das Treiben rundherum waren zu einem farbig lachenden Wolkenwesen aufgelöst. Die einzelnen Stimmen, Flüche und Gelächter gingen in einem allgemeinen trüben Brausen unter, der Fluß und die alte Brücke sahen ferne und wie gemalt aus.

Auch Emma hatte ein anderes Aussehen. Er sah ihr Gesicht nicht mehr – nur noch die dunklen frohen Augen und einen roten Mund, weiße spitze Zähne dahinter; ihre Gestalt zerfloß, und er sah nur noch einzelnes davon – bald einen Halbschuh mit schwarzem Strumpf darüber, bald ein verirrtes Lockengehängsel im Nacken, bald einen ins blaue Tuch hinein verschwindenden, gebräunten, runden Hals, bald die straffen Achseln und darunter das atmende Wogen, bald ein rötlich durchscheinendes Ohr.

Und nach wieder einer Weile ließ sie das Trinkglas in den Zuber fallen und bückte sich danach, und dabei drückte der Rand des Zubers ihr Knie gegen sein Handgelenk. Und er bückte sich auch, aber langsamer, und berührte fast mit seinem Gesicht ihr Haar. Das Haar hatte einen schwachen Duft, und darunter, im Schatten loser, krauser Löckchen, glänzte warm und braun ein schöner Nacken und verlief in die blaue Taille, deren stark angespannte Haften ihn noch ein Stück weit im Ritz durchscheinen ließen.

Als sie sich wieder aufrichtete und als dabei ihr Knie seinen Arm entlang gleitete und ihr Haar ihm die Backen streifte und sie vom Bücken ganz rot geworden war, lief ein heftiger Schauder Hans durch alle Glieder. Er wurde blaß und hatte einen Augenblick das Gefühl einer tiefen, tiefen Müdigkeit, so daß er sich an der Preßschraube festhalten mußte. Sein Herz ging zukkend auf und ab, und die Arme wurden schwach und taten ihm in den Achseln weh.

Von da an sprach er fast kein Wort mehr und vermied den Blick des Mädchens. Dafür sah er sie, sobald sie wegschaute, starr und mit einer Mischung von ungekannter Lust und bösem Gewissen an. In dieser Stunde zerriß etwas in ihm und tat ein neues, fremdartig verlockendes Land mit fernen blauen Küsten sich vor seiner Seele auf. Er wußte noch nicht oder ahnte nur, was die Bangnis und süße Qual in ihm bedeute, und wußte auch nicht, was größer in ihm war, Pein oder Lust.

Die Lust aber bedeutete den Sieg seiner jungen Liebeskraft und das erste Ahnen vom gewaltigen Leben, und die Pein bedeutete, daß der Morgenfriede gebrochen war und daß seine Seele das Land der Kindheit verlassen hatte, das man nicht wiederfindet. Sein leichtes Schifflein, knapp dem ersten Schiffbruch

entronnen, war nun in die Gewalt neuer Stürme und in die Nähe
wartender Untiefen und halsbrechender Klippen geraten,
durch welche auch die bestgeleitete Jugend keinen Führer hat,
sondern aus eigenen Kräften Weg und Rettung finden muß.
Es war gut, daß nun der Lehrbub wiederkam und ihn an der
Presse ablöste. Hans blieb noch eine Weile da. Er hoffte noch
auf eine Berührung oder ein freundliches Wort von Emma.
Diese plauderte wieder an fremden Keltern herum. Und da
Hans sich vor dem Lehrling genierte, drückte er sich bald nach
Hause, ohne adieu zu sagen.

Alles war sonderbar anders geworden, schön und erregend. Die
von den Trebern feist gewordenen Sperlinge schossen lärmend
durch den Himmel, der noch nie so hoch und schön und so
sehnsüchtig blau gewesen war. Niemals hatte der Fluß einen so
reinen, grünblauen, lachenden Spiegel gehabt, noch ein so
blendend weißes, brausendes Wehr. Alles schien gleich zieren
Bildern neu bemalt hinter klaren, frischen Glasscheiben zu stehen. Alles schien auf den Beginn eines großen Festes zu warten.
Auch in der eigenen Brust empfand er ein beengend starkes,
banges und süßes Wogen seltsam verwegener Gefühle und ungewöhnlicher, greller Hoffnungen, zusammen mit einer
schüchtern zweifelnden Angst, es sei nur ein Traum und könne
niemals wahr werden. Anschwellend wurden diese zwiespälti-
gen Empfindungen zu einem dunkel auftreibenden Quell, zu
einem Gefühl, als wolle etwas allzu Starkes sich in ihm losma-
chen und Luft gewinnen – vielleicht ein Schluchzen, vielleicht
ein Singen, Schreien oder lautes Lachen. Erst zu Hause beru-
higte sich diese Erregung ein wenig. Dort war freilich alles wie
immer.
»Wo kommst denn her?« fragte Herr Giebenrath.
»Vom Flaig an der Mühle.«
»Wieviel hat der gemostet?«
»Zwei Faß, glaub' ich.«
Er bat, die Flaigschen Kinder einladen zu dürfen, wenn der Vater ans Mosten käme.

»Versteht sich«, brummte der Papa. »Ich mach's nächste Woche. Hol sie dann nur!«

Es war noch eine Stunde bis zum Abendessen. Hans ging in den Garten hinaus. Außer den beiden Tannen war wenig Grünes mehr da. Er riß eine Haselgerte ab, ließ sie durch die Luft sausen und stöberte mit ihr im welken Laub herum. Die Sonne war schon hinterm Berg, dessen schwarzer Umriß mit haarfein gezeichneten Tannenspitzen den grünlichblauen, feuchtklaren Späthimmel durchschnitt. Eine graue, langgestreckte Wolke, gelb und bräunlich angeglüht, schwamm langsam und wohlig wie ein heimkehrendes Schiff durch die dünne, goldige Luft talaufwärts.

Von der reifen, farbig satten Schönheit des Abends in einer seltsamen, ihm fremden Weise ergriffen, schlenderte Hans durch den Garten. Zuweilen blieb er stehen, schloß die Augen und versuchte, sich die Emma vorzustellen, wie sie ihm an der Presse gegenübergestanden war, wie sie ihn aus ihrem Becher hatte trinken lassen, wie sie sich über die Kufe gebückt und errötend wieder erhoben hatte. Er sah ihre Haare, ihre Figur im engen blauen Kleid, ihren Hals und von dunklen Härchen braun verschatteten Nacken, und alles erfüllte ihn mit Lust und Zittern, nur ihr Gesicht konnte er sich durchaus nicht mehr vorstellen.

Als die Sonne drunten war, spürte er die Kühle nicht und empfand die vorschreitende Dämmerung wie einen Schleier voll von Heimlichkeiten, für die er keine Namen wußte. Denn er begriff zwar, daß er sich in die Heilbronnerin verliebt habe, aber das Arbeiten der erwachenden Männlichkeit in seinem Blute begriff er nur dunkel als einen ungewohnten, gereizten und müdemachenden Zustand.

Beim Abendessen war es ihm sonderbar, mit seinem verwandelten Wesen mitten in der altgewohnten Umgebung zu sitzen. Der Vater, die alte Magd, Tisch und Geräte und das ganze Zimmer kam ihm plötzlich alt geworden vor, und er sah alles mit einem Gefühl von Erstaunen, Fremdheit und Zärtlichkeit an, als sei er soeben von einer langen Reise heimgekehrt. Damals,

als er mit seinem mörderlichen Aste liebäugelte, hatte er dieselben Menschen und Sachen mit der wehmütig überlegenen Empfindung eines Abschiednehmenden betrachtet, jetzt war's ein Zurückkehren, Erstaunen, Lächeln, Wiederbesitzen.

Man hatte gegessen, und Hans wollte schon aufstehen, da sagte sein Vater in seiner kurzen Art: »Magst du gern Mechaniker werden, Hans, oder lieber ein Schreiber?«

»Wieso?« fragte Hans erstaunt zurück.

»Du könntest Ende nächster Woche beim Mechaniker Schuler eintreten oder übernächste Woche auf dem Rathaus als Lehrling. Überleg dir's ordentlich! Wir reden dann morgen darüber.«

Hans stand auf und ging hinaus. Die plötzliche Frage hatte ihn verwirrt und geblendet. Unerwartet stellte sich das tägliche, tätige, frische Leben vor ihn hin, dem er seit Monaten fremd geworden war, hatte ein lockendes Gesicht und ein drohendes Gesicht, versprach und forderte. Eine rechte Lust hatte er weder zum Mechaniker noch zum Schreiber. Die strenge körperliche Arbeit beim Handwerk schreckte ihn ein wenig. Da fiel ihm sein Schulfreund August ein, der ja Mechaniker geworden war und den er fragen konnte.

Während er der Sache nachdachte, wurden seine Vorstellungen trüber und blasser, die Angelegenheit schien ihm doch nicht so gar eilig und wichtig. Etwas anderes trieb und beschäftigte ihn, er schritt unruhig die Hausflur auf und ab, und plötzlich nahm er seinen Hut, verließ das Haus und ging langsam auf die Gasse hinaus. Es war ihm eingefallen, er müsse heute die Emma noch einmal sehen.

Es dunkelte schon. Aus einem nahen Wirtshaus tönte Geschrei und heiseres Singen herüber. Manche Fenster waren beleuchtet, da und dort entzündete sich eins und wieder eins und legte einen schwachen roten Schein in die dunkle Luft. Eine lange Reihe junger Mädchen, Arm in Arm, flanierte unter lautem Gelächter und Gerede fröhlich gaßab, schwankte im unsicheren Licht und lief wie eine warme Woge von Jugend und Lust durch die entschlummernden Gassen. Hans sah ihnen lange nach, das

Herz schlug ihm bis in den Hals. Hinter einem mit Gardinen verhängten Fenster hörte man Geige spielen. Am Brunnen wusch ein Weib Salat. Auf der Brücke spazierten zwei Burschen mit ihren Schätzen. Der eine hielt sein Mädchen lose an der Hand, schlenkerte ihren Arm und rauchte seine Zigarre. Das zweite Paar ging langsam und engverschlungen weiter, der Bursch umfaßte die Hüfte des Mädchens, und sie drückte Schulter und Kopf fest gegen seine Brust. Hans hatte das hundertmal gesehen und nicht beachtet. Jetzt hatte es einen heimlichen Sinn, eine unklare, aber lüstern süße Bedeutung; sein Blick blieb auf der Gruppe ruhen, und seine Phantasie drängte ahnend einem nahen Verständnis entgegen. Beklommen und im Innersten aufgerüttelt, fühlte er sich einem großen Geheimnis nahe, von dem er nicht wußte, ob es köstlich oder schrecklich wäre, aber von beidem empfand er bebend etwas voraus. Vor dem Flaigschen Häuschen machte er halt und fand nicht den Mut einzutreten. Was sollte er drinnen tun und sagen? Er mußte daran denken, wie er als ein Bub von elf und zwölf Jahren oft hierhergekommen war; dann hatte Flaig ihm biblische Geschichten erzählt und seinen stürmisch neugierigen Fragen über die Hölle, den Teufel und die Geister standgehalten. Diese Erinnerungen waren unbequem und gaben ihm ein schlechtes Gewissen. Er wußte nicht, was er tun wollte, er wußte nicht einmal, was er eigentlich wünschte, doch wollte ihm scheinen, er stehe vor etwas Heimlichem und Verbotenem. Es schien ihm unrecht gegen den Schuhmacher zu sein, daß er im Finstern vor seiner Türe stand, ohne einzutreten. Und wenn jener ihn da stehen sähe oder jetzt aus der Türe träte, würde er ihn wahrscheinlich nicht einmal schelten, sondern auslachen, und davor graute ihm am meisten.

Er schlich sich hinter das Haus und konnte nun vom Gartenzaun aus in die erleuchtete Wohnstube hineinsehen. Den Meister sah er nicht. Die Frau schien etwas zu nähen oder zu stricken, der älteste Knabe war noch auf und saß lesend am Tisch. Die Emma ging hin und her, offenbar mit Aufräumen beschäftigt, so daß er sie immer nur für Augenblicke zu sehen bekam.

Es war so still, daß man jeden fernsten Schritt in der Gasse und jenseits des Gartens das leise Strömen des Flusses deutlich hören konnte. Die Dunkelheit und Nachtkühle nahm eilig zu.

Neben den Wohnzimmerfenstern lag ein kleineres Flurfenster dunkel. Nach einer langen Weile erschien an diesem Fensterchen eine undeutliche Gestalt, lehnte sich heraus und blickte in die Dunkelheit. Hans erkannte an der Figur, daß es Emma war, und vor banger Erwartung stand ihm das Herz still. Sie blieb im Fenster stehen, lang und ruhig herüberblickend, doch wußte er nicht, ob sie ihn sehe oder erkenne. Er regte kein Glied und schaute starr zu ihr hinüber, mit ungewissem Zagen zugleich hoffend und fürchtend, sie möchte ihn erkennen.

Und die undeutliche Gestalt verschwand wieder aus dem Fenster, gleich darauf klinkte die kleine Gartentüre, und Emma kam aus dem Hause. Hans wollte im ersten Schrecken auf und davon, blieb aber willenlos am Zaun lehnen und sah das Mädchen langsam ihm entgegen durch den dunklen Garten schreiten, und bei jedem ihrer Schritte trieb es ihn davonzulaufen und hielt etwas Stärkeres ihn zurück.

Nun stand Emma gerade vor ihm, keinen halben Schritt entfernt, nur der niedrige Zaun dazwischen, und sie sah ihn aufmerksam und sonderbar an. Eine ganze Zeitlang sagte keines ein Wort. Dann fragte sie leise:

»Was willst du?«

»Nichts«, sagte er, und es fuhr ihm wie ein Streicheln über die Haut, daß sie ihm du gesagt hatte.

Sie streckte ihm ihre Hand über den Zaun weg hin. Er nahm sie schüchtern und zärtlich und drückte sie ein wenig, da merkte er, daß sie nicht zurückgezogen wurde, faßte Mut und streichelte die warme Mädchenhand fein und vorsichtig. Und als sie ihm noch immer willig überlassen blieb, legte er sie an seine Wange. Eine Flut von durchdringender Lust, von seltsamer Wärme und seliger Müdigkeit überlief sein Wesen, die Luft um ihn her schien ihm lau und föhnfeucht, er sah nicht Gasse noch Garten mehr, nur ein nahes helles Gesicht und ein Gewirre dunkler Haare.

Und es schien ihm aus einer großen Nachtferne her zu tönen, als das Mädchen ganz leise fragte:

»Willst du mir einen Kuß geben?«

Das helle Gesicht kam näher, die Last eines Körpers bog die Latten ein wenig nach außen, lose, leicht duftende Haare streiften Hans die Stirn, und geschlossene Augen, von weißen, breiten Lidern und dunklen Wimpern zugedeckt, standen dicht vor den seinen. Ein heftiger Schauder lief ihm über den Leib, als er mit scheuen Lippen den Mund des Mädchens berührte. Er zitterte augenblicklich wieder zurück, aber sie hatte seinen Kopf mit den Händen umfaßt, drückte ihr Gesicht in seines und ließ seine Lippen nicht los. Er fühlte ihren Mund brennen, er fühlte ihn sich anpressen und gierig festsaugen, als wolle er ihm das Leben austrinken. Eine tiefe Schwäche überkam ihn; noch ehe die fremden Lippen von ihm ließen, verwandelte die zitternde Lust sich in Todesmüdigkeit und Pein, und als Emma ihn freigab, schwankte er und hielt sich mit krampfhaft klammernden Fingern am Zaun fest.

»Du, sei morgen abend wieder da«, sagte Emma und ging rasch ins Haus zurück. Sie war keine fünf Minuten fort gewesen, Hans aber schienen lange Zeiten vergangen. Er schaute ihr mit leeren Blicken nach, hielt sich noch immer an den Planken und fühlte sich zu müde, um einen Schritt zu tun. Träumend hörte er seinem Blute zu, das ihm im Kopfe hämmerte, in ungleichen, schmerzhaften Wogen vom Herzen und zurück flutete und ihm den Atem verhielt.

Nun sah er drinnen im Zimmer die Türe gehen und den Meister hereintreten, der wohl noch in der Werkstatt gewesen war. Eine Furcht, man möchte ihn bemerken, überfiel ihn und trieb ihn davon. Er ging langsam, widerwillig und unsicher wie ein leicht Betrunkener und hatte bei jedem Schritt das Gefühl, in die Knie sinken zu müssen. Die dunkeln Gassen mit schläfrigen Giebeln und trüben roten Fensteraugen flossen wie bleiche Kulissen an ihm vorüber, und Brücke, Fluß, Höfe und Gärten. Der Gerbergaßbrunnen plätscherte sonderbar laut und tönend. Traumbefangen öffnete Hans ein Tor, kam durch einen pechfinsteren Gang, stieg Treppen empor, öffnete und schloß eine Türe und noch eine, setzte sich auf einen dastehenden Tisch und erwachte erst nach einer längeren Zeit zu der Empfindung, zu Hause in seiner Stube zu sein. Es dauerte wieder eine Weile, ehe er zum Entschluß kam, sich auszukleiden. Er tat es zerstreut und blieb entkleidet am Fenster sitzen, bis ihn plötzlich die Herbstnacht durchfröstelte und in die Kissen trieb.

Er glaubte, augenblicklich einschlafen zu müssen. Aber kaum lag er und war ein wenig warm geworden, so kam das Herzklopfen wieder und das ungleiche, gewaltsame Wallen des Blutes. Sobald er die Augen zutat, war's ihm, als hinge der Mund des Mädchens noch an seinem, söge ihm die Seele aus und erfülle ihn mit peinigender Hitze.

Spät schlief er ein und stürzte in gehetzter Flucht von Traum zu Traum. Er stand in einer ängstlich tiefen Finsternis, um sich tastend griff er Emmas Arm, sie umfaßte ihn, und sie sanken zusammen in langsamem Fall in eine warme, tiefe Flut. Der Schuhmacher stand plötzlich da und fragte, warum er ihn nicht mehr besuchen wolle, da mußte Hans lachen und merkte, daß es nicht Flaig, sondern Hermann Heilner war, der neben ihm im Maulbronner Oratorium in einem Fenster saß und Witze machte. Aber sogleich verflog auch das, und er stand an der Mostpresse, die Emma stemmte sich gegen den Hebel, und er kämpfte mit aller Kraft dagegen an. Sie bog sich herüber und suchte seinen Mund, es wurde still und stockfinster, und nun sank er wieder in eine warme, schwarze Tiefe und verging vor Schwindel. Zugleich hörte er den Ephorus eine Rede halten, von der er nicht wußte, ob sie ihm gelte.

Dann schlief er bis tief in den Morgen hinein. Es war ein heiter goldiger Tag. Er ging lange im Garten auf und ab, bemühte sich aufzuwachen und klar zu werden, war aber von einem zähen, schläfrigen Nebel umgeben. Er sah violette Astern, die allerletzten Blumen des Gartens, schön und lachend in der Sonne stehen, als wäre es noch im August, und sah das warme, liebe Licht um die verdorrten Reiser und Zweige und kahlen Ranken

140

zärtlich und einschmeichelnd fluten, als wäre es Vorfrühlings-
zeit. Aber er sah es nur, er erlebte es nicht, es ging ihn nichts
an. Plötzlich ergriff ihn eine klare, starke Erinnerung aus der
Zeit, da hier im Garten noch seine Hasen herumsprangen und
sein Wasserrad und Hammerwerkchen lief. Er mußte an einen
Septembertag denken vor drei Jahren. Es war der Vorabend
vor dem Sedansfest; August war zu ihm gekommen und hatte
Efeu mitgebracht, nun wuschen sie ihre Fahnenstangen blank
und befestigten den Efeu an den goldenen Spitzen, von morgen
redend und sich auf morgen freuend. Sonst war nichts und geschah nichts, aber sie waren beide so voll von Festahnung und
großer Freude gewesen, die Fahnen hatten in der Sonne ge-
glänzt, die Anna hatte Zwetschgenkuchen gebacken, und zur
Nacht sollte auf dem hohen Felsen das Sedansfeuer angezündet
werden.
Hans wußte nicht, warum er gerade heute an jenen Abend denken mußte, nicht, warum diese Erinnerung so schön und mächtig war, noch warum sie ihn so elend und traurig machte. Er
wußte nicht, daß im Kleide dieser Erinnerung seine Kindheit
und sein Knabentum noch einmal fröhlich und lachend vor ihm
aufstand, um Abschied zu nehmen und den Stachel eines gewesenen und nie wiederkehrenden großen Glückes zurückzulas-
sen. Er empfand nur, daß diese Erinnerung mit dem Denken
an Emma und an gestern abend sich nicht vertrug und daß etwas
in ihm aufgestanden sei, das mit dem damaligen Glücklichsein
nicht vereinbar war. Er glaubte, wieder die goldenen Fahnen-
spitzen blinken zu sehen, seinen Freund August lachen zu hören
und den Duft der frischen Kuchen zu riechen, und das war alles
so heiter und glückselig und ihm so ferngerückt und fremd geworden, daß er sich an den rauhen Stamm der großen Rottanne
lehnte und in ein hoffnungsloses Schluchzen ausbrach, das ihm
für den Augenblick Trost brachte und Erlösung gewährte.
Um Mittag lief er zu August, der jetzt erster Lehrling geworden
und mächtig auseinandergegangen und gewachsen war. Er erzählte ihm sein Anliegen.
»Das ist so 'ne Sache«, machte jener und schnitt ein welterfah-

renes Gesicht dazu. »Das ist so 'ne Sache. Weil du nämlich so ein Schwachmatikus bist. Im ersten Jahr hast du immer beim Schmieden das verdammte Draufschlagen, und so 'n Vorhammer ist kein Suppenlöffel. Und mußt die Eisen herumtragen und abends aufräumen, und zum Feilen gehört auch eine Kraft, und im Anfang, bis du was loshast, kriegst du nix als alte Feilen, die hauen nix und sind glatt wie ein Affenarsch.«

Hans wurde sogleich kleinlaut.

»Ja, dann soll ich's lieber bleiben lassen?« fragte er zaghaft.

»Jerum, das hab' ich doch nicht gesagt! Sei doch kein Lamech! Bloß daß es im Anfang kein Tanzboden ist. Aber sonst, ja – so ein Mechaniker ist was Feines, weißt du, und 'n guten Kopf muß einer auch haben, sonst kann er Grobschmied werden. Da guck mal her!«

Er brachte ein paar kleine, feingearbeitete Maschinenteile herbei, aus blankem Stahl, und zeigte sie Hans.

»Ja, da darf kein halber Millimeter dran fehlen. Alles von Hand geschafft, bis auf die Schrauben. Da heißt's Augen auf! Die werden jetzt noch poliert und gehärtet, dann hat sich's.«

»Ja, das ist schön. Wenn ich nur wüßte –«

August lachte.

»Hast Angst? Ja, ein Lehrbub wird halt kuranzt, da hilft alles nix. Aber ich bin auch noch da, und ich helf' dir dann schon. Und wenn du am nächsten Freitag anfängst, dann hab' ich gerade mein zweites Lehrjahr fertig und kriege am Samstag den ersten Wochenlohn. Und am Sonntag wird gefeiert, und Bier, und Kuchen, und alle dabei, du auch, dann siehst du mal, wie's bei uns hergeht. Ja, da schaust du! Und überhaupt sind wir ja früher auch schon so gute Freunde gewest.«

Beim Essen sagte Hans seinem Vater, er habe Lust zum Mechaniker, und ob er in acht Tagen anfangen dürfe.

»Also gut«, sagte der Papa und ging nachmittags mit Hans in die Schulersche Werkstatt und meldete ihn an.

Als es aber anfing, dämmerig zu werden, hatte Hans das alles schon wieder so gut wie vergessen und dachte nur noch daran, daß er am Abend von der Emma erwartet werde. Es verschlug ihm schon jetzt den Atem, die Stunden waren ihm bald zu lang und bald zu kurz, und er trieb der Begegnung entgegen wie ein Schiffer einer Stromschnelle. Von Essen war diesen Abend keine Rede, kaum brachte er eine Tasse Milch herunter. Dann ging er.

Es war alles wie gestern – dunkle, schläfernde Gassen, tote Fenster, Laternenzwielicht und langsam wandelnde Liebespaare.

Am Zaun des Schustergartens überfiel ihn eine große Bangigkeit, er zuckte bei jedem Geräusch zusammen und kam sich mit seinem Stehen und Lauschen im Finstern vor wie ein Dieb. Er hatte noch keine Minute gewartet, da stand die Emma vor ihm, fuhr ihm mit den Händen übers Haar und öffnete ihm die Gartenpforte. Er trat vorsichtig ein, und sie zog ihn mit sich, leise durch den von Gebüsch eingefaßten Weg, durchs Hintertor in den finsteren Hausgang.

Dort setzten sie sich nebeneinander auf die oberste Kellerstaffel, und es dauerte eine ganze Weile, bis sie einander in der Schwärze notdürftig sehen konnten. Das Mädchen war guter Dinge und plauderte flüsternd drauflos. Sie hatte schon manchen Kuß geschmeckt und wußte in Liebessachen Bescheid; der schüchtern zärtliche Knabe war ihr eben recht. Sie nahm sein schmales Gesicht zwischen ihre Hände und küßte Stirne, Augen und Backen, und als der Mund an die Reihe kam und sie ihn wieder so lang und saugend küßte, ergriff den Knaben ein Schwindel, und er lag schlaff und willenlos an sie gelehnt. Sie lachte leise und zupfte ihn am Ohr.

Sie plauderte fort und fort, und er hörte zu und wußte nicht, was er hörte. Sie strich mit der Hand über seinen Arm, über sein Haar, über seinen Hals und seine Hände, sie lehnte ihre Wange an seine und ihren Kopf auf seine Achsel. Er schwieg still und ließ alles geschehen, von einem süßen Grauen und einer tiefen, glücklichen Bangigkeit erfüllt, zuweilen kurz und leise wie ein Fiebernder zusammenzuckend.

»Was bist denn du für ein Schatz!« lachte sie. »Du traust dich ja gar nix.«

Und sie nahm seine Hand, fuhr mit ihr über ihren Nacken und durch ihr Haar und legte sie auf ihre Brust und drückte sich dagegen. Er spürte die weiche Form und das süße fremde Wogen, schloß die Augen und fühlte sich in endlose Tiefen untersinken. »Nicht! Nicht mehr!« sagte er abwehrend, als sie ihn wieder küssen wollte. Sie lachte.

Und sie zog ihn nahe zu sich und preßte seine Seite an ihre Seite, ihn mit dem Arm umschlingend, daß er im Spüren ihres Leibes ganz den Kopf verlor und gar nichts mehr sagen konnte.

»Hast mich denn auch lieb?« fragte sie.

Er wollte ja sagen, aber er konnte nur nicken und nickte eine ganze Weile fort.

Sie nahm noch einmal seine Hand und schob sie scherzend unter ihr Mieder. Da er so Puls und Atem des fremden Lebens heiß und nah erfühlte, stockte ihm der Herzschlag, und er glaubte sterben zu müssen, so schwer ging sein Atem.

Er zog die Hand zurück und stöhnte: »Jetzt muß ich heimgehen.«

Als er aufstehen wollte, begann er zu schwanken und wäre ums Haar die Kellertreppe hinuntergestürzt.

»Was hast du?« fragte Emma erstaunt.

»Ich weiß nicht. Ich bin so müd.«

Er fühlte nicht, daß sie auf dem Weg zum Gartenzaun ihn stützte und sich an ihn preßte, und hörte nicht, daß sie Gutnacht sagte und hinter ihm das Türlein schloß. Er kam durch die Gassen nach Hause, er wußte nicht wie, als risse ein großer Sturm ihn mit oder als trüge ihn schaukelnd eine mächtige Flut.

Er sah blasse Häuser links und rechts, in der Höhe darüber Bergrücken, Tannenspitzen, Nachtschwärze und große, ruhende Sterne. Er fühlte den Wind wehen, hörte den Fluß an den Brückenpfeilern hinströmen und sah im Wasser Gärten, blasse Häuser, Nachtschwärze, Laternen und Sterne gespiegelt.

Auf der Brücke mußte er sich setzen; er war so müde und glaubte, nicht mehr nach Hause zu kommen. Er setzte sich auf die Brüstung, er horchte auf das Wasser, das an den Pfeilern rieb und am Wehr brauste und am Mühlenrechen orgelte. Seine

Hände waren kalt, in Brust und Kehle arbeitete stockend und sich überstürzend das Blut, verfinsterte ihm die Augen und rann wieder in plötzlicher Welle zum Herzen, den Kopf voll Schwindel lassend.

Er kam nach Hause, fand seine Stube, legte sich und schlief sogleich ein, im Traume von Tiefe zu Tiefe durch ungeheure Räume stürzend. Um Mitternacht erwachte er gepeinigt und erschöpft und lag bis an den Morgen zwischen Schlaf und Wachen, von einer verdürstenden Sehnsucht erfüllt, von unbeherrschten Kräften hin und her geworfen, bis in der ersten Frühe seine ganze Qual und Bedrängnis in ein langes Weinen ausbrach und er auf tränennassen Kissen nochmals einschlief.

Siebentes Kapitel

Herr Giebenrath hantierte mit Würde und Geräusch an der Mostpresse, und Hans half mit. Von den Schusterskindern waren zwei der Einladung gefolgt, machten sich am Obst zu schaffen, führten gemeinsam ein kleines Probiergläschen und trugen ungeheure Stücke Schwarzbrot in der Faust. Aber Emma war nicht mitgekommen.

Erst als der Vater mit dem Küfer für eine halbe Stunde weggegangen war, wagte Hans, nach ihr zu fragen.

»Wo ist denn die Emma? Hat sie nicht kommen mögen?«

Es dauerte eine Zeit, bis die Kleinen leere Mäuler hatten und reden konnten.

»Sie ist ja fort«, sagten sie und nickten.

»Fort, wohin fort?«

»Heim.«

»Abgereist? Mit der Eisenbahn?«

Die Kinder nickten eifrig.

»Wann denn?«

»Heute morgen.«

Die Kleinen langten wieder nach ihren Äpfeln. Hans drückte an der Presse herum, starrte in den Mostkübel und begann langsam zu begreifen.

Der Vater kam wieder, man arbeitete und lachte, die Kinder bedankten sich und liefen fort, es wurde Abend, und man ging nach Hause.

Nach dem Nachtessen saß Hans in seiner Stube allein. Es wurde zehn Uhr und elf Uhr, er machte kein Licht. Dann schlief er tief und lang. Als er später als sonst erwachte, hatte er nur das undeutliche Gefühl eines Unglücks und Verlustes, bis ihm Emma wieder einfiel. Sie war fort, ohne Gruß, ohne Abschied; sie hatte ohne Zweifel schon gewußt, wann sie reisen würde, als er den letzten Abend bei ihr war. Er erinnerte sich an ihr Lachen und an ihr Küssen und an ihr überlegenes Sichgeben. Sie hatte ihn gar nicht ernst genommen.

Mit dem zornigen Schmerz darüber floß die Unruhe seiner erregten und ungestillten Liebeskräfte zu einer trüben Qual zusammen, die ihn vom Haus in den Garten, auf die Straße, in den Wald und wieder heim trieb.

So erfuhr er, vielleicht zu früh, seinen Teil vom Geheimnis der Liebe, und es enthielt für ihn wenig Süßes und viel Bitteres. Tage voll fruchtloser Klagen, sehnlicher Erinnerungen, trostloser Grübeleien; Nächte, in denen Herzklopfen und Beklemmung ihn nicht schlafen ließen oder in schreckliche Träume stürzten. Träume, in welchen die unverstandenen Wallungen seines Blutes zu ungeheuerlichen ängstigenden Fabelbildern wurden, zu tödlich umschlingenden Armen, zu heißäugigen Phantasietieren, zu schwindelnden Abgründen, zu riesigen lodernden Augen. Aufwachend fand er sich allein, von der Einsamkeit der kühlen Herbstnächte umfangen, litt Sehnsucht nach seinem Mädchen und preßte sich stöhnend in verweinte Kissen.

Der Freitag, an dem er in die Mechanikerwerkstatt eintreten sollte, kam näher. Der Vater kaufte ihm einen blauen Leinenanzug und eine blaue, halbwollene Mütze, er probierte das Zeug an und kam sich in der Schlosseruniform ziemlich lächerlich vor. Wenn er am Schulhaus, an der Wohnung des Rektors oder des Rechenlehrers, an der Flaigschen Werkstatt oder am Stadtpfarrhaus vorüberkam, wurde ihm elend zumute. So viel Plage, Fleiß und Schweiß, so viel hingegebene kleine Freuden, so viel Stolz und Ehrgeiz und hoffnungsfrohes Träumen, alles umsonst, alles nur, damit er jetzt, später als alle Kameraden und von allen ausgelacht, als kleinster Lehrbub in eine Werkstatt gehen konnte!

Was würde Heilner dazu sagen?

Erst allmählich begann er sich mit dem blauen Schlosseranzug zu versöhnen und sich auf den Freitag, an dem er ihn einweihen sollte, ein wenig zu freuen. Da war doch wenigstens wieder etwas zu erleben!

Doch waren diese Gedanken nicht viel mehr als rasche Blitze aus einem dunkeln Gewölk. Die Abreise des Mädchens vergaß er nicht, noch weniger vergaß oder überwand sein Blut die Aufreizungen dieser Tage. Es drängte und schrie nach mehr, nach einer Erlösung seiner erwachten Sehnsucht. So verging dumpf und qualvoll langsam die Zeit.

Der Herbst war schöner als je, voll sanfter Sonne, mit silbernen Morgenfrühen, farbig lachenden Mittagen und klaren Abenden. Die ferneren Berge nahmen ein tiefes Sammetblau an, die Kastanienbäume leuchteten goldgelb, und über Mauern und Zäune hing purpurn das wilde Weinlaub herab.

Hans war ruhelos vor sich selber auf der Flucht. Tagsüber lief er in der Stadt und in den Feldern umher und wich den Leuten aus, da er meinte, man müsse ihm seine Liebesnöte anmerken. Abends aber ging er auf die Gasse, blickte auf jede Dienstmagd und schlich jedem Liebespaar mit schlechtem Gewissen nach. Mit Emma schien ihm alles Begehrenswerte und aller Zauber des Lebens nahegewesen und tückisch wieder entglitten zu sein. Er dachte nicht mehr an die Qual und Beklemmung, die er bei ihr empfunden hatte. Wenn er sie jetzt wieder hätte, glaubte er, würde er nicht schüchtern sein, sondern ihr alle Geheimnisse entreißen und ganz in den verwunschenen Liebesgarten eindringen, dessen Tor ihm jetzt vor der Nase zugeschlagen war. Seine ganze Phantasie hatte sich in diesem schwülen, gefährlichen Dickicht verstrickt, irrte verzagend darin umher und wollte in hartnäckiger Selbstpeinigung nichts davon wissen, daß außerhalb des engen Zauberkreises schöne weite Räume licht und freundlich lagen.

Schließlich war er froh, daß der anfangs mit Bangen erwartete Freitag da war. Zeitig am Morgen legte er das neue blaue Arbeitskleid an, setzte die Mütze auf und ging ein wenig zaghaft die Gerbergasse hinunter nach dem Schulerschen Hause. Ein paar Bekannte sahen ihm neugierig nach, und einer fragte auch: »Was ist, bist du Schlosser worden?«

In der Werkstatt wurde schon flott gearbeitet. Der Meister war gerade am Schmieden. Er hatte ein Stück rotwarmes Eisen auf dem Amboß, ein Geselle führte den schweren Vorhammer, der Meister tat die feinern, formenden Schläge, regierte die Zange und schlug zwischenein mit dem handlichen Schmiedehammer auf dem Amboß den Takt, daß es hell und heiter durch die weit offenstehende Türe in den Morgen hinausklang.

An der langen, von Öl und Feilspänen geschwärzten Werkbank stand der ältere Geselle und neben ihm August, jeder an seinem Schraubstock beschäftigt. An der Decke surrten rasche Riemen, welche die Drehbänke, den Schleifstein, den Blasebalg und die Bohrmaschine trieben, denn man arbeitete mit Wasserkraft.

August nickte seinem eintretenden Kameraden zu und bedeutete ihm, er solle an der Türe warten, bis der Meister Zeit für ihn habe.

Hans blickte die Esse, die stillstehenden Drehbänke, die sausenden Riemen und Leerlaufscheiben schüchtern an.

Als der Meister sein Stück fertig geschmiedet hatte, kam er herüber und streckte ihm eine große, harte und warme Hand entgegen.

»Da hängst du deine Kappe auf«, sagte er und deutete auf einen leeren Nagel an der Wand.

»So, komm. Und da ist dein Platz und dein Schraubstock.«

Damit führte er ihn vor den hintersten Schraubstock und zeigte ihm vor allem, wie er mit dem Schraubstock umgehen und die Werkbank samt den Werkzeugen in Ordnung halten müsse.

»Dein Vater hat mir schon gesagt, daß du kein Herkules bist, und man sieht's auch. Na, fürs erste kannst du noch vom Schmieden wegbleiben, bis du ein bißchen stärker bist.«

Er griff unter die Werkbank und zog ein gußeisernes Zahnrädchen hervor.

»So, damit kannst du anfangen. Das Rad ist noch roh aus der Gießerei und hat überall kleine Buckel und Grate, die muß man abkratzen, sonst gehen nachher die feinen Werkzeuge dran zuschanden.«

Er spannte das Rad in den Schraubstock, nahm eine alte Feile her und zeigte, wie es zu machen sei.

»So, nun mach weiter. Aber daß du mir keine andere Feile nimmst! Bis Mittag hast du genug daran zu schaffen, dann zeigst du mir's. Und bei der Arbeit kümmerst du dich um gar nichts,

als was dir gesagt wird. Gedanken braucht ein Lehrling nicht zu
haben.«

Hans begann zu feilen.

»Halt!« rief der Meister. »Nicht so. Die linke Hand wird so auf
die Feile gelegt. Oder bist du ein Linkser?«

»Nein.«

»Also gut. 's wird schon gehen.«

Er ging weg an seinen Schraubstock, den ersten bei der Türe,
und Hans sah zu, wie er zurechtkam.

Bei den ersten Strichen wunderte er sich, daß das Zeug so weich
war und so leicht abging. Dann sah er, daß das nur die oberste
spröde Gußrinde war, die lose abblätterte, und daß darunter
erst das körnige Eisen saß, das er glätten sollte. Er nahm sich
zusammen und arbeitete eifrig fort. Seit seinen spielerischen
Knabenbasteleien hatte er nie das Vergnügen gekostet, unter
seinen Händen etwas Sichtbares und Brauchbares entstehen zu
sehen.

»Langsamer!« rief der Meister herüber. »Beim Feilen muß man
Takt halten – eins zwei, eins zwei. Und draufdrücken, sonst geht
die Feile kaputt.«

Da hatte der älteste Geselle etwas an der Drehbank zu tun, und
Hans konnte sich nicht enthalten, hinüberzuschielen. Ein
Stahlzapfen wurde in die Scheibe gespannt, der Riemen übersetzt, und blinkend surrte der Zapfen, sich hastig drehend, indessen der Geselle einen haardünnen, glänzenden Span davon
abnahm.

Und überall lagen Werkzeuge, Stücke von Eisen, Stahl und
Messing, halbfertige Arbeiten, blanke Rädchen, Meißel und
Bohrer, Drehstähle und Ahlen von jeder Form, neben der Esse
hingen Hämmer und Setzhämmer, Amboßaufsätze, Zangen
und Lötkolben, die Wand entlang Reihen von Feilen und Frä-
sen, auf den Borden lagen Öllappen, kleine Besen, Schmirgel-
feilen, Eisensägen und standen Ölkannen, Säureflaschen, Nä-
gel- und Schraubenkistchen herum.

Jeden Augenblick wurde der Schleifstein benützt.

Mit Genugtuung nahm Hans wahr, daß seine Hände schon ganz

schwarz waren, und hoffte, es möchte auch sein Anzug bald gebrauchter aussehen, der sich jetzt noch neben den schwarzen und geflickten Monturen der anderen lächerlich neu und blau ausnahm.

Wie der Vormittag vorschritt, kam auch von außen noch Leben in die Werkstatt. Es kamen Arbeiter aus der benachbarten Maschinenstrickerei, um kleine Maschinenteile schleifen oder reparieren zu lassen. Es kam ein Bauersmann, fragte nach seiner Waschmange, die zum Flicken da war, und fluchte lästerlich, als er hörte, sie sei noch nicht fertig. Dann kam ein eleganter Fabrikbesitzer, mit dem der Meister in einem Nebenraum verhandelte.

Daneben und dazwischen arbeiteten Menschen, Räder und Riemen gleichmäßig fort, und so vernahm und verstand Hans zum erstenmal in seinem Leben den Hymnus der Arbeit, der wenigstens für den Anfänger etwas Ergreifendes und angenehm Berauschendes hat, und sah seine kleine Person und sein kleines Leben einem großen Rhythmus eingefügt.

Um neun Uhr war eine Viertelstunde Pause, und jeder erhielt ein Stück Brot und ein Glas Most. Erst jetzt begrüßte August den neuen Lehrbuben. Er redete ihm aufmunternd zu und fing wieder an, vom nächsten Sonntag zu schwärmen, wo er seinen ersten Wochenlohn mit den Kollegen verjubeln wolle. Hans fragte, was das für ein Rad sei, das er abzufeilen habe, und er erfuhr, es gehöre zu einer Turmuhr. August wollte ihm noch zeigen, wie es später zu laufen und zu arbeiten habe, aber da fing der erste Geselle wieder zu feilen an, und alle gingen schnell an ihre Plätze.

Als es zwischen zehn und elf Uhr war, begann Hans, müde zu werden; die Knie und der rechte Arm taten ihm ein wenig weh. Er trat von einem Fuß auf den andern und streckte heimlich seine Glieder, aber es half nicht viel. Da ließ er die Feile für einen Augenblick los und stützte sich auf den Schraubstock. Es achtete niemand auf ihn. Wie er so stand und ruhte und über sich die Riemen singen hörte, kam eine leichte Betäubung über ihn, daß er eine Minute lang die Augen schloß. Da stand gerade der Meister hinter ihm.

»Na, was gibt's? Bist schon müd?«

»Ja, ein bißchen«, gestand Hans.

Die Gesellen lachten.

»Das gibt sich schon«, sagte der Meister ruhig. »Jetzt kannst du einmal sehen, wie man lötet. Komm!«

Hans schaute neugierig zu, wie gelötet wurde. Erst wurde der Kolben warm gemacht, dann die Lötstelle mit Lötwasser bestrichen, und dann tropfte vom heißen Kolben das weiße Metall und zischte gelind.

»Nimm einen Lappen und reibe das Ding gut ab. Lötwasser beizt, das darf man auf keinem Metall sitzen lassen.«

Darauf stand Hans wieder vor seinem Schraubstock und kratzte mit der Feile an dem Rädlein herum. Der Arm tat ihm weh, und die linke Hand, die auf die Feile drücken mußte, war rot geworden und begann zu schmerzen.

Um Mittag, als der Obergeselle seine Feile weglegte und zum Händewaschen ging, brachte er seine Arbeit dem Meister. Der sah sie flüchtig an.

»'s ist schon recht, man kann's so lassen. Unter deinem Platz in der Kiste liegt noch ein gleiches Rad, das nimmst du heut nachmittag vor.«

Nun wusch auch Hans sich die Hände und ging weg. Eine Stunde hatte er zum Essen frei.

Zwei Kaufmannsstifte, frühere Schulkameraden von ihm, gingen auf der Straße hinter ihm her und lachten ihn aus.

»Landexamensschlosser!« rief einer.

Er ging schneller. Er wußte nicht recht, ob er eigentlich zufrieden sei oder nicht; es hatte ihm in der Werkstatt gut gefallen, nur war er so müd geworden, so heillos müd.

Und unter der Haustüre, während er sich schon aufs Sitzen und Essen freute, mußte er plötzlich an Emma denken. Er hatte sie den ganzen Vormittag vergessen gehabt. Er ging leise in sein Stüblein hinauf, warf sich aufs Bett und stöhnte vor Qual. Er wollte weinen, aber seine Augen blieben trocken. Hoffnungslos sah er sich wieder der verzehrenden Sehnsucht hingegeben. Der Kopf stürmte und schmerzte ihm, und die Kehle tat ihm weh vor ersticktem Schluchzen.

Das Mittagessen war eine Qual. Er mußte dem Vater Rede stehen und erzählen und sich allerlei kleine Witze gefallen lassen, denn der Papa war guter Laune. Kaum hatte man gegessen, lief er in den Garten hinaus und brachte dort in der Sonne eine Viertelstunde halbträumend zu, dann war es Zeit, wieder in die Werkstatt zu gehen.

Schon vormittags hatte er rote Schwielen an den Händen bekommen, jetzt begannen sie ernstlich weh zu tun und waren am Abend so geschwollen, daß er nichts anfassen konnte, ohne Schmerzen zu haben. Und vor Feierabend mußte er noch unter Augusts Anleitung die ganze Werkstatt aufräumen.

Der Samstag war noch schlimmer. Die Hände brannten ihn, die Schwielen hatten sich zu Blasen vergrößert. Der Meister war schlechter Laune und fluchte beim kleinsten Anlaß. August tröstete zwar, das mit den Schwielen daure nur ein paar Tage, dann habe man harte Hände und spüre nichts mehr, aber Hans fühlte sich todunglücklich, schielte den ganzen Tag nach der Uhr und kratzte hoffnungslos an seinem Rädchen herum.

Abends beim Aufräumen teilte August ihm flüsternd mit, er gehe morgen mit ein paar Kameraden nach Bielach hinaus, es müsse flott und lustig hergehen und Hans dürfe auf keinen Fall fehlen. Er solle ihn um zwei Uhr abholen. Hans sagte zu, obwohl er am liebsten den ganzen Sonntag daheim liegengeblieben wäre, so elend und müde war er. Zu Hause gab ihm die alte Anna eine Salbe für die wunden Hände, er ging schon um acht Uhr ins Bett und schlief bis in den Vormittag hinein, so daß er sich sputen mußte, um noch mit dem Vater in die Kirche zu kommen.

Beim Mittagessen fing er von August zu reden an und daß er heute mit ihm über Feld wolle. Der Vater hatte nichts dagegen, schenkte ihm sogar fünfzig Pfennig und verlangte nur, er müsse zum Nachtessen wieder da sein.

Als Hans bei dem schönen Sonnenschein durch die Gassen schlenderte, hatte er seit Monaten zum erstenmal wieder eine Freude am Sonntag. Die Straße war feierlicher, die Sonne heiterer und alles festlicher und schöner, wenn man Arbeitstage mit schwarzen Händen und müden Gliedern hinter sich hatte. Er begriff jetzt die Metzger und Gerber, Bäcker und Schmiede, die vor ihren Häusern auf den sonnigen Bänken saßen und so königlich heiter aussahen, und er betrachtete sie nicht mehr als elende Banausen. Er schaute Arbeitern, Gesellen und Lehrlingen nach, die in Reihen spazieren- oder ins Wirtshaus gingen, den Hut ein wenig schief auf dem Kopf, mit weißen Hemdkragen und in ausgebürsteten Sonntagskleidern. Meistens, wenn auch nicht immer, blieben die Handwerker unter sich, Schreiner bei Schreinern, Maurer bei Maurern, hielten zusammen und wahrten die Ehre ihres Standes, und unter ihnen waren die Schlosser die vornehmste Zunft, obenan die Mechaniker. Das alles hatte etwas Anheimelndes, und wenn auch manches daran ein wenig naiv und lächerlich war, lag doch dahinter die Schönheit und der Stolz des Handwerks verborgen, die auch heute noch immer etwas Freudiges und Tüchtiges vorstellen und von denen der armseligste Schneiderlehrling noch einen kleinen Schimmer erhält.

Wie vor dem Schulerschen Hause die jungen Mechaniker standen, ruhig und stolz, Vorübergehenden zunickend und untereinander plaudernd, da konnte man wohl sehen, daß sie eine zuverlässige Gemeinschaft bildeten und keines Fremden bedurften, auch am Sonntag beim Vergnügen nicht.

Hans fühlte das auch und freute sich, zu diesen zu gehören. Doch empfand er eine kleine Angst vor dem geplanten Sonntagsvergnügen, denn er wußte schon, daß es bei den Mechanikern im Lebensgenusse massiv und reichlich zuging. Vielleicht würden sie sogar tanzen. Das konnte Hans nicht, im übrigen aber gedachte er, so gut als möglich seinen Mann zu stellen und nötigenfalls einen kleinen Katzenjammer zu riskieren. Er war nicht gewohnt, viel Bier zu trinken, und im Rauchen hatte er es mit Mühe dahin gebracht, daß er etwa eine Zigarre mit Vorsicht zu Ende bringen konnte, ohne Elend und Schande davon zu haben.

August begrüßte ihn mit festlicher Freudigkeit. Er erzählte, daß zwar der ältere Geselle nicht mitkommen wolle, dafür aber ein Kollege aus einer andern Werkstatt, so seien sie wenigstens vier Leute, und das genüge schon, um ein ganzes Dorf umzudrehen. Bier könne heute jeder trinken, soviel er möge, denn das bezahle er für alle. Er bot Hans eine Zigarre an, dann setzten sich die vier langsam in Bewegung, bummelten langsam und stolz durch die Stadt und fingen erst unten am Lindenplatz an, schneller zu marschieren, um beizeiten nach Bielach zu kommen! Der Spiegel des Flusses flimmerte blau, gold und weiß, durch die fast ganz entblätterten Ahorne und Akazien der Straßenalleen wärmte eine milde Oktobersonne herab, der hohe Himmel war wolkenlos hellblau. Es war einer von den stillen, reinen und freundlichen Herbsttagen, an denen alles Schöne des vergangenen Sommers wie eine leidlose, lächelnde Erinnerung die milde Luft erfüllt, an denen die Kinder die Jahreszeit vergessen und meinen, sie müssen Blumen suchen, und an denen die alten Leute mit sinnenden Augen vom Fenster oder von der Bank vorm Hause in die Lüfte schauen, weil es ihnen scheint, die freundlichen Erinnerungen nicht nur des Jahres, sondern ihres ganzen abgelaufenen Lebens flögen sichtbar durch die klare Bläue. Die Jungen aber sind guter Dinge und preisen den schönen Tag, je nach Gaben und Gemütsart, durch Trankopfer oder Schlachtopfer, durch Gesang oder Tanz, durch Trinkgelage oder durch großartige Raufhändel, denn überall sind frische Obstkuchen gebacken worden, liegt junger Apfelmost oder Wein gärend im Keller und feiert Geige oder Harmonika vor den Wirtshäusern und auf den Lindenplätzen die letzten schönen Tage des Jahres und ladet zu Tanz und Liedersingen und Liebesspielen ein.

Die jungen Burschen wanderten rasch voran. Hans rauchte seine Zigarre mit dem Anschein der Sorglosigkeit und wunderte sich selber darüber, daß sie ihm ganz wohl bekam. Der Gesell erzählte von seiner Wanderschaft, und niemand nahm daran Anstoß, daß er das Maul so voll nahm; das gehörte zur Sache. Auch der bescheidendste Handwerksgeselle, wenn er im Brot sitzt und vor Augenzeugen sicher ist, erzählt von seinen Wanderzeiten in einem großartigen und flotten, ja sagenhaften Ton. Denn die wundervolle Poesie des Handwerksburschenlebens ist Gemeingut des Volkes und dichtet aus jedem einzelnen heraus die traditionellen alten Abenteuer neu mit neuen Arabesken, und jeder Fechtbruder hat, wenn er ins Erzählen gerät, ein Stück vom unsterblichen Eulenspiegel und ein Stück vom unsterblichen Straubinger in sich.

»Also, in Frankfurt, wo ich damals gewesen bin, sackerlot, da war noch ein Leben! Hab ich denn das noch nie erzählt, wie ein reicher Kaufmann, so ein geschleckter Aff, meines Meisters Tochter hat heiraten wollen; aber sie hat ihn heimgeschickt, weil ich ihr um eine Nummer lieber war, und ist mein Schatz gewesen vier Monat lang, und wenn ich nicht Händel mit dem Alten bekommen hätt, säß ich jetzt dort und wär sein Schwiegersohn.«

Und weiter erzählte er, wie ihn der Meister, das Luder, hat kuranzen wollen, der elende Seelenverkäufer, und hat's einmal gewagt und die Hand nach ihm ausgestreckt, da hat er aber kein Wort gesagt, sondern bloß den Schmiedehammer geschwungen und den Alten mal so angesehen, und der ist aber ganz still weggegangen, weil ihm sein Schädel lieb war, und hat ihm dann nachher schriftlich gekündigt, der feige Tropf. Und er erzählte von einer großen Schlacht in Offenburg, wo drei Schlosser, er dabei, sieben Fabrikler halb tot geschlagen haben, – wer nach Offenburg kommt, braucht bloß den langen Schorsch zu fragen, der ist noch dort und ist damals mitgewesen.

Das alles wurde mit einem kühl-brutalen Ton, aber mit großem innerem Eifer und Wohlgefallen mitgeteilt, und jeder hörte mit tiefem Vergnügen zu und beschloß im stillen, diese Geschichte später auch einmal zu erzählen, anderswo bei andern Kameraden. Denn jeder Schlosser hat einmal seines Meisters Tochter zum Schatz gehabt und ist einmal mit dem Hammer auf einen bösen Meister losgegangen und hat einmal sieben Fabrikler elend durchgehauen. Bald spielt die Geschichte im Badischen, bald in Hessen oder in der Schweiz, bald war es statt des Hammers die Feile oder ein glühendes Eisen, bald waren es statt Fabriklern Bäcker oder Schneider, aber es sind immer die alten Geschichten, und man hört sie immer wieder gern, denn sie sind alt und gut, und machen der Zunft Ehre. Womit nicht gesagt sein soll, daß es nicht immer wieder und auch heute noch unter den Wanderburschen solche gibt, die Genies im Erleben oder Genies im Erfinden sind, was beides ja im Grunde dasselbe ist. Namentlich August war hingerissen und vergnügt. Er lachte fortwährend und stimmte zu, fühlte sich schon als halber Geselle und blies mit verächtlicher Genießermiene den Tabakrauch in die goldige Luft. Und der Erzähler spielte seine Rolle weiter, denn es kam ihm darauf an, sein Mitdabeisein als eine gutmütige Herablassung hinzustellen, da er als Gesell eigentlich am Sonntag nicht zu den Lehrlingen gehörte und sich hätte schämen sollen, dem Buben seine Batzen vertrinken zu helfen. Man war eine gute Strecke die Landstraße flußabwärts gegangen; jetzt hatte man die Wahl zwischen einem langsam steigenden, im Bogen bergan führenden Fahrsträßchen und einem steilen Fußweg, der nur halb so weit war. Man wählte die Fahrstraße, wenn sie auch weit und staubig war. Fußwege sind für den Werktag und für spazierengehende Herren; das Volk aber liebt, namentlich an Sonntagen, die Landstraße, deren Poesie ihm noch nicht verlorengegangen ist. Steile Fußwege ersteigen, das ist für Bauersleute oder für Naturfreunde aus der Stadt, das ist eine Arbeit oder ein Sport, aber kein Vergnügen fürs Volk. Dagegen eine Landstraße, wo man behaglich vorwärts kommt und dabei plaudern kann, wo man Stiefel und Sonntagskleider schont, wo man Wagen und Pferde sieht, andere Bummler antrifft und einholt, geputzten Mädchen und singenden Burschengruppen begegnet, wo einem Witze nachgerufen werden, die man lachend heimgibt, wo man stehen und schwatzen und ledigen Falles den Mädchenreihen nachlaufen und nachlachen oder des Abends persönliche Differenzen mit guten Kameraden durch Taten zum Ausdruck und Ausgleich bringen kann!

Man ging also den Fahrweg, der sich in großem Bogen ruhig und freundlich berghinan zog wie einer, der Zeit hat und kein Schweißvergießen liebt. Der Geselle zog den Rock aus und trug ihn am Stock auf der Achsel, statt des Erzählens hatte er nun zu pfeifen begonnen, auf eine überaus verwegene und lebenslustige Art, und pfiff, bis man nach einer Stunde in Bielach ankam. Über Hans waren einige Sticheleien ergangen, die ihn nicht stark anfochten und von August eifriger als von ihm selber pariert wurden. Und nun stand man vor Bielach.

Das Dorf lag mit roten Ziegeldächern und silbergrauen Strohdächern zwischen herbstfarbige Obstbäume gebettet, rückwärts vom dunklen Bergwalde überragt.

Die jungen Leute wollten über das Wirtshaus, in das man einkehren wollte, nicht einig werden. Der »Anker« hatte das beste Bier, aber der »Schwan« die besten Kuchen, und im »Scharfen Eck« war eine schöne Wirtstochter. Endlich setzte August durch, daß man in den »Anker« gehe, und deutete augenzwinkernd an, das »Scharfe Eck« werde wohl während der paar Schoppen nicht davonlaufen und auch nachher noch zu finden sein. Das war allen recht, und so ging man ins Dorf, an den Ställen und an den mit Geranienstöcken besetzten niederen Bauernfenstern vorbei auf den »Anker« los, dessen goldenes Schild über zwei junge, runde Kastanien hinweg in der Sonne gleißend lockte. Zum Leidwesen des Gesellen, der durchaus innen sitzen wollte, war die Schankstube überfüllt, und man mußte im Garten Platz nehmen.

Der »Anker« war nach den Begriffen seiner Gäste ein feines Lokal, also kein altes Bauernwirtshaus, sondern ein moderner Backsteinwürfel mit zu vielen Fenstern, mit Stühlen statt der Bänke und mit einer Menge von farbigen Reklameschildern aus Blech, ferner mit einer städtisch angezogenen Kellnerin und einem Wirte, den man niemals in Hemdärmeln, sondern stets in einem vollständigen braunen Anzug nach der Mode zu sehen bekam. Er war eigentlich bankrott, hatte aber sein eigenes Haus von seinem Hauptgläubiger, einem großen Bierbrauer, in Pacht genommen und war seither noch vornehmer geworden. Der

Garten bestand aus einem Akazienbaum und aus einem großen Drahtgitter, das von wildem Wein einstweilen zur Hälfte überwachsen war.

»Zum Wohl, ihr Leute!« schrie der Geselle und stieß mit allen dreien an. Und um sich zu zeigen, trank er das ganze Glas auf einen Zug leer.

»Sie, schönes Fräulein, da war ja gar nix drin; bringen Sie gleich noch eins!« rief er der Kellnerin zu und streckte ihr über den Tisch weg das Schoppenglas entgegen.

Das Bier war vorzüglich, kühl und nicht zu bitter, und Hans ließ sich sein Glas fröhlich schmecken. August trank mit Kennermiene, schnalzte mit der Zunge und rauchte nebenher wie ein schlechter Ofen, was Hans still bewunderte.

Es war doch nicht so übel, so seinen fidelen Sonntag zu haben und am Wirtstisch zu sitzen wie einer, der es darf und verdient hat, und mit Leuten, die das Leben und das Lustigsein loshatten. Es war schön, mitzulachen und bisweilen selber einen Witz zu riskieren, es war schön und männlich, nach dem Austrinken sein Glas mit Nachdruck auf den Tisch zu knallen und sorglos zu rufen: »Noch eins, Fräulein!« Es war schön, einem Bekannten am andern Tische zuzutrinken, den kalten Zigarrenstumpen in der Linken hängen zu lassen und den Hut ins Genick zu schieben wie die andern.

Der mitgekommene fremde Geselle begann nun auch warm zu werden und zu erzählen. Er wußte von einem Schlosser in Ulm, der konnte zwanzig Glas Bier trinken, von dem guten Ulmer Bier, und wenn er damit fertig war, wischte er sich das Maul und sagte: so, jetzt noch ein gutes Fläschle Wein! Und er hatte in Cannstatt einen Heizer gekannt, der zwölf Knackwürste hintereinander essen konnte und eine Wette damit gewonnen hatte. Aber eine zweite solche Wette hatte er verloren. Er hatte sich vermessen, die Speisekarte einer kleinen Wirtschaft durchzuspeisen, und er hatte auch fast alles verzehrt, aber am Schluß der Speisekarte kamen viererlei Arten Käse, und wie er bei der dritten war, schob er den Teller weg und sagte: jetzt lieber sterben als noch einen Bissen!

Auch diese Geschichten fanden reichen Beifall, und es zeigte sich, daß es da und dort auf Erden ausdauernde Trinker und Esser gebe, denn jeder wußte von einem solchen Helden und seinen Leistungen zu erzählen. Beim einen war es »ein Mann in Stuttgart«, beim andern »ein Dragoner, ich glaub, in Ludwigsburg«, beim einen waren es siebzehn Kartoffeln gewesen, beim anderen elf Pfannkuchen mit Salat. Man brachte diese Begebenheiten mit sachlichem Ernste vor und gab sich mit Behagen der Erkenntnis hin, daß es doch vielerlei schöne Gaben und merkwürdige Menschen gibt und auch tolle Käuze darunter. Dies Behagen und diese Sachlichkeit sind alte ehrwürdige Erbstücke jedes Stammtischphilisteriums und werden von den jungen Leuten nachgeahmt so gut wie Trinken, Politisieren, Rauchen, Heiraten und Sterben.

Beim dritten Glas fragte einer, ob es denn keine Kuchen gebe. Man rief der Kellnerin und erfuhr, nein, es gebe keine Kuchen, worüber alle sich schrecklich aufregten. August stand auf und sagte, wenn's nicht einmal Kuchen gebe, dann könne man ja ein Haus weiter gehen. Der fremde Geselle schimpfte über die miserable Wirtschaft, nur der Frankfurter war fürs Bleiben, denn er hatte sich ein wenig mit der Kellnerin eingelassen und sie schon mehrmals intensiv gestreichelt. Hans hatte zugesehen, und dieser Anblick samt dem Bier hatte ihn seltsam aufgeregt. Er war froh, daß man jetzt fortging.

Als die Zeche bezahlt war und alle auf die Straße traten, begann Hans seine drei Schoppen ein wenig zu spüren. Es war ein angenehmes Gefühl, halb Müdigkeit, halb Unternehmungslust, auch war etwas wie ein dünner Schleier vor seinen Augen, durch welchen alles entfernter und fast unwirklich aussah, ähnlich wie man im Traum sieht. Er mußte beständig lachen, hatte den Hut noch etwas kühner schief gesetzt und kam sich wie ein ausbündig fideler Kerl vor. Der Frankfurter pfiff wieder auf seine kriegerische Art, und Hans versuchte, im Takt dazu zu gehen.

Im »Scharfen Eck« war's ziemlich still. Ein paar Bauern tranken neuen Wein. Es gab kein offenes Bier, nur Flaschen, und sogleich bekam jeder eine vorgesetzt. Der fremde Geselle wollte sich nobel zeigen und bestellte für alle zusammen einen großen Apfelkuchen. Hans fühlte plötzlich einen gewaltigen Hunger und aß hintereinander ein paar Stücke davon. Es saß sich dämmerig und bequem in der alten braunen Wirtsstube auf den festen, breiten Wandbänken. Die altmodische Kredenz und der riesige Ofen verschwanden im Halbdunkel, in einem großen Käfig mit Holzstäben flatterten zwei Meisen, denen ein voller Zweig roter Vogelbeeren als Futter durchs Gestäbe gesteckt war.

Der Wirt trat für einen Augenblick an den Tisch und hieß die Gäste willkommen. Darauf dauerte es eine Weile, bis ein Gespräch zurecht kam. Hans nahm einige Schlückchen von dem scharfen Flaschenbier und war neugierig, ob er wohl mit der ganzen Flasche fertig würde.

Der Frankfurter schwadronierte wieder grausam, von rheinländischen Weinbergfesten, von Wanderschaft und Pennenleben; man hörte ihm fröhlich zu, und auch Hans kam aus dem Lachen nicht mehr heraus.

Auf einmal merkte er, daß es mit ihm nicht mehr ganz richtig sei. Alle Augenblicke flossen ihm Zimmer, Tisch, Flaschen, Gläser und Kameraden zu einem sanften braunen Gewölk zusammen und nahmen nur, wenn er sich kräftig aufraffte, wieder Gestalt an. Von Zeit zu Zeit, wenn Gespräch und Gelächter heftiger anschwoll, lachte er laut mit oder sagte etwas, was er sogleich wieder vergaß. Wenn angestoßen wurde, tat er mit, und nach einer Stunde sah er mit Erstaunen, daß seine Flasche leer war.

»Du hast einen guten Zug«, sagte August. »Willst noch eine?« Hans nickte lachend. Er hatte sich so eine Trinkerei viel gefährlicher vorgestellt. Und als jetzt der Frankfurter ein Lied anstimmte und alle einfielen, da sang auch er aus voller Kehle mit. Mittlerweile hatte sich die Stube gefüllt, und es kam die Wirtstochter, um der Kellnerin im Bedienen zu helfen. Sie war eine große, schöngewachsene Person mit einem gesunden, kräftigen Gesicht und ruhigen, braunen Augen.

Als sie die neue Flasche vor Hans hinstellte, bombardierte sie sogleich der daneben sitzende Geselle mit seinen zierlichsten Galanterien, denen sie aber kein Gehör gab. Vielleicht, um jenem ihre Nichtachtung zu zeigen, oder vielleicht, weil sie an dem feinen Bubenköpfchen Gefallen fand, wandte sie sich zu Hans und fuhr ihm schnell mit der Hand übers Haar; dann ging sie in die Kredenz zurück.

Der Geselle, der schon an der dritten Flasche war, folgte ihr und gab sich alle Mühe, ein Gespräch mit ihr in Gang zu bringen, aber ohne Erfolg. Das große Mädchen sah ihn gleichmütig an, gab keine Antwort und kehrte ihm bald den Rücken zu. Da kam er an den Tisch zurück, trommelte mit der leeren Flasche und rief mit plötzlicher Begeisterung: »Wir wollen fidel sein, Kinder; stoßet an!«

Und nun erzählte er eine saftige Weibergeschichte.

Hans hörte nur noch ein trübes Stimmengemisch, und als er mit seiner zweiten Flasche nahezu fertig war, begann ihm das Sprechen und sogar das Lachen schwerzufallen. Er wollte zu dem Meisenkäfig hinübergehen und die Vögel ein wenig necken; aber nach zwei Schritten wurde ihm schwindlig, er wäre ums Haar gestürzt und kehrte vorsichtig um.

Von da an ließ seine ausgelassene Fröhlichkeit mehr und mehr nach. Er wußte, daß er einen Rausch habe, und die ganze Trinkerei kam ihm nicht mehr lustig vor. Und wie in einer weiten Ferne sah er allerlei Unheil ihn erwarten: den Heimweg, einen bösen Auftritt mit dem Vater und morgen früh wieder die Werkstatt. Allmählich schmerzte ihm auch der Kopf.

Auch die andern hatten des Guten genug geleistet. In einem klaren Augenblick begehrte August zu zahlen und bekam auf seinen Taler wenig heraus. Schwatzend und lachend ging man auf die Straße, vom hellen Abendlicht geblendet. Hans konnte sich kaum mehr aufrecht halten, er lehnte sich schwankend an August und ließ sich von ihm mitziehen.

Der fremde Schlosser war sentimental geworden. Er sang »Morgen muß ich fort von hier« und hatte Tränen in den Augen.

162

Eigentlich wollte man heimgehen, aber als man am »Schwa-
nen« vorüberkam, bestand der Geselle drauf, noch hineinzuge-
hen. Unter der Türe machte Hans sich los.

»Ich muß heim.«

»Du kannst ja nimmer allein laufen«, lachte der Geselle.

»Doch, doch. Ich – muß – heim.«

»So nimm wenigstens noch einen Schnaps, Kleiner! Der hilft dir
auf die Beine und bringt den Magen in Ordnung. Jawohl, du
wirst sehen.«

Hans spürte ein kleines Glas in seiner Hand. Er verschüttete
viel davon, den Rest schluckte er und fühlte ihn wie Feuer im
Schlunde brennen. Ein heftiger Ekel schüttelte ihn. Allein tau-
melte er die Vortreppe hinab und kam, er wußte nicht wie, zum
Dorf hinaus. Häuser, Zäune und Gärten drehten sich schief und
wirr an ihm vorüber.

Unter einem Apfelbaum legte er sich in die feuchte Wiese. Eine
Menge von widerlichen Gefühlen, quälenden Befürchtungen
und halbfertigen Gedanken hinderte ihn am Einschlafen. Er
kam sich beschmutzt und geschändet vor. Wie sollte er nach
Haus kommen? Was sollte er dem Vater sagen? Und was sollte
morgen aus ihm werden? Er kam sich so gebrochen und elend
vor, als müsse er nun eine Ewigkeit ruhen, schlafen, sich schämen. Kopf und Augen taten ihm weh, und er fühlte nicht einmal
so viel Kraft in sich, um aufzustehen und weiterzugehen.

Plötzlich kam wie eine verspätete, flüchtige Welle ein Anflug
der vorigen Lustigkeit zurück; er schnitt eine Grimasse und
sang vor sich hin:

O du lieber Augustin,
Augustin, Augustin,
O du lieber Augustin,
Alles ist hin.

Und kaum hatte er ausgesungen, so tat ihm etwas im Innersten
weh und stürmte eine trübe Flut von unklaren Vorstellungen
und Erinnerungen, von Scham und Selbstvorwürfen auf ihn ein.

Er stöhnte laut und sank schluchzend ins Gras.

Nach einer Stunde, es dunkelte schon, erhob er sich und schritt unsicher und mühsam bergabwärts.

Herr Giebenrath hatte ausgiebig geschimpft, als sein Bub zum Nachtessen ausgeblieben war. Als es neun Uhr wurde und Hans noch immer nicht da war, legte er ein lang nicht mehr gebrauchtes, starkes Meerrohr bereit. Der Kerl meinte wohl, er sei der väterlichen Rute bereits entwachsen? Der konnte sich gratulieren, wenn er heimkam!

Um zehn Uhr verschloß er die Haustüre. Wenn der Herr Sohn nachtschwärmen wollte, konnte er ja sehen, wo er bliebe.

Trotzdem schlief er nicht, sondern wartete mit wachsendem Grimm von Stunde zu Stunde darauf, daß eine Hand die Klinke probiere und schüchtern an der Glocke ziehe. Er stellte sich die Szene vor – der Herumtreiber konnte ja was erleben! Wahrscheinlich würde der Lausbub besoffen sein, aber er würde dann schon nüchtern werden, der Bengel, der Heimtücker, der elendige! Und wenn er ihm alle Knochen gegeneinander hauen mußte.

Endlich bezwang ihn und seine Wut der Schlaf.

Zu derselben Zeit trieb der so bedrohte Hans schon kühl und still und langsam im dunklen Flusse talabwärts. Ekel, Scham und Leid waren von ihm genommen, auf seinen dunkel dahintreibenden, schmächtigen Körper schaute die kalte, bläuliche Herbstnacht herab, mit seinen Händen und Haaren und erblaßten Lippen spielte das schwarze Wasser. Niemand sah ihn, wenn nicht etwa der vor Tagesanbruch auf Jagd ziehende scheue Fischotter, der ihn listig beäugte und lautlos an ihm vorüberglitt. Niemand wußte auch, wie er ins Wasser geraten sei. Er war vielleicht verirrt und an einer abschüssigen Stelle ausgeglitten; er hatte vielleicht trinken wollen und das Gleichgewicht verloren. Vielleicht hatte der Anblick des schönen Wassers ihn gelockt, daß er sich darüberbeugte, und da ihm Nacht und Mondblässe so voll Frieden und tiefer Rast entgegenblickten, trieb ihn Müdigkeit und Angst mit stillem Zwang in die Schatten des Todes.

Am Tage fand man ihn und trug ihn heim. Der erschrockene Vater mußte seinen Stock beiseite tun und seinen angesammelten Grimm fahrenlassen. Zwar weinte er nicht und ließ sich wenig merken, aber in der folgenden Nacht blieb er wieder wach und blickte zuweilen durch den Türspalt zu seinem stillgewordenen Kinde hinüber, das auf einem reinen Bette lag und noch immer mit der feinen Stirn und dem bleichen, klugen Gesicht so aussah, als wäre es etwas Besonderes und habe das eingeborne Recht, ein anderes Schicksal als andere zu haben. An Stirn und Händen war die Haut ein wenig bläulichrot abgeschürft, die hübschen Züge schlummerten, über den Augen lagen die weißen Lider, und der nicht ganz geschlossene Mund sah zufrieden und beinahe heiter aus. Es hatte das Ansehen, der Junge sei plötzlich in der Blüte gebrochen und aus einer freudigen Bahn gerissen, und auch der Vater erlag in seiner Müdigkeit und einsamen Trauer dieser lächelnden Täuschung.

Die Beerdigung zog eine große Zahl von Mitgängern und Neugierigen an. Wieder war Hans Giebenrath eine Berühmtheit geworden, für die sich jeder interessierte, und wieder nahmen die Lehrer, der Rektor und der Stadtpfarrer an seinem Schicksal teil. Sie erschienen sämtlich in Gehröcken und feierlichen Zylindern, begleiteten den Leichenzug und blieben am Grabe einen Augenblick stehen, untereinander flüsternd. Der Lateinlehrer sah besonders melancholisch aus, und der Rektor sagte leise zu ihm:
»Ja, Herr Professor, aus dem hätte etwas werden können. Ist es nicht ein Elend, daß man gerade mit den Besten so oft Pech hat?«
Beim Vater und der alten Anna, die ununterbrochen heulte, blieb der Meister Flaig am Grabe zurück.
»Ja, so was ist herb, Herr Giebenrath«, sagte er teilnehmend.
»Ich habe den Buben auch liebgehabt.«
»Man begreift's nicht«, seufzte Giebenrath. »Er ist so begabt gewesen, und alles ist ja auch gutgegangen, Schule, Examen – und dann auf einmal ein Unglück übers andere!«

Der Schuhmacher deutete den durchs Kirchhoftor abziehenden Gehröcken nach.

»Dort laufen ein paar Herren«, sagte er leise, »die haben auch mitgeholfen, ihn so weit zu bringen.«

»Was?« fuhr der andere auf und starrte den Schuster zweifelnd und erschrocken an. »Ja, sackerlot, wieso denn?«

»Seien Sie ruhig, Herr Nachbar. Ich hab' bloß die Schulmeister gemeint.«

»Wieso? Wie denn?«

»Ach, nichts weiter. Und Sie und ich, wir haben vielleicht auch mancherlei an dem Buben versäumt, meinen Sie nicht?«

Über dem Städtchen war ein fröhlich blauer Himmel ausgespannt, im Tale glitzerte der Fluß, die Tannenberge blauten weich und sehnlich in die Weite. Der Schuhmacher lächelte traurig und nahm des Mannes Arm, der aus der Stille und seltsam schmerzlichen Gedankenfülle dieser Stunde zögernd und verlegen den Niederungen seines gewohnten Daseins entgegenschritt.

1877	geboren am 2. Juli in Calw/Württemberg als Sohn des baltischen Missionars und späteren Leiters des »Calwer Verlagsvereins« Johannes Hesse (1847–1916) und dessen Frau Marie verw. Isenberg, geb. Gundert (1842–1902), der ältesten Tochter des namhaften Indologen und Missionars Hermann Gundert.
1881–1886	wohnt Hesse mit seinen Eltern in Basel, wo der Vater bei der »Basler Mission« unterrichtet und 1883 die Schweizer Staatsangehörigkeit erwirbt (zuvor: russische Staatsangehörigkeit).
1886–1889	Rückkehr der Familie nach Calw (Juli), wo Hesse das Reallyzeum besucht.
1890–1891	Lateinschule in Göppingen zur Vorbereitung auf das württembergische Landexamen (Juli 1891), der Voraussetzung für eine kostenlose Ausbildung zum ev. Theologen im »Tübinger Stift«. Als staatlicher Schüler muß Hesse auf sein Schweizer Bürgerrecht verzichten. Deshalb erwirbt ihm der Vater im November 1890 die württembergische Staatsangehörigkeit (als einzigem Mitglied der Familie).
1891–1892	Seminarist im ev. Klosterseminar Maulbronn (ab Sept. 1891), aus dem er nach 7 Monaten flieht, weil er »entweder Dichter oder gar nichts werden wollte«.
1892	bei Christoph Blumhardt in Bad Boll (April bis Mai); Selbstmordversuch (Juni), Aufenthalt in der Nervenheilanstalt Stetten (Juni–August). Aufnahme in das Gymnasium von Cannstatt (Nov. 1892), wo er
1893	im Juli das Einjährig-Freiwilligen-Examen (Obersekundareife) absolviert. »Werde Sozialdemokrat und laufe ins Wirtshaus. Lese fast nur Heine, den ich sehr nachahmte.« Im Oktober Beginn einer Buchhändlerlehre in Esslingen, die er aber schon nach drei Tagen aufgibt.
1894–1895	15 Monate als Praktikant in der Calwer Turmuhrenfabrik Perrot. Plan, nach Brasilien auszuwandern.

1895–1898	Buchhändlerlehre in Tübingen (Buchhandlung Heckenhauer). 1896 erste Gedichtpublikation in »Das deutsche Dichterheim«, Wien. Die erste Buchpublikation *Romantische Lieder* erscheint im Oktober 1898.
1899	Beginn der Niederschrift eines Romans *Schweinigel* (Manuskript noch nicht aufgefunden). Der Prosaband *Eine Stunde hinter Mitternacht* erscheint im Juni bei Diederichs, Jena.
	Im September Übersiedlung nach Basel, wo Hesse bis Januar 1901 als Sortimentsgehilfe in der Reich'schen Buchhandlung beschäftigt ist.
1900	beginnt er für die »Allgemeine Schweizer Zeitung« Artikel und Rezensionen zu schreiben, die ihm mehr noch als seine Bücher »einen gewissen lokalen Ruf machten, der mich im gesellschaftlichen Leben sehr unterstützte«.
1901	Von März bis Mai erste Italienreise.
	Ab August 1901 (bis Frühjahr 1903) Buchhändler im Basler Antiquariat Wattenwyl.
	Die *Hinterlassenen Schriften und Gedichte von Hermann Lauscher* erscheinen im Herbst bei R. Reich.
1902	*Gedichte* erscheinen bei Grote, Berlin, seiner Mutter gewidmet, die kurz vor Erscheinen des Bändchens stirbt.
1903	Nach Aufgabe der Buchhändler- und Antiquariatsstellung zweite Italienreise, gemeinsam mit Maria Bernoulli, mit der er sich im Mai verlobt. Kurz davor Abschluß der Niederschrift des *Camenzind*-Manuskripts, das Hesse auf Einladung des S. Fischer Verlags nach Berlin sendet. Ab Oktober (bis Juni 1904) u. a. Niederschrift von *Unterm Rad* in Calw.
1904	*Peter Camenzind* erscheint bei S. Fischer, Berlin. Eheschließung mit Maria Bernoulli und Umzug nach Gaienhofen am Bodensee (Juli) in ein leerstehendes Bauernhaus. Freier Schriftsteller und Mitarbeiter an zahlreichen Zeitungen und Zeitschriften (u. a. »Die Propyläen«, d. i. »Münchner Zeitung«; »Die Rheinlande«; »Simplicissimus«; »Der Schwabenspiegel«, d. i. »Württemberger Zeitung«). Die biographischen Studien *Boccaccio* und *Franz von Assisi* er-

scheinen bei Schuster & Loeffler, Berlin und Leipzig.

1905   im Dezember Geburt des Sohnes Bruno.

1906   *Unterm Rad* (1903–1904 entstanden) erscheint bei S. Fischer, Berlin. Gründung der liberalen, gegen das persönliche Regiment Wilhelms II. gerichteten Zeitschrift »März« (Verlag Albert Langen, München), als deren Mitherausgeber Hesse bis 1912 zeichnet.

1907   *Diesseits* (Erzählungen) erscheint bei S. Fischer, Berlin. In Gaienhofen baut und bezieht Hesse ein eigenes Haus »Am Erlenloh«.

1908   *Nachbarn* (Erzählungen) erscheint bei S. Fischer, Berlin.

1909   im März Geburt des zweiten Sohnes Heiner.

1910   *Gertrud* (Roman) erscheint bei Albert Langen, München.

1911   im Juli Geburt des dritten Sohnes Martin. *Unterwegs* (Gedichte) erscheint bei Georg Müller, München; Sept. bis Dez. Indienreise mit dem befreundeten Maler Hans Sturzenegger.

1912   *Umwege* (Erzählungen) erscheint bei S. Fischer, Berlin. Hesse verläßt Deutschland für immer und übersiedelt mit seiner Familie nach Bern in das Haus des verstorbenen befreundeten Malers Albert Welti.

1913   *Aus Indien.* Aufzeichnungen einer indischen Reise, erscheint bei S. Fischer, Berlin.

1914   *Roßhalde* (Roman), erscheint im März bei S. Fischer, Berlin. Bei Kriegsbeginn meldet sich Hesse freiwillig, wird aber als dienstuntauglich zurückgestellt und 1915 der Deutschen Gesandtschaft in Bern zugeteilt, wo er von nun an im Dienst der »Deutschen Gefangenenfürsorge« bis 1919 Hunderttausende von Kriegsgefangenen und Internierten in Frankreich, England, Rußland und Italien mit Lektüre versorgt, Gefangenenzeitschriften (z. B. die »Deutsche Interniertenzeitung«) herausgibt, redigiert und 1917 einen eigenen Verlag für Kriegsgefangene (»Verlag der Bücherzentrale für deutsche Kriegsgefangene«) aufbaut, in welchem bis 1919 22 von H. H. edierte Bände erscheinen

Zahlreiche politische Aufsätze, Mahnrufe, offene Briefe etc. in deutschen, schweizerischen und österreichischen Zeitungen und Zeitschriften.

1915 *Knulp*. Drei Geschichten aus dem Leben Knulps (Teilvorabdruck bereits 1908), erscheint bei S. Fischer, Berlin.
Am Weg (Erzählungen) erscheint bei Reuß & Itta, Konstanz.
Musik des Einsamen. Neue Gedichte, erscheint bei Eugen Salzer, Heilbronn.
Schön ist die Jugend (Erzählungen) erscheint bei S. Fischer, Berlin.

1916 Tod des Vaters, beginnende Schizophrenie seiner Frau und Erkrankung des jüngsten Sohnes führen zu einem Nervenzusammenbruch Hesses. Erste psychotherapeutische Behandlung durch den C. G. Jung-Schüler J. B. Lang bei einer Kur in Sonnmatt bei Luzern. Gründung der »Deutschen Interniertenzeitung« und des »Sonntagsboten für die deutschen Kriegsgefangenen«.

1917 wird Hesse nahegelegt, seine zeitkritische Publizistik zu unterlassen. Erste pseudonyme Zeitungs- und Zeitschriftpublikationen unter dem Decknamen Emil Sinclair. Niederschrift des *Demian* (Sept. bis Okt.).

1919 Die politische Flugschrift *Zarathustras Wiederkehr*. Ein Wort an die deutsche Jugend von einem Deutschen, erscheint anonym im Verlag Stämpfli, Bern.
Auflösung des Berner Haushalts (April). Trennung von seiner in einer Heilanstalt internierten Frau. Unterbringung der Kinder bei Freunden. Im Mai Übersiedlung nach Montagnola/Tessin in die Casa Camuzzi, die er bis 1931 bewohnt.
Kleiner Garten. Erlebnisse und Dichtungen, erscheint bei E. P. Tal & Co., Wien und Leipzig.
Demian. Die Geschichte einer Jugend, erscheint bei S. Fischer, Berlin, unter dem Pseudonym Emil Sinclair. Die Sammlung *Märchen* erscheint bei S. Fischer, Berlin. Grün-

dung und Herausgabe der Zeitschrift »Vivos voco«, Für neues Deutschtum (Leipzig und Bern).

1920 *Gedichte des Malers,* Zehn Gedichte mit farbigen Zeichnungen, und die Dostojewski-Essays u. d. T. *Blick ins Chaos* erscheinen im Verlag Seldwyla, Bern.
Klingsors letzter Sommer (Erzählungen) erscheint bei S. Fischer, Berlin; danach, ebenfalls bei S. Fischer, *Wanderung.* Aufzeichnungen mit farbigen Bildern vom Verfasser.
Zarathustras Wiederkehr, Neuauflage bei S. Fischer, diesmal unter Angabe des Autors.

1921 *Ausgewählte Gedichte* erscheinen bei S. Fischer, Berlin. Krise mit fast anderthalbjähriger Unproduktivität zwischen der Niederschrift des ersten und des zweiten Teils von *Siddhartha.* Psychoanalyse bei C. G. Jung in Küsnacht bei Zürich.
Elf Aquarelle aus dem Tessin erscheint bei O. C. Recht, München.

1922 *Siddhartha.* Eine indische Dichtung, erscheint bei S. Fischer, Berlin.

1923 *Sinclairs Notizbuch* erscheint bei Rascher, Zürich. Erster Kuraufenthalt in Baden bei Zürich, das er fortan (bis 1952) alljährlich im Spätherbst aufsucht. Die Ehe mit Maria Bernoulli wird geschieden (Juni).

1924 Hesse wird wieder Schweizer Staatsbürger.
Bibliotheks- und Vorbereitungsarbeiten an seinen Herausgeberprojekten in Basel. Heirat mit Ruth Wenger, Tochter der Schriftstellerin Lisa Wenger.
Ende März Rückkehr nach Montagnola.
Psychologia Balnearia oder Glossen eines Badener Kurgastes, erscheint als Privatdruck; ein Jahr später als erster Band in der Ausstattung der »Gesammelten Werke in Einzelausgaben« u. d. T.:

1925 *Kurgast* bei S. Fischer, Berlin. Lesereise u. a. nach Ulm, München, Augsburg, Nürnberg (im November).

1926 *Bilderbuch* (Schilderungen) erscheint bei S. Fischer, Berlin. Hesse wird als auswärtiges Mitglied in die Sektion für Dichtkunst der Preußischen Akademie der Künste gewählt, aus der er 1931 austritt: »Ich habe das Gefühl, beim nächsten Krieg wird diese Akademie viel zur Schar jener 90 oder 100 Prominenten beitragen, welche das Volk wieder wie 1914 im Staatsauftrag über alle lebenswichtigen Fragen belügen werden.«

1927   *Die Nürnberger Reise* und *Der Steppenwolf* erscheinen bei S. Fischer, Berlin, gleichzeitig – zum 50. Geburtstag Hesses – die erste Hesse-Biographie (von Hugo Ball). Auf Wunsch seiner zweiten Frau, Ruth, Scheidung der 1924 geschlossenen Ehe.

1928   *Betrachtungen* und *Krisis. Ein Stück Tagebuch*, erscheinen bei S. Fischer, Berlin, letzteres in einmaliger, limitierter Auflage.

1929   *Trost der Nacht. Neue Gedichte*, erscheint bei S. Fischer, Berlin; *Eine Bibliothek der Weltliteratur* als Nr. 7003 in Reclams Universalbibliothek bei Reclam, Leipzig.

1930   *Narziß und Goldmund* (Erzählung) erscheint bei S. Fischer, Berlin.

1931   Umzug innerhalb Montagnolas in ein neues, ihm auf Lebzeiten zur Verfügung gestelltes Haus, das H. C. Bodmer für ihn gebaut hat. Eheschließung mit der Kunsthistorikerin Ninon Dolbin, geb. Ausländer, aus Czernowitz.
Weg nach innen. Vier Erzählungen (»Siddhartha«, »Kinderseele«, »Klein und Wagner«, »Klingsors letzter Sommer«), erscheint als preiswerte und auflagenstarke Sonderausgabe bei S. Fischer, Berlin.

1932   *Die Morgenlandfahrt* erscheint bei S. Fischer, Berlin.

1932–1943   Entstehung des *Glasperlenspiels*.

1933   *Kleine Welt* (Erzählungen aus »Nachbarn«, »Umwege« und »Aus Indien«, leicht bearbeitet) erscheint bei S. Fischer, Berlin.

1934   Hesse wird Mitglied des Schweizerischen Schriftstellervereins (zwecks besserer Abschirmung von der NS-Kulturpolitik und effektiverer Interventionsmöglichkeiten für die emigrierten Kollegen).

	Vom Baum des Lebens (Ausgewählte Gedichte) erscheint im Insel Verlag, Leipzig.
1935	*Fabulierbuch* (Erzählungen) erscheint bei S. Fischer, Berlin.
	Politisch erzwungene Teilung des S. Fischer Verlags in einen reichsdeutschen (von Peter Suhrkamp geleiteten) Teil und den Emigrationsverlag von Gottfried Bermann Fischer, dem die NS-Behörden nicht erlauben, die Verlagsrechte am Werk Hermann Hesses mit ins Ausland zu nehmen.
1936	läßt Hesse dennoch seine Hexameterdichtung *Stunden im Garten* in Bermann Fischers Exil-Verlag in Wien erscheinen.
	Im September erste persönliche Begegnung mit Peter Suhrkamp.
1937	*Gedenkblätter* und *Neue Gedichte* erscheinen bei S. Fischer, Berlin.
	Der lahme Knabe, ausgestattet von Alfred Kubin, erscheint als Privatdruck in Zürich.
1939–1945	gelten Hesses Werke in Deutschland für unerwünscht. »Unterm Rad«, »Der Steppenwolf«, »Betrachtungen«, »Narziß und Goldmund« und »Eine Bibliothek der Weltliteratur« dürfen nicht mehr nachgedruckt werden.
	Die von S. Fischer begonnenen »Gesammelten Werke in Einzelausgaben« müssen deshalb in der Schweiz, im Verlag Fretz & Wasmuth, fortgesetzt werden.
1942	Dem S. Fischer Verlag, Berlin, wird die Druckerlaubnis für *Das Glasperlenspiel* verweigert. *Die Gedichte,* erste Gesamtausgabe von Hesses Lyrik, erscheinen bei Fretz & Wasmuth, Zürich.
1943	*Das Glasperlenspiel.* Versuch einer Lebensbeschreibung des Magister Ludi Josef Knecht samt Knechts hinterlassenen Schriften. Herausgegeben von Hermann Hesse, erscheint bei Fretz & Wasmuth, Zürich.
1944	Die Gestapo verhaftet Peter Suhrkamp, Hesses Verleger.
1945	*Berthold,* ein Romanfragment, und *Traumfährte* (Neue Erzählungen und Märchen) erscheinen bei Fretz & Wasmuth, Zürich.
1946	*Krieg und Frieden* (Betrachtungen zu Krieg

und Politik seit dem Jahr 1914) erscheint bei Fretz & Wasmuth, Zürich. Danach können Hesses Werke auch in Deutschland wieder gedruckt werden, zunächst im »Suhrkamp Verlag vorm. S. Fischer« (ab 1951 dann im Suhrkamp Verlag, Frankfurt am Main). Goethe-Preis der Stadt Frankfurt am Main. Nobel-Preis.

1950   Hesse ermutigt und ermöglicht Peter Suhrkamp, einen eigenen Verlag zu gründen, der im Juli eröffnet wird.

1951   *Späte Prosa* und *Briefe* erscheinen bei Suhrkamp, Frankfurt am Main.

1952   *Gesammelte Dichtungen* in sechs Bänden als Festgabe zu Hesses 75. Geburtstag erscheinen bei Suhrkamp, Frankfurt am Main.

1954   *Piktors Verwandlungen.* Ein Märchen, faksimiliert, erscheint bei Suhrkamp, Frankfurt am Main.
Der *Briefwechsel: Hermann Hesse – Romain Rolland* erscheint bei Fretz & Wasmuth, Zürich.

1955   *Beschwörungen,* Späte Prosa/Neue Folge, erscheint bei Suhrkamp, Frankfurt am Main. Friedenspreis des Deutschen Buchhandels.

1956   Stiftung eines Hermann-Hesse-Preises durch die Förderungsgemeinschaft der deutschen Kunst Baden-Württemberg e. V.

1957   *Gesammelte Schriften* in sieben Bänden, erscheinen bei Suhrkamp.

1961   *Stufen,* alte und neue Gedichte in Auswahl, erscheint bei Suhrkamp.

1962   *Gedenkblätter* (um fünfzehn Texte erweitert gegenüber der 1937 erschienenen Ausgabe) erscheint bei Suhrkamp.
9. August: Tod Hermann Hesses in Montagnola.

1962   »Hermann Hesse. Eine Bibliographie« von Helmut Waibler, erscheint im Francke Verlag, Bern und München.

1963   *Die späten Gedichte* erscheinen als Band 803 der Insel-Bücherei im Insel Verlag, Wiesbaden.

1964   Das Hermann-Hesse-Archiv in Marbach wird gegründet.

1965   *Prosa aus dem Nachlaß* (herausgegeben von

Ninon Hesse) erscheint bei Suhrkamp.

Neue Deutsche Bücher, Literaturberichte für »Bonniers Litterära Magasin« 1935 bis 1936 (herausgegeben von Berhard Zeller), in der Turmhahn-Bücherei des Schiller-Nationalmuseums, Marbach.

1966   *Kindheit und Jugend vor Neuzehnhundert,* Hermann Hesse in Briefen und Lebenszeugnissen 1877 bis 1895 (herausgegeben von Ninon Hesse), erscheint im Suhrkamp Verlag.
Tod von Ninon Hesse.

1968   *Hermann Hesse – Thomas Mann,* Briefwechsel (herausgegeben von Anni Carlsson), erscheint bei Suhrkamp und S. Fischer.

1969   *Hermann Hesse – Peter Suhrkamp,* Briefwechsel (herausgegeben von Siegfried Unseld), erscheint bei Suhrkamp.

1970   *Hermann Hesse Werkausgabe* in zwölf Bänden, mit einer Auswahl von Hesses Bücherberichten u. d. T. *Eine Literaturgeschichte in Rezensionen und Aufsätzen* (herausgegeben von Volker Michels), erscheint bei Suhrkamp.

1971   *Hermann Hesse – Helene Voigt-Diederichs.* Zwei Autorenportraits in Briefen (herausgegeben von Berhard Zeller), erscheint bei Diederichs, Köln.

1972   Materialien zu Hermann Hesses *Der Steppenwolf* bei Suhrkamp.

1973   *Gesammelte Briefe,* Band 1, 1895–1921 (herausgegeben von Volker/Ursula Michels und Heiner Hesse), bei Suhrkamp.
Die Kunst des Müßiggangs, kurze Prosa aus dem Nachlaß und Materialien zu Hermann Hesses *Das Glasperlenspiel* (beide herausgegeben von Volker Michels) bei Suhrkamp.
Hermann Hesse. Eine Werkgeschichte. (Herausgegeben von Siegfried Unseld) bei Suhrkamp.

1974   Materialien zu Hermann Hesses *Siddhartha* (herausgegeben von Volker Michels) bei Suhrkamp.

1977   *Kleine Freuden.* Kurze Prosa aus dem Nachlaß. (Herausgegeben von Volker Michels), *Politik des Gewissens.* Die Politischen Schriften 1914–1962, 2 Bände (herausgegeben von Volker Michels), *Hermann Hesse – R. J. Humm,* Briefwechsel (herausgegeben von Volker und Ursula Michels), erscheinen bei Suhrkamp, ebenso *Die Welt der Bücher.* Betrachtungen und Aufsätze zur Literatur.

Hermann Hesse. Bodensee. Betrachtungen, Erzählungen, Gedichte (herausgegeben von Volker Michels), bei Thorbecke, Sigmaringen.

Hermann Hesse als Maler, ausgewählt von Bruno Hesse und Sandor Kuthy, bei Suhrkamp.

1978   *Kindheit und Jugend vor Neunzehnhundert,* Band 2 (herausgegeben von Gerhard Kirchhoff), bei Suhrkamp.

Hermann Hesse – Heinrich Wiegand, Briefwechsel (herausgegeben von Klaus Pezold), erscheint im Aufbau Verlag, Berlin, DDR.

1979   *Gesammelte Briefe,* Band 2, 1922–1935, erscheint bei Suhrkamp.

Hermann Hesse. Sein Leben in Bildern und Texten. Von Volker Michels, erscheint bei Suhrkamp.

Theodore Ziolkowski, *Der Schriftsteller Hermann Hesse.*

1982   *Gesammelte Briefe,* Band 3, 1936–1948.

Ralph Freedman, *Hermann Hesse, Autor der Krisis.* Eine Biographie.

1983   *Italien.* Schilderungen und Tagebücher, herausgegeben von Volker Michels.

1986   *Gesammelte Briefe,* Band 4, 1949–1962.

1987   *Hermann Hesse in Augenzeugenberichten.* Herausgegeben von Volker Michels.

1988   *Die Welt im Buch.* Rezensionen und Aufsätze 1900–1910.

1990   *Beschreibung einer Landschaft, Schweizer Miniaturen.*

Tessin. Betrachtungen und Gedichte.